Русский язык

俄語文法大全

初級、中級、高級程度皆適用

序

大家都說俄語是「高學習難度」的語言，但為何大家會這麼說？唯一理由在於文法。不過，「俄語很難」這句話只有一半是事實，另一半是錯誤想法。對我們來說，確實有艱澀難懂的部分，但也有許多部分是「完全不必在意的簡單」。

本書是為了研究俄語文法而撰寫的「文法書」。當你對俄語文法有不解時，翻閱本書查詢，就能累積正確知識，並讓你充滿自信地朝下一個學習階段邁進，這正是本人撰寫本書的目的。

學習外語主要有兩種方式，一種是「情境學習」，另一種是徹底理解文法結構的學習方式。本書的學習方法屬於後者，是為了採取這種學習方式的人出版的書。本書是以曾學過俄語的人為對象而撰寫的作品，雖然不適合從零開始學習俄語的人，但是對於已經有過「情境學習」經驗的人來說，如果能從頭到尾閱讀完本書，一定會大有收穫。如果能有這樣的結果，本人會感到非常榮幸與開心。

本人撰寫本書時，參考許多文獻資料。前人、我的恩師及前輩當然也給予許多協助，年輕的研究學者、還有被我稱為「學生」的年輕學者也幫了許多忙。我在一邊讓學生透過本書實際學習，一邊撰寫本書，可以說「享盡身為老師的福利」，就在如此天時地利人合的條件下，完成本書。

擔任本書俄語監修的安納托里・瓦賀拉梅耶夫先生除了幫我校正，還以語言學者身分傳授我許多基礎常識，並給予各種建議。此外，崔・葉卡特里先生及娜迪亞・卡佩爾尼克先生也以俄語母語者及語言學者的身分給予建議，在此向各位致上最高謝意。

從我計畫撰寫本書開始，編輯小林丈洋先生即給予多方協助，這本書才得以成功問世。如果沒有小林先生，本書也無法完成。在此致上最深的感謝。

匹田 剛

目 錄

目錄

第5章 疑問詞與關係詞

第6章 形容詞

目錄

第 15 章 數詞

第 16 章 句子種類及結構

第 17 章 一致性有多種可能

附錄

本書使用方法

本書並非研究俄語文法的專門書籍，而是為了解答學習者疑惑的說明書，所以會把簡單易懂列為優先考量，而不是講究嚴謹。在俄語語言學中，被分類為同一詞類的部分，本書特地以不同章節解說，而對於學習不那麼重要的專有名詞則省略不談。另一方面，本書的解說大多是針對學過俄語的人所撰寫的，所以如果遇到看不懂的文法項目，請利用索引找出相應的章節閱讀，這才是比較適合本書的使用方式。內文也會標示相關文法的頁數，請多加利用。

第 0 章介紹適用於所有文法的三個基礎知識，後面從第 1 章開始則以詞類分項說明各個文法。另外一些非最必要，但若事先牢記，對於理解會有幫助的文法，則會以「補充」的方式在書中呈現。

因為本書著重於對文法的解說，所以不會提到跟發音有關的內容，而個別單字的意思或不同意義的解說，也建議轉向字典求解，兩者搭配使用，可以讓學習更有效率。

▶ 關於參考頁數

內文出現的專有名詞或文法，如果會於其他頁數詳細說明的話，後面會出現（☞ p.00）的記號，標示出參考頁數。

▶ 關於重音

除了部分單字（諸如前置詞等），俄語單字都會有一個音節要發重音，而有的單字則有次重音（比一般重音弱的重音），譬如合成單字。此外，一般來說，前置詞本身不會有重音，但有時候也有前置詞詞組的重音落在前置詞上的情況，這時候要分辨清楚。本書以重音符號（ˊ）標出單字的重音（但單音節的字，因為重音就在唯一的音節上，所以一般不會標示記號），但因為筆者認為「重音在哪個位置」比重音強弱還重要，所以不會特別標示次重音。

▶ 關於索引

索引有兩部分，分別是中文的文法項目索引與俄語索引。原則上會以各章節標題等的大項目為參考標的，後面標出相關的頁數。小項目則標示解說部分的開頭頁數。

學習俄語文法之前

本章節介紹本書眾多章節適用的幾個「前提重點」。先牢記這些重點，就可以概略整理出俄語文法，學習上也會變得容易許多。這些重點是不可或缺的知識，請依需要適時參考。

1. 正字法

如果不清楚本單元介紹的正字法，就無法理解俄語單字的變化，記單字時也會覺得艱澀，老是記不住。俄語正字法的規則如下：

> {**ы**, **я**, **ю**} 接在 **г**, **к**, **х**, **ж**, **ч**, **ш**, **щ** 之後分別改寫為 {**и**, **а**, **у**}

舉單字(**кни́га**)「書」的複數為例，大家來想想看吧！通常以 -**а** 結尾的名詞複數，詞尾會變成 -**ы**（☞ p.25），可以預想到複數應該是這樣才對：

кни́гы

可是，根據正字法，**г** 不能接 **ы**，要自動換寫為 **и**，所以 **кни́га** 複數就變成：

кни́ги

再舉個例子，動詞 **слы́шать**「聽、聽見」的現在時變位為第二變位（☞ p.178），按規則應該是下列的變位類型才對：

я слы́шю, ты слы́шишь, он слы́шит,

мы слы́шим, вы слы́шите, они слы́шят

但其中的 **слы́шю** 和 **слы́шят** 受制於正字法，字母 **ш** 之後不能接 **ю** 和 **я**，便自動換寫為 **у** 和 **а**，所以變成：

я слы́шу, они слы́шат

在俄語世界裡，這個規則的身影到處可見，尤其對於名詞變格和動詞變位會產生微妙影響，所以非常重要。原則上沒有例外。也就是說，就算你從頭到尾仔細檢視俄語書的每個單字，也不會找到詞尾是 **жы** 或 **щя** 的單字。就算有，那一定是用俄文拼出外國單字的特殊例子。

只要記住這些重點，俄語單字的變化法則就會變得非常簡單。譬如，學習形容詞變格時，如果未參照這個規則，就得死記硬變化 I、硬變化 II、軟變化、混合變化 I、混合變化 II、混合變化 III（形容詞變格形態參考☞ p.144-148）等六種。可是，如果了解了正字法，就會發現其實只有硬變化 I、硬變化 II 和軟變化三種而已。

2. 硬母音與軟母音

俄語的母音一共有十個，並分為硬母音與軟母音：

硬母音：**а, ы, у, э, о**
軟母音：**я, и, ю, е, ё**

為何母音會有「硬母音」與「軟母音」之分呢？只能說是因為「俄語的發音特色」。俄語的軟母音與硬母音有以下的對應關係：

硬母音	а	ы	у	э	о
軟母音	я	и	ю	е	ё

大致來說，軟母音就是硬母音前面加上一個英語的「y（如yo-yo 中的 y 讀音）」。

可是，若從文法來看，則要想想不一樣的對應關係。首先，硬母音的 **э** 是特殊母音，多見於外來語（**эта́ж**「樓層」、**эго́ист**「自私者（egoist）」等）或感嘆詞（**эй**「嘿」、**эх**「唉」等）等字詞。

此外，字裡面有 ё 的話，則字的重音一定在 ё 上，但在印刷上通常會直接用 е，而 е 在變化時，有重音的話，就會變成 ё。

瞭解以上規則後，硬母音與軟母音在文法上有以下的對應關係：

硬母音	а	ы	у	о
軟母音	я	и	ю	е/ё

有硬母音（尤其 а, ы, у）的單字變化為**硬變化**，有軟母音（尤其 я, и, ю）的單字變化為**軟變化**。牢記這個對應關係，再來檢視形容詞變格，會發現其實硬變化與軟變化幾乎相同。請看下面的圖表 кра́сный「紅色的」（硬變化 I）與 си́ний「藍色的」（軟變化）兩個形容詞單數、陽性的變格。基於 ы = и、о = е 的觀念，其實這兩個單字的變格完全一致：

	紅色的（硬變化 I）	藍色的（軟變化）
主格（第 1 格）	кра́сный	си́ний
屬格（第 2 格）	кра́сного	си́него
與格（第 3 格）	кра́сному	си́нему
賓格（第 4 格）	кра́сный	си́ний
工具格（第 5 格）	кра́сным	си́ним
前置格（第 6 格）	кра́сном	си́нем

除了形容詞以外，這個母音的對應關係也適用其它詞類的變格（或變位），所以請當作整理文法時的參考重點。

3. 子音交替

動詞變位或造詞時，詞幹尾部的子音會出現交替的現象。子音交替有規則、不規則等各種類型，其中規則的子音交替主要是以下 a）~ c）三種形式。

除此之外，也有不規則的子音交替，所以到底在什麼情況下會出現怎麼樣的子音交替，實在很難預測。可是，只要記住這些重點，就能更準確掌握變化結果，或者碰到從未看過的新單字，也能馬上猜出是從哪個單字衍生而來，會讓你在學習俄語時更便利、有效率：

a）一對一對應類型

з ➡ ж: вози́ть 搬運（不定式*）➡ вожу́（現在時第一人稱單數）＊不定式即動詞原形，是無人稱、時態等變化的動詞形態。

с ➡ ш: проси́ть 請託（不定式）➡ прошу́（現在時第一人稱單數）

т ➡ ч: плати́ть 付款（不定式）➡ плачу́（現在時第一人稱單數）

д ➡ ж: ви́деть 看見（不定式）➡ ви́жу（現在時第一人稱單數）

х ➡ ш: маха́ть 揮動（不定式）➡машу́（現在時第一人稱單數）

к ➡ ч: рука́ 手（名詞）➡ручно́й 手的（形容詞）

г ➡ ж: кни́га 書（名詞）➡кни́жный 書的（形容詞）

ц ➡ ч: лицо́ 人物（名詞）➡ ли́чный 個人的（形容詞）

b）兩個字融合為一個字的類型

ст ➡ щ: чи́стить 洗淨（不定式）➡ чи́щу（現在時第一人稱單數）

ск ➡ щ: искать 尋找（不定式）➡ ищу́（現在時第一人稱單數）

c）б, п, в, ф, м 之後追加 л 的類型

б, п, в, ф, м 這幾個子音都是唇音。

б ➡ бл: люби́ть 愛（不定式）➡ люблю́（現在時第一人稱單數）

п ➡ пл: терпе́ть 忍耐（不定式）➡ терплю́（現在時第一人稱單數）

в ➡ вл: гото́вить 準備（不定式）➡ гото́влю（現在時第一人稱單數）

ф ➡ фл: графи́ть 畫框線（不定式）➡ графлю́（現在時第一人稱單數）

м ➡ мл: эконо́мить 節省（不定式）➡ эконо́млю（現在時第一人稱單數）

名詞之一　性與數

所有詞類中，名詞與動詞同為最核心的詞類。本章節將介紹名詞的性與數。

1. 名詞的性

俄語的名詞有**性別**之分。不僅人類或動物等生命體有性別之外，連沒有生命的「鉛筆」、「電腦」、「海」、「顏色」等都有性別之分。像這樣所有名詞都有性別之分，是歐洲許多語言的特性，經過長時間演化及人為分類而形成的。為了避免混淆，我們將實際的性別稱為**自然性別**，文法上的性別稱為**文法性別**。

俄語的文法性別有**陽性**、**中性**、**陰性**三種。

（1）為何要分性別？

多數情況下具備性別的人或動物等動物性名詞（☞ p.53），文法性別等於自然性別。可是俄語中，實際上沒有生命的非動物性名詞（☞ p.53）也有性別之分。各位除了理解這個關係，更要牢記名詞的性別也會影響其他詞語，並要求性別與自己一致。名詞性別主要會造成以下的影響：

a）修飾名詞的詞語

◆形容詞（☞ p.143-148）

интере́сный журна́л 有趣的雜誌（陽性）

интере́сная кни́га 有趣的書（陰性）

◆指示代詞（☞ p.110-115）

э́та тетра́дь 這本筆記本（陰性）

э́то письмо́ 這封信（中性）

◆物主代詞（☞ p.106-110）

мой стол 我的桌子（陽性）
ва́ше окно́ 您的窗戶（中性）
◆物主形容詞（☞ p.164-166）
Ива́ново де́тство 伊凡的少年時代（中性）
ма́мина ко́мната 母親的房間（陰性）

b）謂語

◆動詞過去時
Сын уже́ **прочита́л** кни́гу. 兒子已經看完書了。（陽性）
Ма́ма давно́ не **была́** в То́кио.
母親很久沒來東京了。（陰性）
◆長尾、短尾的形容詞謂語
Мой сын **у́мный**. 我兒子很聰明。（陽性）
Ната́ша о́чень **краси́ва**. 娜塔莎非常漂亮。（陰性）

c）關係代詞

студе́нтка, **кото́рая** живёт здесь
住在這裡的女大學生（陰性）
письмо́, **кото́рое** он пи́шет 他在寫的信（中性）

d）人稱代詞

Э́то мой сын. **Он** у́чится в шко́ле.
這位是我兒子。他在學校讀書。（陽性）
Э́то моя́ мать. **Она́** живёт в дере́вне.
這位是我母親。她住在鄉下。（陰性）

補充

補語的性別有時會跟主語一樣，有時候不同，不一定性別一致：
Ма́ша — студе́нтка. 瑪莎是女大學生。（陰性、陰性）
Моя́ мать — врач. 我的母親是位醫生。（陰性、陽性）
Мой пода́рок — кни́га. 我的禮物是書。（陽性、陰性）

（2）數與性

俄語名詞的單數很明顯能區分性，複數則否。例如，журна́л「雜誌」是陽性名詞，кни́га「書」是陰性名詞，可是修飾這些名詞複數形 журна́лы 與 кни́ги 的形容詞 интере́сные「有趣的」看不出性的分別：

интере́сные журна́лы 有趣的雜誌（複數）
интере́сные кни́ги 有趣的書（複數）

此外，以複數名詞 ма́льчики「小男孩們」與 де́вочки「小女孩們」為主詞的動詞過去時複數形都看不出性之分：

Ма́льчики **слу́шали**. 小男孩們聽了。
Де́вочики **слу́шали**. 小女孩們聽了。

可見，俄語字詞的複數可以不顧慮性的分別。

（3）名詞性的辨別方法

a）詞尾的分辨方法

多數情況下，俄語名詞是以詞尾來分辨性別。

陽性名詞	
-子音	стол 桌子　студе́нт 學生
-й	трамва́й 有軌電車　геро́й 英雄
-ь	портфе́ль 公事包　учи́тель 教師

中性名詞	
-о	окно́ 窗戶　письмо́ 信件
-е	мо́ре 海　ударе́ние 重音
-мя	и́мя 名字　вре́мя 時間

陰性名詞	
-а	кни́га 書　актри́са 女演員
-я	неде́ля 星期　тётя 阿姨
-ь	дверь 門　ночь 夜晚

以 -мя 為詞尾的名詞，跟以 -я 為詞尾的名詞不同，為中性名詞。也就是說，статья́「論文」或 неде́ля「星期」等以 -я 為詞尾的名詞是陰性名詞，而以 -мя 為詞尾的名詞是中性名詞。當然也有特殊變格，請多加留意（☞ p.82）。這類中性名詞屬於例外，其有以下十個單字：

и́мя 名字　вре́мя 時間　зна́мя 旗子　пле́мя 部落

се́мя 種子　стре́мя 馬鐙　бре́мя 重擔

вы́мя 家畜的乳房　пла́мя 火燄　те́мя 頂部

學習訣竅

詞尾是 -мя 的中性名詞都是例外，但上面舉的前兩個例子（и́мя、вре́мя）是出現頻率相當高的重要單字。

b）無法以詞尾分辨性的名詞

i）以 -а/-я 為詞尾的陽性名詞

即使詞尾是 -а / -я，如果指的是男性，則以自然性別為主，視為陽性名詞：

па́па 父親　дя́дя 叔叔　де́душка 爺爺

ю́ноша 青年　Ники́та 尼基塔（男性名）

Воло́дя 瓦洛加（男性名）

因為這些名詞詞尾是 -а / -я，乍看之下是陰性名詞，但其實是陽性名詞，所以以下例子的 наш、пришёл 也須使用陽性，請多加注意：

наш де́душка 我們的爺爺

Па́па **пришёл** 爸爸來了。

補充

不過，也有以 -а / -я 為詞尾的陽性名詞與實際性別無關：
ста́роста 長老、族長　судья́ 審判、法官

也有以 -о 或 -е 為詞尾的陽性名詞，但數量極少：
подмастéрье 弟子　воро́нко 黑馬

ii) 含指小、表愛、指大等詞綴的名詞的性

俄語的名詞中，有加上表示「小的、少的」、「喜愛的、鍾愛的」、「大的、多的」等特殊詞綴的衍生詞，分別稱為**指小詞**、**表愛**、**指大詞**。這些衍生詞通常也是看詞尾就能分辨性別，但有時候則沿用原詞的性別，必須特別留意。一定要養成仔細分辨、再三確認的習慣。

доми́шко 小房子(<дом)　加上指小詞綴。因為 дом 是陽性，指小詞也是陽性。

за́йка 小兔子(<за́яц)　加上表愛詞綴。因為 заяц 是陽性，表愛詞也是陽性。

доми́ще, доми́на 大房子(<дом)　加上指大詞綴。因為 дом 是陽性，指大詞也是陽性。

iii) 以 -ь 為詞尾的名詞

以 -ь 為詞尾的名詞有陽性與陰性兩種：

- 陽性名詞 ➡ писа́тель 作家　руль 方向盤　янва́рь 一月
- 陰性名詞 ➡ дверь 門　вещь 物品　о́бувь 鞋

以 -ь 為詞尾的陽性名詞與陰性名詞的變格形式不同，當你學習到某個程度，也記住部分詞語的變格形式後，就能掌握這些變格形式（各自的變格形式參考☞ p.80、85-86）。

另外，以 -жь, -чь, -шь, -щь 為詞尾的名詞是陰性。ж, ч, ш, щ 後即使加了 ь，發音也不會改變。換言之，ж 和 жь，ч 和 чь，發音都一樣。不過，這並非毫無意義。名詞詞尾是 -жь, -чь, -шь, -щь 時，表示這個名詞是陰性。以下每個字都是陰性名詞：

ложь 謊言　ночь 夜晚　мышь 老鼠　вещь 物品

反過來說，以下沒有 ь 的字則全是陽性名詞：

муж 丈夫　мяч 球　душ 沐浴　това́рищ 同志

還有幾個**後綴**需要區分性別，再慢慢記住吧！

◆以後綴 -тель 結尾，表示「做～的人」的名詞是陽性
писа́тель 作家（＜書寫的人）
учи́тель 教師（＜教導的人）
чита́тель 讀者（＜閱讀的人）

◆以後綴 -ость 結尾，表示「形容詞名詞化」的名詞是陰性
опа́сность 危險（＜опа́сный「危險的」）
мо́лодость 年輕（＜молодо́й「年輕的」）

不過，гость「客人」並非名詞化的形容詞，而是原本就是陽性名詞。

iv) 不變格的外來語

外來語中有永遠不會變格的**不變格名詞**。多數不變格名詞乍看之下無法分辨性別，要稍微猜測一下。

◆非動物性名詞（☞ p.53）是中性
пальто́ 大衣　такси́ 計程車　ви́ски 威士忌
метро́ 地下鐵　интервью́ 採訪　кафе́ 咖啡廳

ко́фе「咖啡」是例外，為陽性名詞。但有時候也當成中性名詞：

чёрный / чёрное ко́фе 黑咖啡

在決定性別時，會受到包含不變格外來語在內的「上義詞」影響（即廣義概念或大分類）。譬如「花」是「鬱金香」的上義詞，「蔬菜」之於「小黃瓜」、「城市」之於「莫斯科」也是：

Со́чи 索契（＜го́род 城市）➡陽性名詞
Миссиси́пи 密西西比河（＜река́ 河川）➡陰性名詞

◆動物性名詞（動物）是陽性
по́ни 迷你馬　шимпанзе́ 黑猩猩　конферансье́ 司儀

不過，如果一看就是雌性，會直接視為陰性：

Шимпанзе́ **корми́ла** детёныша.
黑猩猩（母猩猩）餵孩子吃飯。

而與人類相關的詞語原本就有性別之分，所以這些名詞的文法性別就跟自然性別一致：

ле́ди 淑女（陰性名詞）　мада́м 女士（陰性名詞）
мосье́ 先生（陽性名詞；俗語）

此外，也有文法性別受到隱藏的上義詞影響的情況：

ива́си 沙丁魚（＜ры́ба 魚）➡陰性名詞
цеце́ 舌蠅（＜му́ха 蒼蠅）➡陰性名詞

（4）共性名詞

以 -a / -я 為詞尾，表示人物的名詞中，當指稱男性時，即為陽性，指稱女性時，即為陰性，這類名詞稱為**共性名詞**（**兩性名詞、雙性名詞**）（參考第 17 章 p.406）：

скря́га 吝嗇鬼　невéжа 野蠻人　пья́ница 酒鬼
сóня 貪睡鬼　уби́йца 殺人者

Мой пáпа — **ужáсный** скря́га.
我的父親是個吝嗇鬼。
Моя́ мáма — **ужáсная** скря́га.
我的母親是個吝嗇鬼。

以上就是共性名詞的例子。不曉得為什麼，這類共性名詞多有負面意涵。不過也有下例，不具負面意涵的詞語：

ýмница 聰明的人　коллéга 同事

（5）表示職業的子音詞尾陽性名詞用於女性時

陽性名詞的職稱用於女性時，視為陰性：

Нáша врач **пришлá**. 我們的醫生來了。（女醫師的情況）

不過，這類名詞不能用於主格以外的詞格，以下說法是錯的（詳情參考第 17 章 p.407-409）：

×Вы знáете **нáшу** врачá? 您認識我們的醫生嗎？
＊即使是女醫生，也不能這麼說。

2. 名詞的數

俄語與英語相同，皆具有**單數**及**複數**型式。名詞複數的型式分為幾個類型，而非是有統一樣貌。複數的基本形式是複數主格，我們把形成方式整理如下。主格以外的複數型式，務必以主格為出發點來思考會比較好。還有，本單元僅解說主格，沒有特別標示的話，表示「複數」即複數主格（主格以外的解說參考☞ p.75-95）。

(1) 複數主格的基本結構

基本上會依據單數的詞尾形式，來決定複數的詞尾形式：

陽性名詞的複數		
-子音（無詞尾）→ -ы	-й → -и	-ь → -и
студе́нт → студе́нты 大學生 журна́л → журна́лы 雜誌	геро́й→ геро́и 英雄 трамва́й→ трамва́и 有軌電車 санато́рий→ санато́рии 療養院	писа́тель → писа́тели 作家 гость → го́сти 客人 портфе́ль → портфе́ли 公事包

陰性名詞的複數		
-а → -ы	-я → -и	-ь → -и
газе́та → газе́ты 報紙 ма́ма → ма́мы 媽媽	статья́ → статьи́ 論文、文章 неде́ля → неде́ли 星期、週 тётя → тёти 阿姨	дверь → две́ри 門 ночь → но́чи 夜晚 тетра́дь → тетра́ди 筆記本

中性名詞的複數		
-o → -a	-e → -я	-мя → -мена́
письмо́ → пи́сьма 信 окно́ → о́кна 窗 кре́сло → кре́сла 扶手椅	пла́тье → пла́тья 洋裝 зда́ние → зда́ния 建築物 мо́ре → моря́ 海	и́мя → имена́ 名字 вре́мя → времена́ 時間

依據**正字法**（☞ p.12-13），也有例外的形式，要多留意。

ма́льчик ➡ **ма́льчики**（✕ мальчикы）
кни́га ➡ **кни́ги**（✕ книгы）

（2）不規則複數

有些名詞的結構與（1）所介紹的基本形式不同。這些名詞只能當成單字記住，不過這些名詞大都可以歸納如下：

a）變成 -a/-я 的陽性名詞

以子音（＝無詞尾）或 -ь 結尾的陽性名詞複數通常會變成 -ы、-и，但有時候會變成 -а、-я，且重音都在詞尾：

го́род ➡ **города́** 城市
профе́ссор ➡ **профессора́** 教授
учи́тель ➡ **учителя́** 教師

b）變成 -ья 的陽性名詞

以子音結尾（＝無詞尾）的陽性名詞通常會變成 -ы、-и，有時候會變成 -ья：

бра́т ➡ **бра́тья** 兄弟
стул ➡ **сту́лья** 椅子

不過，有時複數會因字義不同而有所差異：

лист ➡ **ли́стья** 葉子
＊若意思是「紙」，則為 **листы́**。
зуб ➡ **зу́бья**（齒輪、鋸子的）齒
＊若意思是「（人或動物的）牙齒」，則為 **зу́бы**。

也會有以下子音交替或詞幹累加的情況（本單元的 g 項 ☞ p.27）：

друг ➡ **друзья́** 朋友　сын ➡ **сыновья́** 兒子

以 **-ь** 結尾的名詞，複數也是如此：

князь ➡ **князья́** 公爵

c）以 -ин 結尾，表示人的名詞

以 -ин 結尾，表示人的陽性單數名詞，複數多會變成 -не：

россия́нин ➡ **россия́не** 俄羅斯國民
англича́нин ➡ **англича́не** 英國人

不過，這類名詞也有其他變格形式：

хозя́ин ➡ **хозя́ева** 主人
господи́н ➡ **господа́** 先生
болга́рин ➡ **болга́ры** 保加利亞人

也有單數不是以 -ин 結尾，但複數是 -не 的名詞：

цыга́н ➡ **цыга́не** 吉普賽人

d）表示小動物的 -ё(о)нок, -ё(о)ночек

表示小動物的單數名詞通常是以 -ё(о)нок、-ё(о)ночек 結

尾，複數則是不規則變格：

цыплёнок ➡ **цыпля́та** 小雞
мышо́нок ➡ **мыша́та** 小老鼠
цыплёночек ➡ **цыпля́тки** 小雞（指小形）
мышоно́чек ➡ **мыша́тки** 小老鼠（指小形）

不過，щено́к「幼犬」可以是 щенки́ / щеня́та 兩種形式。不像 мышо́нок 的複數不一定是 мышо́нки，мышоно́чек 的複數也不是 мышоно́чки。

e）複數形式和陽性名詞或陰性名詞一樣的中性名詞

部分中性名詞的複數形式跟陽性名詞或陰性名詞一樣：

я́блоко ➡ **я́блок**и 蘋果
око́шко ➡ **око́шк**и 小窗戶
плечо́ ➡ **пле́ч**и 肩膀

f）只有複數是軟變化（☞ p.79）的名詞

也有依據基本結構，複數應該變成 -ы，卻變成 -и 的單字，但這類的字不多：

сосе́д ➡ **сосе́ди** 鄰居
чёрт ➡ **че́рти** 鬼

g）詞幹累加的情況

單數詞幹再加字變成複數詞幹的情況稱為**詞幹累加**：

мать ➡ **ма́тери** 母親
сын ➡ **сыновья́** 兒子
＊сыновья́ 除了是詞幹累加，複數詞尾也是例外。
（本單元 b 項☞ p.25）

h）複數完全不一樣的名詞

有些名詞變成複數後，詞幹完全變成另一種形式：

человéк ➡ **лю́ди** 人
ребёнок ➡ **дéти** 孩童

i）e/ë 交替的情況

除了重音移動外，也會出現 e/ë 交替的情況：

сестрá ➡ **сёстры** 姊姊、妹妹

學習訣竅

以上是名詞複數的例外類型。這些單字的複數變格會是什麼樣的情況呢？一開始確實難以理解，不過請先記住「當複數主格脫離基本結構時，其他格的複數主要是以複數主格為依據變格。」（複數的變格 ☞ p.75-95）

（3）只有複數的名詞

基本上名詞都有單數與複數，但也有**只有複數的名詞**：

часы́ 手錶　нóжницы 剪刀
брю́ки 褲子　духи́香水
сáни 雪橇　вы́боры 選舉
сýтки 一日一夜（＝一整天、24 小時）

以上名詞不論實際數目，一定是以複數呈現。相對於此，以下名詞多把兩個當成一雙，因此普遍以複數表示。不過，只有其中一部分時，也會用單數。各字典對於這類名詞的標示形式不一，有的標成複數，有的標成單數：

сапоги́（單數 сапóг）靴子
лы́жи（單數 лы́жа）滑雪靴
тáпочки（單數тáпочка）拖鞋

數詞「2、3、4」後接的名詞要用單數屬格，所以這些名詞不能接在數詞「2、3、4」後面，而要使用**集合數詞**（☞ p.362-364）或在數字後加其他名詞當作量詞（☞ p.338）。

（4）一般只用單數的名詞

不可數名詞（無法計算的名詞）通常沒有複數。不可數名詞有以下幾種類型：

a）物質名詞

以下名詞稱為**物質名詞**：

молокó 牛奶　вóдка 伏特加
винó 紅酒　мя́со 肉
кислорóд 氧氣

物質名詞是指無法辨識其所屬範圍、沒有固定形狀的東西。一般來說，物質名詞沒有單複數之分，一律以單數表示。不過，如果是表示不同種類，也能使用複數：

рáзные ви́на 各式各樣的紅酒

雖然如此，並不表示物質名詞都有複數。譬如молокó「牛奶」就是一個沒有複數的物質名詞。這類名詞要表示複數種類時，必須使用сорт「種類」等其他單字來表示複數種類：

рáзные **сортá** молокá 各種牛奶

b）集合名詞

以下名詞稱為**集合名詞**：

молодёжь 年輕人　мéбель 傢俱

наро́д 人民、民族　толпа́ 群眾

集合名詞是將群體視為一個整體的名詞。因為無法強調個體，所以通常不用複數。不過，如果要表示的是各種不同的群體，也可以使用複數：

наро́ды ми́ра 世界的各個民族

c）抽象名詞

以下名詞稱為**抽象名詞**：

красота́ 美　мо́лодость 年輕
темнота́ 暗　вы́бор 選擇

這類名詞表示抽象、沒有具體性概念，通常沒有單複數之分，一律使用單數。不過若以這類名詞，表示具體意義時，例如以複數的美來代表美景，或以眾人的選擇來代表選舉，就可以使用複數：

ра́зные **красоты́** 各地美景
вы́боры президе́нта 總統選舉

名詞之二　格

格是用來表示名詞在句子中所扮演的角色，許多語言都有格，但在學習俄語時，格尤其重要。本章節將介紹名詞的格。

1. 何謂格？

詞類當中，最基本也最重要的就是名詞及動詞，句子的基本架構就是由名詞及動詞組成的。譬如：

Ма́льчик чита́ет кни́гу. 小男孩正在看書。

以動詞 чита́ет 為核心，加上主語 ма́льчик、補語 кни́гу，就構成了句子。這時候，ма́льчик是這個句子的主語使用**主格**；кни́гу 是直接補語，使用**賓格**。

換言之，**格**說明名詞在句子裡所扮演的角色。就像中文，是以詞語的順序表示句子中各成分的支配關係，所以一定是先放「小男孩」，再放「讀」，最後才是「書」，俄語則是以名詞變格來表示。

俄語共有以下六種格，每個功能各異：

主格（第一格）、屬格（第二格）、與格（第三格）、賓格（第四格）、工具格（第五格）、前置格（第六格）

不過，詞語的使用方法相當多樣，在只有六個格能應用的情況下，表示每種格同時具備多種使用方法。接下來，將概略介紹各格的形式及使用方法（名詞變格全貌與詳情，請參考第3章 ☞ p.73-101）。

2. 主格

（1）主格形式

主格是俄語名詞最基本的格。原則上字典收錄的語彙是俄語名詞的單數主格，也就是基本形，讓人一看就能分辨出性（關於性詳細介紹，請參考第一章 ☞ p.16-23）。此外，複數（☞ p.24-30 ☞ p.75-95）或第二節以後出現的各格形式，也請以單數主格為基礎來記憶最方便。以下是主格的最基本形式：

主格				
	單數		複數	
陽性名詞	-子音（無詞尾）	журна́л	-子音 **ы**	журна́лы
	-й	геро́й	**-и**	геро́и
	-ь	портфе́ль	**-и**	портфе́ли
中性名詞	**-о**	ме́сто	**-а**	места́
	-е	мо́ре	**-я**	моря́
	-мя	и́мя	**-мена**	имена́
陰性名詞	**-а**	газе́та	**-ы**	газе́ты
	-я	неде́ля	**-и**	неде́ли
	-ь	тетра́дь	**-и**	тетра́ди

＊嚴格說起來，и́мя 的複數 имена́，到 имен- 屬於詞幹部分，詞尾是 -а（詳情參考第 3 章 ☞ p.82）。

＊詞幹的末尾是 г, к, х, ж, ч, ш, щ 時，依據正字法（☞ p.12-13），複數詞尾的 -ы 變成 -и，-я 變成 -а。

това́рищ ➡ това́рищи 同志、同事

ба́бушка ➡ ба́бушки 奶奶

учи́лище ➡ учи́лища 學校

（2）主格用法

a）主語

主格最重要的功能就是做為主語，用來表示行為或狀態等謂語的主體：

Ма́ма сейча́с отдыха́ет. 媽媽現在在休息。
Пришёл **мой друг**. 我的朋友來了。
Я его́ не зна́ю. 我不認識他。
Моя́ маши́на не рабо́тает. 我的車子不動（壞了）。
Не́бо голубо́е. 天空是藍色的。

但在「這個是～」的句子中，**э́то**「這個」及名詞「～」都是主格。如果是過去時或未來時，動詞不是配合 э́то 變位，而是隨後面名詞的性和數變位：

Э́то **была́** шко́ла. 這曾是學校。
Э́то **был** наш дом. 這曾是我們家。
Э́то **бу́дет** моя́ рабо́та. 這將會是我的工作。
Э́то **бу́дут** интере́сные фотогра́фии. 這會是很有趣的照片。

補充

在以下的句子中，雖然也有 э́то，但請仔細看，這時候就算沒有 э́то，句子也能成立。這裡 э́то 的功用就是在強調後面接續的要素：

Э́то она́ игра́ла в э́том фи́льме. 演出這部電影的人是她。
Э́то она́ меня́ предупреди́ла. 向我提警告的人是她。
Э́то он винова́т. 錯的人是他。

b）謂語

表示「A 是 B（A＝B）」，以 **быть** 現在時為謂語的句子中，補語使用名詞主格（關於 быть 的變位，☞ p.171）：

Москвá — **столи́ца** Росси́и. 莫斯科是俄羅斯首都。

Он **студéнт**. 他是大學生。

其實 быть 的現在時有 **есть** 的形式，不過，它並不會因為主語的人稱或數而產生變位，且在「A＝B」的句型中，通常會像例句那樣被省略。這時會在主語與補語之間加上破折號（－）。當主詞是代詞或 э́то 時，通常會省略破折號。

但同樣是使用 **быть** 的句子，在過去時和未來時的狀況下，基本上補語不會用主格，而是**工具格**（☞ p.61-69）：

Он был **студéнтом**. 他曾是大學生。

Он бу́дет **студéнтом**. 他將成為大學生。

不過，近年來有少數例子顯示，在過去時或未來時的情況下，補語也可能使用主格：

Он был до́брый **человéк**. 他是個善良的人。

Он был **нéмец**. 他是德國人。

有的參考書如此說明：「表示暫時狀態時，用工具格；表示永續狀態時，用主格。」上述例子的「大學生」，乃是為期數年的暫時狀態，所以是工具格；「善良的人」和「德國人」是一生永續的狀態，所以是主格。不過，也有許多例外情況，也有文獻這麼說，就算使用主格，也不過是文體方面的錯誤。最好的方法就是先記住「**быть** 是現在時的話，補語就用主格，其餘的都用工具格。」

此外，若「A＝B」中的謂語是及物動詞的話，補語（就是英語所謂的 SVC 句子結構或 SVOC 句子結構的 C），也不會用主格，而用工具格：

Он стал **студе́нтом**. 他成為大學生了。

Он счита́ется хоро́шим **студе́нтом**. 他是公認的好學生。

Они́ счита́ют его́ хоро́шим **студе́нтом**.
他們認為是好學生。

不過，若是 называ́ть「稱呼」、называ́ться「被稱為」、звать「叫、呼喚」等動詞（主要是與人或物品的稱呼有關時），補語可使用主格：

Его́ называ́ли «**волк / во́лком**» 大家都稱呼他是「狼」。

Э́та у́лица называ́ется **Центра́льная / Центра́льной**.
這條路叫做中央路。

使用звать「叫、呼喚」來表示名字時，補語使用主格的色彩更強烈：

Его́ зову́т **Ва́ня**. 他的名字（叫做）凡尼亞。

c）呼叫

呼叫他人時，使用主格：

Ива́н Фёдорович! 伊凡・費德羅維奇！

Мам! 媽！

Уважа́емый господи́н Президе́нт! 敬愛的總統先生！

補充

以前有**呼格**（呼叫時所用的特殊變格）：
Го́споди! 主啊！（< госпо́дь）
Бо́же мой! 我主啊！（< бог）
О́тче наш! 吾父啊！（< оте́ц）

這些呼格現在仍存在，但只是當作慣用語使用，原意早已喪失。譬如 Го́споди! 或 Бо́же мой!，並非真的在求神才這麼說，而只是用來表現驚嚇的情緒（意為我的天啊！），О́тче наш! 也不再是孩子呼喚父親時會用的說法。

此外，口語呼叫時，常會省略最後的母音 -а 或 -я：

Мам!（<ма́ма）媽媽！
Нин!（<Ни́на）尼娜！
Коль!（<Ко́ля）寇列亞！

d）名詞句型（指名句型）

俄語有能只以名詞構成「是～」句型。這個句子的「～」就是使用主格名詞。其實這種句型的動詞是 быть，但因為是現在時，所以省略動詞（關於名詞句型參考第 16 章 ☞ p.392）：

Весна́. 春天了。
Краси́вый го́род. 美麗的城市。

但在過去時或未來時時，動詞就不能省略，且要配合唯一的主格名詞而變位：

Бы́ло хоро́шее вре́мя. 那是段美好的時光。
Бу́дет хоро́шая пого́да. 會是好天氣。

e）同格的專有名詞

如果是〔名詞＋專有名詞〕的詞組，即名詞後面再加**同格**的專有名詞時，就算前面名詞會因接格而使用不同格位，後面的專有名詞依舊使用主格：

Он написáл пьéсу **«Дя́дя Вáня»**.
他寫了劇本《凡尼亞舅舅》。
Онá читáла в газéте **«Прáвда»** статью́ про интернéт.
她在《真理報》上讀到了有關網際網路的報導。
Я рабóтаю на берегу́ óзера **Байкáл**.
我在貝加爾湖畔工作。
Ракéта приближáется к планéте **Венéра**.
火箭朝金星靠近。

但專有名詞也可能跟著前面的名詞一起變格。譬如，名詞是 гóрод「城市、市」或 рекá「河川」時，兩者多用同一格：

в гóроде **Москвé** 在莫斯科市
на рекé **Днепрé** 在第聶伯河

f）「像～」

以 **как**「像～」來修飾名詞時，「～」部分使用主格。關於不是用來修飾名詞的「像～那樣」句型，參考第 14 章（☞ p.330-331）：

в такúх стрáнах, **как Амéрика** 在像美國那樣的國家
У такóго человéка, **как я**, нет надéжды.
像我這樣的人是沒希望的。

不過，像以下的例子，как 後面就不是接名詞主格，而是接 у её сестры́。這是因為類比的部分並非 глазá，而是修飾

名詞的 у неё（☞ p.331）：

У неё таки́е краси́вые глаза́, **как у её сестры́**.
她那一雙漂亮的眼睛，就像她姊姊的（眼睛）一樣。

g）主題

請仔細看以下的句子，會發現多一個名詞：

Пу́шкин, он роди́лся в 1799 году́.
俄國詩人普希金，他出生於1799年。
Мари́я, все её лю́бят. 瑪麗亞，大家都喜歡她。

就算除去句首的 Пу́шкин 或 Мари́я，只留下 он роди́лся в 1799 году́ 或 все её лю́бят，句子也是完整的。換句話說，造句時就算沒有句首的主格 Пу́шкин 或 Мари́я，也沒有問題。相反地，有 Пу́шкин，等於有了 Пу́шкин 和 он 兩個主語；有 Мари́я，等於有了 Мари́я 和 она́ 兩個補語。像這樣擺在句首、看似多餘的主格名詞，其實是為了明確表示該句子「在討論什麼**主題**」。

3. 屬格

（1）屬格形式

屬格						
	單數主格		單數屬格		複數屬格	
陽性名詞	-子音（無詞尾）	журна́л	-子音 **а**	журна́ла	-子音 **ов**	журна́лов
	-й	геро́й	**-я**	геро́я	**-ев**	геро́ев
	-ь	портфе́ль	**-я**	портфе́ля	**-ей**	портфе́лей

中性名詞	-о	ме́сто	-а	ме́ста	-無詞尾	ме́ст
	-е	мо́ре	-я	мо́ря	-ей	море́й
	-мя	и́мя	-мени	и́мени	-мён	имён
陰性名詞	-а	газе́та	-ы	газе́ты	-無詞尾	газе́т
	-я	неде́ля	-и	неде́ли	-ь	неде́ль
	-ь	тетра́дь	-и	тетра́ди	-ей	тетра́дей

＊詞幹以 г, к, х, ж, ч, ш, щ 結尾的陰性名詞依照正字法，單數屬格的詞尾 -ы 變成 -и。

книгы ➡ кни́ги 書

бабушкы ➡ ба́бушки 奶奶

＊詞幹以 ж, ч, ш, щ 結尾的中性名詞也同樣依照正字法（☞ p.12-13），單數屬格的詞尾 -я 變成 -а。

училищя ➡ учи́лища 學校

＊複數屬格詳情參考第3章（☞ p.89-92）。

（2）屬格用法

a）「～的」

屬格是以名詞來修飾名詞時所用的格，相當於中文的「～的」，表示所有、所屬、特徵等意涵。可是，俄語是以後面的名詞來形容前面的名詞，排列位置和中文的「～的」不同：

кни́га **Ива́на** 伊凡的書

веду́щий игро́к **кома́нды** 團隊的頂尖選手

столи́ца **Росси́и** 俄羅斯的首都

мужчи́на **лет тридцати́** 三十歲左右的男性

表示「大概、大約」的倒裝用法請參考 ☞ p.374。

револю́ция **1917 го́да** 1917 年的革命

屬格還有其他使用方法。以下介紹應特別注意的部分：

b）特徵、性質

有的屬格表示的不是所有格，而是跟性質形容詞一樣，表示物品特徵或性質。這類屬格有時會跟形容詞一樣，擺到名詞的前面：

челове́к **высо́кого ро́ста** ➡ **высо́кого ро́ста** челове́к 高個子的人（= **высо́кий** челове́к）

руба́шка **большо́го разме́ра** ➡ **большо́го разме́ра** руба́шка 大尺碼的襯衫（= **больша́я** руба́шка）

ку́ртка **кра́сного цве́та** ➡ **кра́сного цве́та** ку́ртка 紅色的夾克（= **кра́сная** куртка）

用在句子裡的狀況如下，中間可能加入表示時態的字：

Её ку́ртка была́ **кра́сного цве́та**. 她的夾克是紅色的。

Он был **высо́кого ро́ста**. 他個子很高。

c）數量

表示物品分量、數量的單字，後面接的名詞多會使用屬格。

i）與定量數詞一起

數詞後接名詞時，通常後面的名詞會變成屬格：

◆〔два「2」、три「3」、четы́ре「4」＋名詞屬格（單數）〕

два **студе́нта** 兩名大學生　три **тетра́ди** 三本筆記本

четы́ре **письма́** 四封信

◆〔пять「5」、шесть「6」、… миллио́н「百萬」…＋名詞屬格（複數）〕

пять **школ** 五所學校

де́сять **книг** 十本書

миллио́н **рубле́й** 一百萬盧布

數詞與名詞的結合規則很複雜（詳情參考第 15 章 ☞ p.337-340）。

ii) 與定量數詞以外的數詞一起

◆〔мно́го, ма́ло, нема́ло, немно́го, не́сколько, сто́лько, ско́лько ＋名詞屬格〕

定量數詞以外的數詞（☞ p.334）接可數名詞時，使用複數屬格（☞ p.364-365）：

мно́го **журна́лов** 許多雜誌

не́сколько **студе́нтов** 好幾名大學生

ско́лько **часо́в**? 幾個小時？

後接不可數名詞（沒有複數的名詞）時，使用單數屬格（☞ p.365）：

немно́го **воды́** 少許的水　немно́го **внима́ния** 稍微注意

iii) 與具數量意義的數量名詞一起

◆〔большинство́, ряд, часть… ＋名詞屬格〕

這些具有數量意義的集合名詞，用法與數詞極為相似，後面接可數名詞時使用複數屬格，不可數名詞則使用單數屬格（☞ p.369-370）：

большинство́ **студе́нтов** 大多數的大學生

большинство́ **наро́да** 大多數的人民

iv) 與可數的單位名詞一起

◆〔數詞＋單位名詞＋屬格〕

однá бутылка **пи́ва** 一瓶啤酒

две чáшки **чáя** 兩杯茶

кусóк **хлéба** 一片麵包

два ли́тра **воды́** 兩公升水

оди́н килогрáмм **мя́са** 一公斤肉

這些表示單位的名詞，常用來計算不可數名詞。不過，也可以和可數名詞搭配：

два стáда **корóв** 兩群母牛

три грýппы **мáльчиков** 三組小男孩

сто человéк **студéнтов** 一百名大學生

d）動名詞的接格

後接賓格的動詞變成名詞時，多數情況下原本的接格（☞ p.383）會改用屬格：

реши́ть **вопрóс** ➡ решéние **вопрóса** 解決問題

понимáть **и́стину** ➡ понимáние **и́стины** 理解真理

изучáть **языки́** ➡ изучéние **языкóв** 學習語言

不過，也有使用其它接格的情況，請多加留意：

люби́ть **сы́на** 愛兒子 ➡ любóвь **к сы́ну** 對兒子的愛

此外，若原本接格不是賓格的話，就算動詞名詞化，其接格通常不變：

владеть языком

➡ владение **языком** 精通語言

工具格就維持工具格

адресовáть письмó емý

➡ адресовáние **письмá емý** 送信給他

賓格變屬格，與格還是與格

e）接格使用屬格的動詞

動詞當中，有的接格必須使用屬格。一般說來，具有以下這些意思的動詞多屬於這個類型：

i) 欲求、希望、期待、要求

◆трéбовать 要求

Мы трéбуем **объяснéния**. 我們要求說明。

◆желáть 願望、祝福

Желáю **успéхов**! 我祝福（預祝）成功！

◆хотéть 希望、想要

Я хочý **счáстья**. 我想要幸福。

◆ждать 等待、期待

Жду **Вáшего отвéта**. 我期待您的回應。

◆просить 拜託、請求

Он просил **прощéния**. 他請求原諒。

◆искáть 尋找、探尋

Он искáл **своегó пýти**. 他找尋自己的路。

不過上面的 хотéть, ждать, просить, искáть，也會要求接格使用賓格。雖說愈抽象的情況，愈可能使用屬格，但是兩種格之間的差異並不明顯，以下的例子中，可以用賓格，也可以用屬格：

Онѝ ждут **троллéйбус / троллéйбуса**.
他們在等無軌電車。

ii) 達成、到達

◆дости́гнуть 到達、達成

Мы дости́гли **це́ли** своего́ путеше́ствия.

我們都達到自己旅行的目的。

◆доби́ться 獲得、到達

Он доби́лся **большо́го успе́ха** в жи́зни.

他獲得人生中極大的成功。

◆дождаться 等到了

Дожда́лись **весны́**. 終於等到春天來臨。

除此之外，還有 касаться「碰觸」、бояться「害怕」等動詞，請一一牢記。

f) 形容詞後接屬格

有些形容詞要接屬格（☞ p.383）：

◆по́лный 滿的

Я́ма была́ полна́ **воды́**. 洞積滿了水。

◆достойный 值得～

Нет никаки́х досто́йных **внима́ния** результа́тов.

沒有什麼值得注意的結果。

◆лишённый 被剝奪～、沒有～

Он был лишён **чу́вства** ю́мора. 他沒有幽默感。

g) 否定屬格

i) 否定存在

表示「沒有～」的否定句型，要以屬格表示不存在的人或物，並以 нет 作謂語（быть 現在時 есть 的否定不是 не есть），過去時使用 не́ было，未來時則是 не бу́дет。這樣的屬格用法稱為**否定屬格**：

У нас в го́роде нет **университе́та**.

我們城裡沒有大學。

В кио́ске уже́ не́ было **сего́дняшних газе́т**.
小攤子上已經沒有今天的報紙。
За́втра **меня́** не бу́дет на рабо́те. 明天我不來上班。

以上的例句中，因為主語不是主格，嚴格來說不能視為主語，有人認為這是**無人稱句**（☞ p.387-390）。因此，謂語會變成中性或第三人稱單數，請多加留意。

這類型的否定屬格，與下一頁「賓格補語在否定句中改用屬格」的情況不一樣，在這裡一定要用屬格。不過，若像下列否定句，表示的是「沒／不去」，而非「不在」的意思時（第9章 ☞ p.216），就算使用相同動詞謂語 быть，主語仍維持主格，不用屬格：

Ле́том **я** в Япо́нии не́ был.
(= Ле́том я в Япо́нию не е́здил.)
我夏天沒去日本。

За́втра **я** не бу́ду в университе́те.
(= За́втра я не пойду́ в университе́т.)
明天我不去大學。

否定存在除了 быть，有一些動詞也會用否定屬格：

В дере́вне почти́ не оста́лось **молоды́х па́рней**.
村子裡幾乎沒有年輕人留下。
Таки́х веще́й не существу́ет.
這樣的東西不存在。
Никаки́х докуме́нтов не сохрани́лось.
沒有任何文件保留下來。
Э́то не име́ет **никако́го значе́ния**.
這一點意義也沒有。

ii) 否定句的屬格補語

原本肯定句中的賓格補語，在否定句可能會變成屬格。這裡的否定屬格與否定存在不同，有時候會維持賓格。這種情況下屬格與賓格的選擇並無明確規定，不過，多可依以下的原則判斷：

- 補語為抽象名詞或普遍情況時，使用屬格機率高；具體名詞或個別情況時，則使用賓格（如p.43所述，可接屬格或賓格的動詞在接格選擇上也照此原則）

Ты не зна́ешь **и́стины**. 你不懂真理。
Я не чита́ла **э́ту кни́гу**. 我沒讀過這本書。

- 有 ни 的否定句使用屬格

Мы не получи́ли **никако́го письма́**.
我們什麼信也沒收到。
Он не прочёл **ни одно́й кни́ги**.
他一本書也沒看完。

h）部分屬格

表示物質或液體等名詞作賓格補語時，有時候會使用屬格：

Она́ вы́пила **молока́**. 她喝了點牛奶。
Он мне нали́л **вина́**. 他為我倒了點酒。
Он купи́л **мя́са**. 他買了點肉。

以上情況的屬格並非表示補語的整體，而是指一部分或一定數量。有飲食、收受、買賣等意義的動詞常使用部分屬格作為補語。

i）比較的對象「比～還」

比較級與屬格名詞一起出現時，意思就是**「比～還」**（關於比較對象的表示方式請參考☞ p.159-160）：

Же́нщина биологи́чески сильне́е **мужчи́ны**.
就生物學而言，女性比男性強。

j）日期「在～號」

通常日期「～號」是以序數詞的中性形式表示，但若是「在～號」，則以屬格表示（☞ p.276）：

Сего́дня **пе́рвое** ма́я двухты́сячного го́да.（主格）
今天是 2000 年 5 月 1 日。
Она́ родила́сь **пе́рвого** ма́я двухты́сячного го́да.（屬格）
她出生於 2000 年 5 月 1 日。

補充

以上例句中，接續在日期之後的「5 月」屬格 ма́я 與「2000 年」屬格 двухты́сячного го́да，都是用來修飾它們前面的名詞（即日期和月份），意思為「5 月的」、「2000 年的」。直譯的話，就是「2000 年的 5 月的 1 日」的意思。

「在 5 月」以〔В＋月份前置格〕表示，「在 2000 年」以〔В＋年份前置格〕表示：

Она́ родила́сь
- в ма́е двухты́сячного го́да.
  她出生於 2000 年 5 月。
- в двухты́сячном году́. 她出生於 2000 年。

＊году́ 不是第二屬格（☞ p.48），而是第二前置格。

2 名詞之二 格

（3）第二屬格

基本上陽性名詞的屬格詞尾會變成 -а / -я，不過有時候也可能變成 -у / -ю 的形式。像這樣的第二種屬格稱為**第二屬格**。第二屬格的用法，大致有以下三種形式：

a）數量屬格

使用數量屬格（p.40-42）時，會搭配「定量數詞以外的數詞」及「可數的單位名詞」：

Там бы́ло мно́го **наро́ду**. 那裡有好多人。

Он доба́вил немно́го **са́хару**. 他加了少許糖。

Она́ вы́пила ча́шку **ча́ю**. 她喝了一杯茶。

b）部分屬格

部分屬格（p.46）也會使用第二屬格：

И́горь нали́л **ча́ю** Татья́не. 伊戈爾為塔琪亞娜倒了點茶。

Она́ купи́ла **са́хару**. 她買了點糖。

句中的部分屬格未必要用以第二屬格來表示，通常也可以使用屬格或賓格。

c）慣用詞組

通常使用第二屬格的慣用詞組。這些詞組請一一記住：

со **стра́ху** 因為害怕　　ни **ра́зу** 一次也（沒有）

до **упа́ду** 直到精疲力盡　　умира́ть с **го́лоду** 餓死

4. 與格

(1) 與格形式

與格						
	單數主格		單數與格		複數與格	
陽性名詞	-子音（無詞尾）	журна́л	-子音 **у**	журна́лу	-子音 **ам**	журна́лам
	-й	геро́й	**-ю**	геро́ю	**-ям**	геро́ям
	-ь	портфе́ль	**-ю**	портфе́лю	**-ям**	портфе́лям
中性名詞	**-о**	ме́сто	**-у**	ме́сту	**-ам**	места́м
	-е	мо́ре	**-ю**	мо́рю	**-ям**	моря́м
	-мя	и́мя	**-мени**	и́мени	**-мена́м**	имена́м
陰性名詞	**-а**	газе́та	**-е**	газе́те	**-ам**	газе́там
	-я	неде́ля	**-е**	неде́ле	**-ям**	неде́лям
	-ь	тетра́дь	**-и**	тетра́ди	**-ям**	тетра́дям

＊-ия 結尾的單數陰性名詞與格是 -ии。
ста́нция ➡ ста́нции〔車站〕
＊複數與格的詞尾只有 -ам/-ям，沒有例外。

(2) 與格用法

a）間接補語「對、給～」

與格最常見的用法就是作**間接補語**，表示「對、給～」：

Я **ему́** подари́л часы́. 我送他手錶。

Она́ писа́ла **Ива́ну** письмо́. 她寫信給伊凡。

Она́ сказа́ла **сы́ну**, что пря́мо сейча́с отпра́вится домо́й.
她對兒子說，她馬上回家。

補充

使用賓格補語時及與格補語時，要留意兩者的差異。中文的「對～」，相當於俄語的與格補語，即間接補語；中文的「做～」，相當於俄語的賓格補語，即直接補語。請記住下列動詞的接格：

помога́ть＋與格　幫助～、幫忙～
ве́рить＋與格　相信～
меша́ть＋與格　打擾～
спроси́ть＋賓格　詢問～、質問～
проси́ть＋賓格　拜託～、請求～

就算不是補語，但只要是給與的對象，就要用與格：

па́мятник **Пу́шкину** 普希金的紀念碑
Приве́т **жене́**! 向太太問好！
Сла́ва **Росси́и**! 光榮歸給俄羅斯！

此外，收信人也用與格表示：

Ива́ну Влади́мировичу Смирно́ву
致伊凡・弗拉基米羅維奇・斯米爾諾夫先生

支配與格的動詞名詞化後，接格依舊是與格：

отве́т **студе́нтам**
給大學生們的回答（← отве́тить **студе́нтам**）
по́мощь **бе́дным** 對窮人的援助（← помога́ть **бе́дным**）
служе́ние **наро́ду** 對人民的奉獻（← служи́ть **наро́ду**）

b）表示無人稱句的行為或狀態主體

無人稱句（☞ p.387-390）是沒有主格主語的句子結構，其行為或狀態的主體是以與格表示：

Мне хо́лодно. 我會冷。

Ей бы́ло тру́дно чита́ть тако́й текст.

她覺得這樣的短文讀起來很困難。

Нам на́до рабо́тать. 我們必須工作。

Мо́жно **мне** отдохну́ть? 我可以休息一下嗎？

Де́тям нельзя́ смотре́ть тако́й фильм.

孩子不能看這種電影。

Вам повезло́. 您很幸運。

以上全是無人稱句，沒有主格主語，所以行為或狀態的主體全以與格表示。

c）「對～而言」

與格名詞單獨存在時，有「對～而言」的意思：

Э́то **де́тям** вре́дно. 這對孩子有害。

Э́то **мне** о́чень ва́жно. 這對我而言非常重要。

интере́сный **мне** вопро́с 對我而言很有趣的問題。

表示「對～而言」的與格通常可以換成〔для＋屬格〕：

интере́сный **для меня́** вопро́с (= интере́сный **мне** вопро́с)

b）上述無人稱句的與格與「對～而言」的與格，兩者的分界經常模糊不清：

Мне ску́чно бы́ло танцева́ть.

我覺得（＝對我而言）跳舞是無趣的事。

d）有感覺的人

靠著五官感覺（視覺、聽覺、嗅覺、味覺、觸覺）或個人理解去感知某些東西時，多以與格表示：

Мне ви́ден горизо́нт. 我看得見水平線。

Вам слы́шен мой голос? 你們聽得到我的聲音嗎？

Тебé понятно?
你懂嗎？
Дéтям нрáвится нóвая учи́тельница.
孩子們喜歡新老師。
Мне хóчется спать.
我想睡。

這種與格的使用方法，跟 **b**）所說明的無人稱句型的與格行為主體一樣，兩者的分界有時模糊不清。

e）不定式的行為主體

〔與格＋動詞不定式〕有「該做～」的意，以與格表示行為主體：

Что **нам** дéлать? 我們該怎麼辦？
Мне нéкуда идти́. 我沒地方可去。
Тебé нýжно рабóтать. 你需要工作。
＊這種情況，也是無人稱句型的行為主體。
Мне трýдно говори́ть по-рýсски. 我覺得說俄語很難。
＊這種情況，也有「對～而言」的意思。

學習訣竅

如上所述，**b**）無人稱句型的行為主體、**c**）「對～而言」、**d**）有感覺的人、**e**）不定式的行為主體，彼此的分界模糊不清，而且往往同時具備多種意義。

f）年齡

〔與格＋數詞＋（年、月、日等）〕是表示年齡的句型。請注意，這個句型也可以用於人類以外的物體：

Сколько **вам** лет? 您幾歲？
Мне три́дцать лет. 我三十歲。
Санкт-Петербургу 300 лет. 聖彼得堡建城三百年。

5. 賓格

表示人或動物的名詞稱為動物性名詞，表示人或動物以外的物體或事件則稱為非動物性名詞。

賓格會依據名詞是動物性名詞或非動物性名詞而有不同變格，除了賓格特殊形以外，基本上動物性名詞就用屬格形式；非動物性名詞就用主格形式。以下內容依照賓格特殊形、屬格同形、主格同形等形式，說明賓格的變格類型。至於要變成哪一形，則會因名詞動物性與非動物性的區別、性、數、變格類型（☞ p.73-74）等因素而有所不同。在此是依「性」歸納整理。

此外，修飾名詞的**一致性定語**（☞ p.384-385）也會有不同的賓格變格類型，因此將分說明（1）名詞的賓格形式與（2）一致性定語的賓格形式。

（1）名詞的賓格形式

名詞的賓格形式取決於它是**動物性**或**非動物性**。賓格與主格、屬格有著密切的關聯性。不過，賓格會因性、數、變格類型（☞ p.73-75）的不同而有所差異，最好事先做個簡單整理。除了**第二變格法的名詞**（即詞尾是 -а/-я 的名詞、☞ p.74）單數賓格詞尾要變成 -у/-ю，賓格一般都與主格或屬格同形。

a）單數陰性名詞

不同類型的單數陰性名詞會有不同的賓格。不過，第二變格法的單數陰性名詞（詞尾是 -а/-я 的名詞☞ p.74），不論動物性名詞或非動物性名詞，其賓格都跟主格和屬格不同，為特殊的變格：

-а ➡ -у　　-я ➡ -ю

反過來說，此類型（第二變格法）以外的名詞並沒有賓格特殊形，而是挪用主格或屬格：

第二變格法名詞				
	主格	賓格	屬格	
書	кни́га	кни́гу	кни́ги	非動物性名詞、陰性、第二變格法
媽媽	ма́ма	ма́му	ма́мы	動物性名詞、陰性、第二變格法

雖然同為陰性名詞，第三變格法的名詞（**-ь** 結尾的陰性名詞）的單數無動物性或非動物性之分，賓格與主格同形：

第三變格法形名詞				
	主格	賓格	屬格	
筆記本	тетра́дь	тетра́дь	тетра́ди	非動物性名詞、陰性、第三變化
母親	ма́ть	ма́ть	ма́тери	動物性名詞、陰性、第三變化

b）單數中性名詞

中性名詞幾乎沒有**動物性名詞**（p.53），只有 **чудо́вище**「怪物」、**лицо́**「人物」（但若意思是「臉」，則是非動物性名詞）等少數幾個動物性名詞。

中性名詞的單數無動物性或非動物性之分，也與變格類型無關，其賓格與主格是一致。因此，不論 **лицо́** 的意思是「臉」（非動物性名詞）或「人物」（動物性名詞），賓格都與主格相同：

中性名詞				
	主格	賓格	屬格	
信	письмо́	письмо́	письма́	非動物性名詞、中性、第一變格法
海	мо́ре	мо́ре	моря́	非動物性名詞、中性、第一變格法
名字	и́мя	и́мя	и́мени	非動物性名詞、中性、不規則變格

怪物	чудóвище	чудóвище	чудóвища	動物性名詞、中性、第一變格法
臉	лицó	лицó	лицá	非動物性名詞、中性、第一變格法
人物	лицó	лицó	лицá	動物性名詞、中性、第一變格法

c）單數陽性名詞

第一變格法（-子音結尾〔無詞尾〕、-й結尾、-ь結尾 ☞ p.73-74）及不規則變格的單數陽性名詞（☞ p.75-81），意即第二變格法以外所有單數陽性名詞，如果是非動物性名詞，則「賓格＝主格」；而如果是動物性名詞的話，則「賓格＝屬格」：

第一變格法及不規則變格名詞				
	主格	賓格	屬格	
桌子	стол	стол	столá	非動物性名詞、陽性、第一變格法
大學生	студéнт	студéнта	студéнта	動物性名詞、陽性、第一變格法
公事包	портфéль	портфéль	портфéля	非動物性名詞、陽性、第一變格法
老師	учúтель	учúтеля	учúтеля	動物性名詞、陽性、第一變格法
路	путь	путь	пути	非動物性名詞、陽性、不規則變格
英國人	англичáнин	англичáнина	англичáнина	動物性名詞、陽性、不規則變格

不過，第二變格法（-а/-я結尾 ☞ p.74）的單數陽性名詞（☞ p.80-81）跟陰性名詞一樣，無動物性或非動物性之分，賓格是與主格、屬格相異的特殊形-у/-ю：

第二變格法的陽性名詞				
	主格	賓格	屬格	
男人	мужчи́на	мужчи́ну	мужчи́ны	動物性名詞、陽性、第二變格法
爸爸	па́па	па́пу	па́пы	動物性名詞、陽性、第二變格法
凡尼亞	Ва́ня	Ва́ню	Ва́ни	動物性名詞、陽性、第二變格法

d）複數

複數與單數不同，不受性及變格類型影響。如果是動物性名詞，則「賓格＝屬格」；如果是非動物性名詞，則「賓格＝主格」。但注意中性名詞 **лицó** 的情況跟單數（☞ p.54）不同，如果意思是「臉」，就屬於非動物性名詞，「賓格＝主格」；如果意思是「人物」，就屬於動物性名詞，則「賓格＝屬格」：

複數				
	主格	賓格	屬格	
桌子	столы́	столы́	столо́в	非動物性名詞、陽性、第一變格法
大學生	студе́нты	студе́нтов	студе́нтов	動物性名詞、陽性、第一變格法
書	кни́ги	кни́ги	кни́г	非動物性名詞、陰性、第二變格法
媽媽	ма́мы	ма́м	ма́м	動物性名詞、陰性、第二變格法
信	письма́	письма́	писем	非動物性名詞、中性、第一變格法
名字	имена́	имена́	имён	非動物性名詞、中性、不規則變格
臉	лица́	лица́	лиц	非動物性名詞、中性、第一變格法
人物	лица́	лиц	лиц	動物性名詞、中性、第一變格法

補充

區別動物性名詞與非動物性名詞時，必須留意以下情況：

① 表示人或動物群體的集合名詞屬於非動物性名詞。
гру́ппа 團體、班級　наро́д 人民、民眾
крестья́нство 農民階級

② 主觀意識或習慣會造成動物性與非動物性的屬性判斷搖擺。
ку́кла 人偶　ро́бот 機器人　микро́б 微生物

③ 也有兩個名詞意思相似，卻還是要區分動物性與非動物性的情況，例如：мертве́ц「死者」是動物性名詞，труп「屍體」是非動物性名詞。

④ 同一個字會因字義不同，而有不同屬性，如：лицо́ 若是「臉」的意思，就是非動物性名詞；若意思是「人物」，則是動物性名詞。此外，реда́ктор 如果是「編輯」的意思，就是動物性名詞；不過，如果是「（電腦軟體的）編輯軟體」則是非動物性名詞。

（2）一致性定語的賓格形式

基本上，修飾名詞的形容詞、指示代詞、物主代詞等一致性定語（☞ p.384-385）的賓格形式要配合名詞。不過，也有例外，請多加注意。名詞會因變格類型不同，而有不同的賓格，可是一致性定語的變格不受名詞變格影響。

a）修飾單數陰性名詞時

修飾單數陰性名詞的一致性定語，賓格無動物性或非動物性，也不受名詞變格類型影響，形式跟屬格、主格都不同：

修飾單數陰性名詞的一致性定語				
	主格	賓格		名詞形式
這本書	э́та кни́га	э́ту（賓格特殊形）	кни́гу（賓格特殊形）	非動物性名詞、第二變格法
我的媽媽	моя́ ма́ма	мою́（賓格特殊形）	ма́му（賓格特殊形）	動物性名詞、第二變格法
漂亮的女兒	краси́вая дочь	краси́вую（賓格特殊形）	дочь（＝主格）	動物性名詞、第三變格法

b）修飾單數中性名詞時

修飾單數中性名詞的一致性定語跟中性名詞一樣，不受動物性名詞、非動物性名詞、名詞變格類型影響，一律符合「賓格＝主格」的規則：

修飾單數中性名詞的一致性定語				
	主格	賓格		名詞形式
我們的信	на́ше письмо́	на́ше（＝主格）	письмо́（＝主格）	非動物性名詞、中性、第一變格法
日本海	япо́нское мо́ре	япо́нское（＝主格）	мо́ре（＝主格）	非動物性名詞、中性、第一變格法
我的名字	моё и́мя	моё（＝主格）	и́мя（＝主格）	非動物性名詞、中性、不規則變格
這個怪物	э́то чудо́вище	э́то（＝主格）	чудо́вище（＝主格）	動物性名詞、中性、第一變格法
你的臉	твоё лицо́	твоё（＝主格）	лицо́（＝主格）	動物性名詞、中性、第一變格法
重要人物	ва́жное лицо́	ва́жное（＝主格）	лицо́（＝主格）	動物性名詞、中性、第一變格法

c）修飾單數陽性名詞時

修飾單數陽性名詞的一致性定語，賓格變格形式如下。如果搭配非動物性名詞，一致性定語就依照「賓格＝主格」的規則；如果搭配動物性名詞，則依照「賓格＝屬格」的規則。但這類一致性定語不受名詞變格類型影響：

修飾單數陽性名詞的一致性定語				
	主格	賓格		名詞形式
我的老師	мой учи́тель	моего́（＝屬格）	учи́теля（＝屬格）	動物性名詞、陽性、第一變格法
遙遠路途	далёкий путь	далёкий（＝主格）	путь（＝主格）	非動物性名詞、陽性、第一變格法
這位英國人	э́тот англича́нин	э́того（＝屬格）	англича́нина（＝屬格）	動物性名詞、陽性、不規則變格
你的爸爸	твой папа	твоего́（＝屬格）	па́пу（賓格特殊形）	動物性名詞、陽性、第二變格法

d）修飾複數名詞時

修飾複數名詞的一致性定語如果搭配非動物性名詞，就照「賓格＝主格」的規則；若搭配動物性名詞，則照「賓格＝屬格」的規則。此時一致性定語不受名詞的性和變格類型影響：

修飾複數名詞的一致性定語			
	主格	賓格	名詞形式
這些桌子	э́ти столы́	э́ти столы́ （＝主格）（＝主格）	非動物性名詞、 陽性、第一變格法
您的大學生們	ва́ши студе́нты	ва́ших студе́нтов （＝屬格）（＝屬格）	動物性名詞、 陽性、第一變格法
紅色的書	кра́сные кни́ги	красные кни́ги （＝主格）（＝主格）	非動物性名詞、 陰性、第二變格法
這些母親	э́ти ма́мы	э́тих мам （＝屬格）（＝屬格）	動物性名詞、 陰性、第二變格法
長信	дли́нные пи́сьма́	дли́нные пи́сьма （＝主格）（＝主格）	非動物性名詞、 中性、第一變格法
我們的名字	на́ши имена́	на́ши имена́ （＝主格）（＝主格）	非動物性名詞、 中性、不規則變格
你們的臉	ва́ши лица́	ва́ши лица́ （＝主格）（＝主格）	非動物性名詞、 中性、第一變格法
重要人物	ва́жные лица́	ва́жных лиц （＝屬格）（＝屬格）	動物性名詞、 中性、第一變格法

（3）賓格用法

a）及物動詞的直接補語

及物動詞的直接補語以賓格表示（關於補語 ☞ p.383）：

Он сказа́л **глу́пость**. 他說了傻話。

Ва́ня лю́бит **Та́ню**. 凡尼亞愛塔妮亞。

Она́ зна́ет **япо́нский язы́к**. 她懂日文。

2 名詞之二 格

b）無人稱動詞的補語

無人稱句（☞ p.387-390）沒有主語，而行為的主體為賓格補語要多加留意：

Но́чью **сы́на** вы́рвало.
夜裡兒子吐了（←夜裡某個原因導致兒子吐）。
Дом зажгло́ мо́лнией.
房子因為打雷燒起來了（←打雷導致房子起火）。

c）無人稱句中謂語的補語

無人稱句的謂語也可能是動詞之外的其他詞類，也可能搭配賓格補語：

Мне **жаль Ма́шу**. 我為瑪莎感到惋惜。
Отсю́да бы́ло **ви́дно го́ру**. 從這裡看得到山。

d）時間的持續

賓格可用來表示行為或狀態持續的時間長短，可作為句子的狀語（數詞詞組的變格☞ p.345-352）：

Мы гуля́ли **всю ночь** по го́роду.
我們在城裡散步一整晚。
Они́ рабо́тали **це́лый день**.
他們工作了一整天。
Мы отдыха́ли **два ме́сяца**.
我們休息了兩個月。
Подожди́те, **одну́ мину́точку**!
請等一下！（直譯是「請等一小分鐘」）

同樣地，表示距離的賓格名詞也可作為狀語，表示動作、行為持續的距離：

Они́ **шли три киломе́тра**. 他們走了三公里路。

Она́ **бе́гала сто ме́тров**. 她跑了一百公尺。

e）重複的頻率、次數

賓格名詞修飾表示重複的未完成體動詞時，可表示重複的頻率或次數（數詞詞組的變格☞ p.345-352）：

Мы рабо́таем **ка́ждый день**. 我們每天工作。

Я трениру́юсь **три ра́за** в неде́лю. 我每週訓練三次。

f）價格或重量

使用 сто́ить「（值）～」、ве́сить「～（重）」等動詞時，可用賓格表示價格或重量：

Э́то сто́ит **одну́ ты́сячу рубле́й**. 這個值一千盧布。

Я ве́шу **50 килогра́мм**. 我五十公斤重。

6. 工具格

（1）工具格形式

工具格						
	單數主格		單數工具格		複數工具格	
陽性名詞	-子音	журна́л	-子音**ом**	журна́лом	-子音**ами**	журна́лами
	-й	геро́й	**-ем**	геро́ем	**-ями**	геро́ями
	-ь	портфе́ль	**-ем**	портфе́лем	**-ями**	портфе́лями
中性名詞	**-о**	ме́сто	**-ом**	ме́стом	**-ами**	места́ми
	-е	мо́ре	**-ем**	мо́рем	**-ями**	моря́ми
	-мя	и́мя	**-менем**	и́менем	**-менами**	имена́ми

陰性名詞	-а	газéта	-ой(-ою)	газéтой (-ою)	-ами	газéтами
	-я	недéля	-ей(-ею)	недéлей (-ею)	-ями	недéлями
	-ь	тетрáдь	-ью	тетрáдью	-ями	тетрáдями

＊括號內的單數陰性工具格詞尾 -ою / -ею 現代已不使用，但仍存在於是文獻或文學作品中。

上面圖表列出的只是基本變格，單數工具格形式會因詞幹的末尾音或重音位置而有所不同。

◆子音結尾的陽性名詞中，以 -ж, -ч, -ш, -щ,-ц 結尾

・重音在詞幹時 ➡ -ем

муж ➡ мýжем 丈夫　товáрищ ➡ товáрищем 同事

・重音移到詞尾時 ➡ -óм

нож ➡ ножóм 刀子　мяч ➡ мячóм 球

◆-а 結尾的陰性名詞中，以 -жа, -ча, -ша, -ща, -ца 結尾

・重音在詞幹時 ➡ -ей

кáша ➡ кáшей 粥　ýлица ➡ ýлицей 路、街道

・重音在詞尾時 ➡ -óй

свечá ➡ свечóй 蠟燭　душá ➡ душóй 靈魂

◆-ь 結尾的陽性名詞，重音在詞尾時，不用 -ем，而是 -ём

словáрь ➡ словарём 字典　конь ➡ конём 馬

◆-я 結尾的陰性名詞，重音在詞尾時，不用 -ей，而是 -ёй

статья́ ➡ статьёй 論文　земля́ ➡ землёй 土地

原則上，複數工具格的詞尾為 -ами / -ями，但 человéк「人」的複數工具格是 людьми́，ребёнок 的複數工具格是 детьми́，此外也有少數例外。要特別留意形式相似的複數工具格、複數與格和複數前置格。

（2）工具格用法

a）「利用～」

工具格用來表示所使用的工具或手段，意為「利用～」：

писáть **карандашóм** 用鉛筆寫。
мыть **водóй** 用水洗。
говорить тихим **гóлосом** 小聲說話。
éхать **пароходом** 搭輪船去。

表示交通方式時，也可使用〔на＋前置格〕：
éхать **на парóходе**

還有其他句型可表示交通方式（詳情參考☞ p.285-286）。

2 名詞之二 格

b）被動態的「被～」

俄語被動的行為主體，是以工具格表示：

Портрéт напи́сан **худóжником**. 那張肖像畫是畫家畫的。
Объём статьи́ определя́ется **áвтором**.
論文分量由作者決定。
проведённое **áвтором** исслéдование 作者進行的研究。

無人稱句（☞ p.387-390），也會以工具格表示執行行動的自然力量：

Егó уби́ло **мóлнией**.
他被雷打死了（＞以雷電殺死了他）。
Её унеслó **течéнием**.
她被水沖走了（＞以流水沖走了她）。

c）補語

俄語中「A 是 B」或「A 變成 B」等的「A＝B」句型，基本上 B 使用工具格。換言之，以英語文法結構來看，「SVC 句型」的「補語 C」就相當於俄語中以工具格表示的部分：

He became a teacher. 他成為一名老師。
S V C

這類句型所用的動詞，最典型的就是 быть，但其他幾個動詞，譬如 стать「成為～」、являться「是～」、оказаться「是～、原來是～」、считаться「被認為是～」也適用此句型。

◆быть 是～、成為～

Тогда́ она́ была́ **студе́нткой**. 她當時是一名女大學生。

В бу́дущем я бу́ду **старико́м**. 我將來會變成老人。

Я хочу́ быть **учи́телем**. 我想當老師。

◆явля́ться 是～

Москва́ явля́ется **це́нтром** Росси́и.
莫斯科是俄羅斯的中心。

◆оказа́ться 是～、原來是～

Она́ оказа́лась **тала́нтливой арти́сткой**.
她原來是一位有才華的女演員。

◆счита́ться 被認為是～

Го́лубь счита́ется **си́мволом** ми́ра.
鴿子被視為是和平的象徵。

不過，當動詞是 быть 的現在時 есть，或動詞被省略時，補語不使用工具格，一律使用主格（也參考☞ p.34）：

Москвá — **столи́ца** РФ. 莫斯科是俄羅斯聯邦的首都。

Лингви́стика есть **нау́ка** о языкáх ми́ра.
語言學是一門關於世界上語言的學問。

表示過去時，有時候補語使用主格：

Валéрий был егó **друг**. 瓦列里曾是他的朋友。

主格與工具格的差異請參考☞ p.34。

若 A＝B 指的不是主語與補語，而是直接補語與間接補語的相等關係時，即等同於英語「SVOC 句型」時，「補語 C」的名詞在俄語中以工具格表示：

We consider him a good friend. 我們視他為好朋友。
S V O C

以上句型適用到 считáть「把～視為～」、называ́ть「把～稱為～」等動詞。

◆считáть 把～視為～
Онá считáет егó **дуракóм**. 她把他視為傻瓜。

◆называ́ть 把～稱為～
Он называ́ет меня́ **безде́льником**. 他說我是個懶惰蟲。

d）「作為～」

職業名詞的工具格有「作為～」的意思：

—**Кем** ты рабóтаешь?
「你的職業是什麼？」（＜你以什麼身分工作？）
—Я работаю **врачом**.
「我是醫生」（＜以醫生身分工作）

Он у́мер **герóем**. 他以英雄之姿死去。

e）「像～那樣」

工具格名詞也可作為狀語，有「像～那樣」的意思：

Она́ све́тит **со́лнцем**. 她像太陽那樣閃閃發亮。

Вре́мя лети́т **стрело́й**. 光陰似箭（<時間如箭般飛逝）

f）「以～的狀態」

工具格作狀語使用，表示行為主體的狀態：

Они́ шли **гру́ппой**. 他們一群人一起走。

Я рабо́таю, что́бы де́ти росли́ **счастли́выми**.

我為了讓孩子快樂長大而工作。

g）移動路線

名詞工具格與表示移動的運動動詞連用時，有經過的意思（詳情參考 ☞ p.284-286）：

идти́ **по́лем** 漫步原野　плыть **мо́рем** 在海上航行

идти́ свое́й **доро́гой** 走自己的路

h）作為時間副詞的工具格

有些和時間相關的名詞會以工具格作為時間副詞。通常字典會把名詞的工具格視為獨立的單字。

◆一天的時段

у́тро ➡ **у́тром** 在早上　день ➡ **днём** 在白天（中午）

ве́чер ➡ **ве́чером** 在晚上　ночь ➡ **но́чью** 在夜裡

也可能使用複數，或者加上定語（☞ p.384-385）：

Они́ **зи́мними вечера́ми** пьют чай.

冬天時，他們每晚都會喝茶。

◆季節

веснá ➡ **веснóй** 在春天　лéто ➡ **лéтом** 在夏天

óсень ➡ **óсенью** 在秋天　зимá ➡ **зимóй** 在冬天

i） 作為其他副詞的工具格

除此之外，還有其他用來當作副詞的工具格。以下介紹幾個例子：

другúми словáми 換句話說

Мы возвращáлись **бегóм**. 我們跑著回來。

＊通常 бег 的工具格是 бéгом，作為副詞的工具格 бегóм 的重音後移。一般會把 бегóм 和 бег 視為不同的單字。

j） 以工具格為接格的動詞

以工具格為接格的動詞很多，最常見的類型如下：

i) 表示「用某物把某物填滿」的動詞

◆наполнúть＋賓格＋工具格「把（賓格）裝／填滿（工具格）」

Я напóлнил чемодáн **нýжными вещáми**.

我把行李箱裝滿需要的東西。

◆грузúть＋賓格＋工具格「把（賓格）裝上（工具格）」

Онú грузúли сýдно **пшенúцей**. 他們把船裝滿小麥。

◆кормúть＋賓格＋工具格「餵（賓格）吃（工具格）」

Мáма кормúла егó **мя́сом**. 母親餵他吃肉。

ii) 表示身體某部位動作的動詞

只有活動身體某部位做動作時，譬如「動動手」或「搖頭」，表示身體部位的名詞通常使用工具格：

двúгать **рукóй** 動動手

＊двúгать мéбель「搬動傢俱」動的並非身體部位，所以傢俱是賓格。

махáть **рукóй** 揮手

топáть **ногóй** 跺腳

качáть **головóй** 搖頭

iii) 表示擁有、受到控制或影響的動詞

владéть **языкóм** 精通語言

руководúть **грýппой** 指導小組

управля́ть **движéнием** 管理、控制運動

обладáть **прáвом** 擁有權利

пóльзоваться **компью́тером** 使用電腦

iv) 被動式衍生的動詞

由被動式衍生的動詞（特別是 **-ся** 動詞），多數以工具格作接格。

◆интересовáться＋工具格「對～感興趣」

интересовáться **инострáнными языкáми**

對外語感興趣（＜被外語勾起興趣）

◆занимáться＋工具格「學習～、從事～」

занимáться **языкóм**

學習語言（＜被語言佔有）

k）搭配工具格的形容詞

有的形容詞會搭配工具格。這類形容詞多作為謂語，而且多是短尾形式（☞ p.148-154）。以下介紹幾個短尾形容詞：

◆бóлен＋工具格「罹患～」

Он бóлен **грúппом**. 他得了流行性感冒。

◆слаб＋工具格「對～不擅長」

Онá слабá **матемáтикой**. 她不擅長數學。

◆довóлен＋工具格「滿足於～」

Мы <u>дово́льны **свои́м до́мом**</u>. 我們很滿意自己的家。

◆бога́т＋工具格「富有～」

На́ша страна́ <u>бога́та **не́фтью**</u>. 我國盛產石油。

◆бе́ден＋工具格「缺乏～」

На́ша страна́ <u>бедна́ **не́фтью**</u>. 我們國家缺乏石油。

l）長度、重量

以「長度～公尺的」、「重量～公斤的」修飾名詞時，會使用含有「長度」、「重量」意思的名詞工具格，再加上「數詞＋單位詞組」的方式表示（數詞詞組的變格 ☞ p.345-352）：

мост **длино́й (в) два киломе́тра** 長兩公里的橋

груз **ве́сом (в) одну́ то́нну** 重一公噸的行李

＊「數詞＋單位」的部分是賓格。沒有前置詞 в 也沒關係。

зда́ние **высото́й до 200 м** 高達兩百公尺的建築物

челове́к **ро́стом от 150 см до 180 см**

身高 150 公分至 180 公分的人

m）比較的差異

跟比較級一起使用，表示兩者差距。〔на＋賓格〕也有相同功用（☞ p.161）：

вы́ше **двумя́ эта́жами**（= **на два этажа́**）高出兩層樓

ста́рше **тремя́ года́ми**（= **на три го́да**）年長三歲

7. 前置格

（1）前置格形式

前置格						
	單數主格		單數前置格		複數前置格	
陽性名詞	-子音（無詞尾）	журна́л	-子音 **е**	журна́ле	-子音 **ах**	журна́лах
	-й	геро́й	**-е**	геро́е	**-ях**	геро́ях
	-ь	портфе́ль	**-е**	портфе́ле	**-ях**	портфе́лях
中性名詞	**-о**	ме́сто	**-е**	ме́сте	**-ах**	места́х
	-е	мо́ре	**-е**	мо́ре	**-ях**	моря́х
	-мя	и́мя	**-мени**	и́мени	**-мена́х**	имена́х
陰性名詞	**-а**	газе́та	**-е**	газе́те	**-ах**	газе́тах
	-я	неде́ля	**-е**	неде́ле	**-ях**	неде́лях
	-ь	тетра́дь	**-и**	тетра́ди	**-ях**	тетра́дях

＊-ий 結尾的陽性名詞、-ие 結尾的中性名詞、-ия 結尾的單數陰性名詞前置格都是 -ии。

санато́рий ➡ санато́рии 療養院

зда́ние ➡ зда́нии 建築物

ста́нция ➡ ста́нции 車站

（2）前置格用法

前置格與其他變格不同，只能與前置詞連用。因此，前置格沒有固定的意思，其字義會隨前置詞而不同。與名詞前置格連用的前置詞並不多，例子如下：

в 在～的裡面

на 在～的上面

о 關於～

при～的時候、附屬
по在～之後

其中в, на, о特別重要（в與на的使用方法☞ p.304-306）。

（3）第二前置格

原則上，陽性名詞的前置格詞尾是 -е，可是當前置詞是в「在～的裡面」和 на「在～的上面」時，有時名詞前置格詞尾 -ý / -ю́ 。這樣的前置格稱為**第二前置格**，第二前置格的重音一律在詞尾：

на **берегý**在岸邊　в **лесý**在森林
в прóшлом **годý**去年　в **садý**在庭院

第二前置格只與 в / на 一起使用，若搭配 в / на 以外的前置詞，則會變回一般的前置格形式 -е：

о **лéсе**關於森林　о прóшлом **гóде**關於去年

此外，即使同樣是 в / на，只要不是表示場所，則仍須用一般的前置格形式 -е：

Он знáет толк в **лéсе**. 他很瞭解森林。

有些名詞搭配 в / на時，一般前置格與第二前置格都可使用：

в **аэропóрте** / в **аэропортý**在機場
в **óтпуске** / в **отпускý**休假期間

這種情況下，一般來說 -е 屬於書面語，-ý / -ю́ 則是口語。

少數**第三變格法陰性名詞**也擁有和一般前置格不同的第二前置格，詞尾多為 -и。而這種第二前置格的特點是重音位於詞尾：

дверь 門➡ в **двери́**（о **дре́ри**）
тень 影子➡ в **тени́**（о **те́ни**）

前置詞 в/на 與前置詞形態（一般或第二）的使用會依名詞字義不同而定：

◆край 地方／邊境
в Хаба́ровском **кра́е** 在哈巴羅夫斯克地區
на **краю́** города 在城郊

◆век 世紀／生涯
в двадца́том **ве́ке** 在 20 世紀　в своём **веку́** 終其一生

◆ряд 一連串／排
в **ря́де** слу́чаев 一連串事件　во второ́м **ряду́** 在第二排

如果是作品名稱，通常使用一般前置格。
В «Вишнёвом **са́де**» Че́хова 契訶夫的《櫻桃園》中

名詞之三　名詞變格

上一章整理了名詞的變格形式及用法。本章節採用不同角度，整理變格相似的名詞變格類型。

1. 名詞變格法

名詞的變格法重點在於單數，大致可分為三種：
第一變格法：陽性名詞、-o 結尾與 -e 結尾的中性名詞
第二變格法：-a 結尾與 -я 結尾的陰性名詞
第三變格法：-ь 結尾的陰性名詞

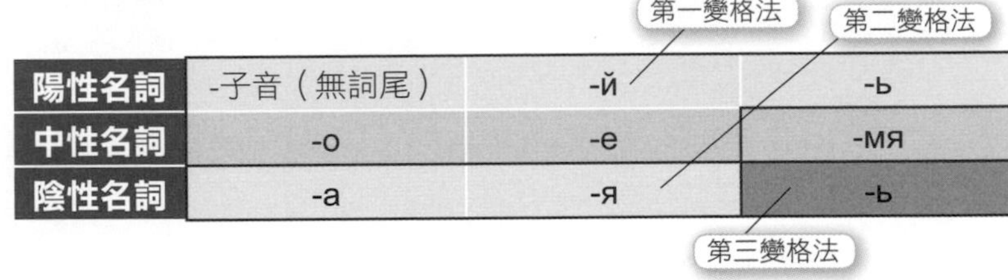

陽性名詞	-子音（無詞尾）	-й	-ь
中性名詞	-о	-е	-мя
陰性名詞	-а	-я	-ь

此外，還有少數幾個沒歸納在這三類的不規則變格名詞，譬如，-мя 結尾的中性名詞。

（1）第一變格法

第一變格法的名詞變格形式如下表所示。其中，賓格會因名詞是動物性或非動物性而有不同（☞ p.53）。大部分陽性名詞和中性名詞就屬於這類：

第一變格法名詞		
	陽性名詞	中性名詞
主格	-子音/**-й**/**-ь**	-о/**-е**
屬格	-а/**-я**	
與格	-у/**-ю**	
賓格	動物性名詞＝屬格／非動物性名詞＝主格	

工具格	-ом/-ем
前置格	-е

＊標示有兩個以上詞尾的部分，紫色字體者為硬變化，標底線者為軟變化（關於硬變化及軟變化請參考☞ p.13-14）。

（2）第二變格法

第二變格法的名詞變格形式如下表所示。動物性名詞與非動物性名詞在變格上並沒有差異。-а/-я 結尾的陰性名詞就屬於這一類型：

第二變格法名詞	
主格	-а/-я
屬格	-ы/-и
與格	-е
賓格	-у/-ю
工具格	-ой/-ей
前置格	-е

＊標示有兩個詞尾的部分，紫色字體者是硬變化，標底線者是軟變化（☞ p.13-14）。

（3）第三變格法

第三變格法的名詞變格如下表所示。動物性名詞與非動物性名詞在變格上並沒有差異。-ь 結尾的陰性名詞屬於這一類型，全為軟變化（☞ p.13-14）：

第三變格法名詞	
主格	-ь
屬格	-и
與格	-и
賓格	＝主格
工具格	-ью
前置格	-и

然而，除了複數屬格會因名詞類型而有不同的變格形式以外（☞ p.89-92），名詞複數的其他變格形式並不會因此而有差異，如下表所示：

	複數
主格	-ы/-и/-а/-я
屬格	☞ p.83-85
與格	-ам/-ям
賓格	動物性名詞＝屬格／非動物性名詞＝主格
工具格	-ами/-ями
前置格	-ах/-ях

＊標示有兩個詞尾的部分，紫色字體者是硬變化，標底線者是軟變化（☞ p.13-14）。

2. 名詞變格基本形式

本單元介紹各性別名詞的主要變格形式。

(1) 陽性名詞

陽性名詞大多都是第一變格法，但有少數屬於第二變格法。此外，應多加注意複數形式詞幹不同的名詞、複數主格不規則變格的名詞，及不規則變格的名詞。

a) 第一變格法　硬變化

以子音結尾的陽性名詞屬於這類。動物性名詞「賓格＝屬格」，非動物性名詞「賓格＝主格」：

第一變格法　硬變化			
		學生	雜誌
單數	主格	студéнт	журнáл
	屬格	студéнта	журнáла
	與格	студéнту	журнáлу
	賓格 動物性	студéнта	
	賓格 非動物性		журнáл
	工具格	студéнтом	журнáлом
	前置格	студéнте	журнáле
複數	主格	студéнты	журнáлы
	屬格	студéнтов	журнáлов
	與格	студéнтам	журнáлам
	賓格 動物性	студéнтов	
	賓格 非動物性		журнáлы
	工具格	студéнтами	журнáлами
	前置格	студéнтах	журнáлах

b）第一變格法　軟變化

以 **-й** 或 **-ь** 結尾的陽性名詞屬於此類。動物性名詞「賓格＝屬格」，非動物性名詞「賓格＝主格」：

第一變格法　軟變化					
		英雄	有軌電車	作家	公事包
單數	主格	герóй	трамвáй	писáтель	портфéль
	屬格	герóя	трамвáя	писáтеля	портфéля
	與格	герóю	трамвáю	писáтелю	портфéлю
	賓格 動物性	герóя		писáтеля	
	賓格 非動物性		трамвáй		портфéль
	工具格	герóем	трамвáем	писáтелем	портфéлем
	前置格	герóе	трамвáе	писáтеле	портфéле

複數	主格		геро́и	трамва́и	писа́тели	портфе́ли
	屬格		геро́ев	трамва́ев	писа́телей	портфе́лей
	與格		геро́ям	трамва́ям	писа́телям	портфе́лям
	賓格	動物性	геро́ев		писа́телей	
		非動物性		трамва́и		портфе́ли
	工具格		геро́ями	трамва́ями	писа́телями	портфе́лями
	前置格		геро́ях	трамва́ях	писа́телях	портфе́лях

c）第一變格法　名詞單複數詞幹不同

第一變格法的陽性名詞中，有的名詞複數詞幹不同於單數詞幹（複數基本結構☞ p.24-28）。

i）-ья 形

這一類型可再細分為子音交替、重音位移等不同變格形式。不過，單複數的詞幹不同是一貫原則。雖然這類名詞數量不多，但都屬於常用單字，一定要牢記：

-ья 形的變格						
			哥哥、弟弟	椅子	朋友	兒子
單數	主格		брат	стул	друг	сын
	屬格		бра́та	сту́ла	дру́га	сы́на
	與格		бра́ту	сту́лу	дру́гу	сы́ну
	賓格	動物性	бра́та		дру́га	
		非動物性		сту́л		сы́на
	工具格		бра́том	сту́лом	дру́гом	сы́ном
	前置格		бра́те	сту́ле	дру́ге	сы́не
複數	主格		бра́тья	сту́лья	друзья́	сыновья́
	屬格		бра́тьев	сту́льев	друзе́й	сынове́й
	與格		бра́тьям	сту́льям	друзья́м	сыновья́м
	賓格	動物性	бра́тьев		друзе́й	
		非動物性		сту́лья		сынове́й
	工具格		бра́тьями	сту́льями	друзья́ми	сыновья́ми
	前置格		бра́тьях	сту́льях	друзья́х	сыновья́х

ii) -ин 形

這一類型的變格形式多樣。不過，單複數的詞幹不同是一貫原則。這類單字都是表示人的名詞：

-ин 形的變格				
		俄羅斯國民	保加利亞人	先生
單數	主格	россия́нин	болга́рин	господи́н
	屬格	россия́нина	болга́рина	господи́на
	與格	россия́нину	болга́рину	господи́ну
	賓格 動物性	россия́нина	болга́рина	господи́на
	工具格	россия́нином	болга́рином	господи́ном
	前置格	россия́нине	болга́рине	господи́не
複數	主格	россия́не	болга́ры	господа́
	屬格	россия́н	болга́р	госпо́д
	與格	россия́нам	болга́рам	господа́м
	賓格 動物性	россия́н	болга́р	госпо́д
	工具格	россия́нами	болга́рами	господа́ми
	前置格	россия́нах	болга́рах	господа́х

iii)-ё(о)нок/-ята 形

這類型名詞大多表示動物幼獸：

-о(ё)нок/-ята 形的變格			
		小貓	小老鼠
單數	主格	котёнок	мышо́нок
	屬格	котёнка	мышо́нка
	與格	котёнку	мышо́нку
	賓格 動物性	котёнка	мышо́нка
	工具格	котёнком	мышо́нком
	前置格	котёнке	мышо́нке

複數	主格	котя́та	мыша́та
	屬格	котя́т	мыша́т
	與格	котя́там	мыша́там
	賓格 動物性	котя́т	мыша́т
	工具格	котя́тами	мыша́тами
	前置格	котя́тах	мыша́тах

以 -ё(о)нок 結尾的名詞並非全部屬於這類，也有許多名詞是照一般形式變格。

iv) сосе́д / сосе́ди 形

這類子音結尾的陽性名詞，單數時依照第一變格法的硬變化（子音結尾）變格（p.75），複數時則依照第三變格法的軟變化（-ь 結尾）變格（p.76），務必牢記：

сосе́д / сосе́ди 形的變格					
鄰居					
單數	主格	сосе́д	複數	主格	сосе́ди
	屬格	сосе́да		屬格	сосе́дей
	與格	сосе́ду		與格	сосе́дям
	賓格 動物性	сосе́да		賓格 動物性	сосе́дей
	工具格	сосе́дом		工具格	сосе́дями
	前置格	сосе́де		前置格	сосе́дях

d）第一變格法　複數主格不規則變格

這類名詞只有複數主格不規則變格，其他格規則變格：

профе́ссор / профессора́ 教授　　учи́тель / учителя́ 教師
глаз / глаза́ 眼睛　　край / края́ 邊界

複數主格不規則變格			
教授			
格		單數	複數
主格		профе́ссор	профессора́
屬格		профе́ссора	профессоро́в
與格		профе́ссору	профессора́м
賓格	動物性	профе́ссора	профессоро́в
賓格	非動物性		
工具格		профе́ссором	профессора́ми
前置格		профе́ссоре	профессора́х

原則上，單數的重音在詞幹，複數的重音在詞尾。不過也有像рука́в「袖子」這樣的名詞，除了單數主格（以及同形的單數賓格）之外，其他格的重音都移至詞尾。

e）путь「道路」

путь「道路」與第三變格法陰性名詞的變格形式相似，不過其單數工具格詞尾同第一變格法的不規則變格。還有，這個名詞跟一般的第三變格法名詞不同，為陽性名詞。這類名詞只有這個單字而已：

путь 的變格			
道路			
格		單數	複數
主格		путь	пути́
屬格		пути́	путе́й
與格		пути́	путя́м
賓格	非動物性	путь	пути́
工具格		путём	путя́ми
前置格		пути́	путя́х

f）第二變格法的陽性名詞

基本上 -а/-я 結尾的第二變格法名詞為陰性；可是，如果單字指的是男性時，要以字義為主，所以屬於陽性名詞。但不論單複數，變格形式都屬第二變格法：

第二變格法的陽性名詞					
爸爸					
單數	主格	пáпа	複數	主格	пáпы
	屬格	пáпы		屬格	пап
	與格	пáпе		與格	пáпам
	賓格 非動物性	пáпу		賓格 非動物性	пап
	工具格	пáпой (-ою)		工具格	пáпами
	前置格	пáпе		前置格	пáпах

＊括號內的工具格 пáпою 現代已不使用，但仍存在於文獻或文學作品之中。

補充

雖然是第二變格法，但因為是陽性名詞，一致性定語（p.384-385）和謂語（p.382-383）都要使用陽性形式。以下以一致性定語為例子：

〔**我的爸爸**〕

主格 **мой** пáпа
屬格 **моегó** пáпы
與格 **моемý** пáпе
賓格 **моегó** пáпу
工具格 **моúм** пáпой
前置格 **моём** пáпе

（2）中性名詞

中性名詞也跟陽性名詞一樣，多屬於第一變格法。不過，也有 -мя 結尾的不規則變格名詞、複數詞幹不同的名詞、複數主格不規則變格的名詞。

a）第一變格法　硬變化、軟變化

與第一變格法的陽性名詞複數主格不一樣，這類中性名詞的複數常會有重音位移的情況，請牢記：

第一變格法　硬變化、軟變化				
			硬變化	軟變化
			地方、空間	海
單數	主格		ме́сто	мо́ре
	屬格		ме́ста	мо́ря
	與格		ме́сту	мо́рю
	賓格	非動物性	ме́сто	мо́ре
	工具格		ме́стом	мо́рем
	前置格		ме́сте	мо́ре
複數	主格		места́	моря́
	屬格		мест	море́й
	與格		места́м	моря́м
	賓格	非動物性	места́	моря́
	工具格		места́ми	моря́ми
	前置格		места́х	моря́х

中性名詞幾乎沒動物性名詞，但有 лицо́「人物」、чудо́вище「怪物」等少數例外。這類名詞的單數賓格同非動物性名詞，與主格同形，而複數賓格則跟屬格同形（詳情參考第2章的賓格單元☞ p.54-55）。

b）-мя 形

這類名詞屬於不規則變格。單數主格以外的格會在詞幹上加 -ен-，除此之外皆與第三變格法相似，只有工具格的形式跟第三變格法不一樣：

-мя 形的變格							
名字							
單數	主格		и́мя	複數	主格		имена́
	屬格		и́мени		屬格		имён
	與格		и́мени		與格		имена́м
	賓格	非動物性	и́мя		賓格	非動物性	имена́
	工具格		и́менем		工具格		имена́ми
	前置格		и́мени		前置格		имена́х

＊зна́мя「旗子」的複數則會變格為 знамёна, знамён, знамёнам 等。
＊се́мя「種子」的複數屬格是 семя́н，стре́мя「馬鐙」的複數屬格也是стремя́н。

c）單複數詞幹不同的中性名詞

跟陽性名詞一樣，這類中性名詞變成複數後，詞幹也會改變（複數形式☞ p.24-28）。

i）-ья 形（第一變格法）

-ья 形的變格					
樹					
單數	主格	де́рево	複數	主格	дере́вья
	屬格	де́рева		屬格	дере́вьев
	與格	де́реву		與格	дере́вьям
	賓格 非動物性	де́рево		賓格 非動物性	дере́вья
	工具格	де́ревом		工具格	дере́вьями
	前置格	де́реве		前置格	дере́вьях

ii）-еса 形（第一變格法）

-еса 形的變格					
天空					
單數	主格	не́бо	複數	主格	небеса́
	屬格	не́ба		屬格	небе́с
	與格	не́бу		與格	небеса́м
	賓格 非動物性	не́бо		賓格 非動物性	небеса́
	工具格	не́бом		工具格	небеса́ми
	前置格	не́бе		前置格	небеса́х

iii) 單複數分屬軟硬變化的中性名詞（第一變格法）

這類名詞單數會使用硬變化詞尾，複數則使用軟變化詞尾（☞ p.13-14）。此外，與一般中性名詞不同，複數主格使用陽性名詞詞尾，並有子音交替的現象，如 у́хо / у́ши：

單複數分屬軟硬變化的中性名詞				
			膝蓋	耳朵
單數	主格		коле́но	у́хо
	屬格		коле́на	у́ха
	與格		коле́ну	у́ху
	賓格	非動物性	коле́но	у́хо
	工具格		коле́ном	у́хом
	前置格		коле́не	у́хе
複數	主格		коле́ни	у́ши
	屬格		коле́ней	уше́й
	與格		коле́ням	уша́м
	賓格	非動物性	коле́ни	у́ши
	工具格		коле́нями	уша́ми
	前置格		коле́нях	уша́х

iv) 複數主格不規則變格的名詞

這些名詞只有複數主格（以及同形的複數賓格）是不規則變格，其他格都是規則的第一變格法：

複數主格不規則變格的名詞		
	蘋果	
	單數	複數
主格	я́блоко	я́блоки
屬格	я́блока	я́блок
與格	я́блоку	я́блокам
賓格	я́блоко	я́блоки
工具格	я́блоком	я́блоками
前置格	я́блоке	я́блоках

這類名詞單數詞尾是 -о，複數詞尾是 -и，同類單字還有 слове́чко / слове́чки「字詞」、плечо́ / пле́чи「肩膀」等。

（3）陰性名詞

陰性名詞除了少數為第三變格法外，大多屬第二變格法。

a）第二變格法　硬變化、軟變化

第二變格法的陰性名詞單數時，不論動物性或非動物性，賓格的詞尾都是 -у / -ю。不過如果是複數，動物性名詞與屬格同形，非動物性名詞與主格同形：

第二變格法名詞						
			硬變化		軟變化	
			媽媽	報紙	保姆	星期、週
單數	主格		ма́ма	газе́та	ня́ня	неде́ля
	屬格		ма́мы	газе́ты	ня́ни	неде́ли
	與格		ма́ме	газе́те	ня́не	неде́ле
	賓格	動物性	ма́му		ня́ню	
		非動物性		газе́ту		неде́лю
	工具格		ма́мой (-ою)	газе́той (-ою)	ня́ней (-ею)	неде́лей (-ею)
	前置格		ма́ме	газе́те	ня́не	неде́ле
複數	主格		ма́мы	газе́ты	ня́ни	неде́ли
	屬格		ма́м	газе́т	ня́нь	неде́ль
	與格		ма́мам	газе́там	ня́ням	неде́лям
	賓格	動物性	ма́м		ня́нь	
		非動物性		газе́ты		неде́ли
	工具格		ма́мами	газе́тами	ня́нями	неде́лями
	前置格		ма́мах	газе́тах	ня́нях	неде́лях

＊括號內的單數工具格詞尾 -ою / -ею 現代不再使用，但仍存在於文獻或文學作品裡。

b）第三變格法

第三變格法的陰性名詞單數，不論動物性或非動物性，都是「賓格＝主格」；複數時，動物性名詞是「賓格＝屬格」，非動物性名詞是「賓格＝主格」。此外，第三變格法的名詞全部是陰性：

第三變格法名詞				
			山貓	筆記本
單數	主格		рысь	тетра́дь
	屬格		ры́си	тетра́ди
	與格		ры́си	тетра́ди
	賓格	動物性	рысь	
		非動物性		тетра́дь
	工具格		ры́сью	тетра́дью
	前置格		ры́си	тетра́ди
複數	主格		ры́си	тетра́ди
	屬格		ры́сей	тетра́дей
	與格		ры́сям	тетра́дям
	賓格	動物性	ры́сей	
		非動物性		тетра́ди
	工具格		ры́сями	тетра́дями
	前置格		ры́сях	морях

мать 和 дочь 除了單數主格與單數賓格，其它格的詞幹要加上 -ер-，且變格都依照第三變格法：

мать 和 дочь 的變格				
			母親	女兒
單數	主格		мать	дочь
	屬格		ма́тери	до́чери
	與格		ма́тери	до́чери
	賓格	動物性	мать	дочь
	工具格		ма́терью	дочерью
	前置格		ма́тери	до́чери

複數	主格		ма́тери	до́чери
	屬格		матере́й	дочере́й
	與格		матеря́м	дочеря́м
	賓格	動物性	матере́й	дочере́й
	工具格		матеря́ми	дочеря́ми дочерьми́
	前置格		матеря́х	дочеря́х

＊дочь 的複數工具格兩種形式並存。

3. 名詞變格的注意事項

到目前為止，已經針對名詞的第一變格法、第二變格法、第三變格法的基本變化加以整理，這裡將介紹其他的注意事項。

（1）-ий、-ие（-ье）、-ия 結尾的名詞變格

這類名詞並非 -й 結尾的陽性名詞（第一變格法）、-е 結尾的中性名詞（第一變格法），以及 -я 結尾的陰性名詞（第二變格法），但與基本形差異不大。-ий 形和 -ие 形只有單數前置格與基本型不同，-ия 形則是單數前置格與單數與格皆與基本形不同。請多加注意下表畫底線的部分：

-ий、-ие（-ье）、-ия 結尾的變格				
		療養院	宿舍	站
單數	主格	санато́рий	общежи́тие	ста́нция
	屬格	санато́рия	общежи́тия	ста́нции
	與格	санато́рию	общежи́тию	ста́нции
	賓格	санато́рий	общежи́тие	ста́нцию
	工具格	санато́рием	общежи́тием	ста́нцией (-иею)
	前置格	санато́рии	общежи́тии	ста́нции

複數	主格	санато́рии	общежи́тия	ста́нции
	屬格	санато́риев	общежи́тий	ста́нций
	與格	санато́риям	общежи́тиям	ста́нциям
	賓格	санато́рии	общежи́тия	ста́нции
	工具格	санато́риями	общежи́тиями	ста́нциями
	前置格	санато́риях	общежи́тиях	ста́нциях

*станция 單數工具格的 -иею 詞尾，現代已不使用，但仍存在文獻或文學作品中。

不過，воскресе́нье「星期日」、остриё「尖端、鋒」和 -ие 型相似，статья́「文章、論文」與 -ия 相似，但彼此還是有微妙差異。不同處如下表畫底線部分所示：

		星期日	尖端、鋒	論文
單數	主格	воскресе́нье	остриё	статья́
	屬格	воскресе́нья	острия́	статьи́
	與格	воскресе́нью	острию́	статье́
	賓格	воскресе́нье	остриё	статью́
	工具格	воскресе́ньем	остриём	статьёй (-ьёю)
	前置格	воскресе́нье	остри́е	статье́
複數	主格	воскресе́нья	острия́	статьи́
	屬格	воскресе́ний	остриёв	стате́й
	與格	воскресе́ньям	острия́м	статья́м
	賓格	воскресе́нья	острия́	статьи́
	工具格	воскресе́ньями	острия́ми	статья́ми
	前置格	воскресе́ньях	острия́х	статья́х

*статья́ 單數工具格的 -ьёю 詞尾現代已不使用，但仍存在文獻或是文學作品中。

(2) 姓氏的變格

俄羅斯姓氏起源繁雜，變格也有千百樣。譬如，除了有 Ме́льник 這類變格形式和普通名詞一樣的姓氏，也

有 Верна́дский 或 Толсто́й 這種變格形式和像形容詞一樣的類型，以及完全不變格的類型，如 Бонда́рко 這種以 -ко 結尾和 Бессмертных 這種形容詞複數屬格的類型。

在俄羅斯最常見的姓氏是 -ов / -ев 形，第二名是 -ин 形。這些姓氏的變格混合了名詞與形容詞的形式。請多加留意：

具代表性的姓氏變格					
		男性	女性	男性	女性
單數	主格	Петро́в	Петро́ва	Ники́тин	Ники́тина
	屬格	Петро́ва	Петро́вой	Ники́тина	Ники́тиной
	與格	Петро́ву	Петро́вой	Ники́тину	Ники́тиной
	賓格	Петро́ва	Петро́ву	Ники́тина	Ники́тину
	工具格	Петро́вым	Петро́вой	Ники́тиным	Ники́тиной
	前置格	Петро́ве	Петро́вой	Ники́тине	Ники́тиной
複數	主格	Петро́вы		Ники́тины	
	屬格	Петро́вых		Ники́тиных	
	與格	Петро́вым		Ники́тиным	
	賓格	Петро́вых		Ники́тиных	
	工具格	Петро́выми		Ники́тиными	
	前置格	Петро́вых		Ники́тиных	

（3）關於複數屬格

俄語的名詞變格大致可區分為三類型，而複數的變格基本上只有一種類型。不過，複數屬格比較複雜，難以清楚分辨是三種中的哪個類型。因此這裡針對複數屬格概略整理說明。

基本上名詞複數屬格的特徵是以子音作詞尾，但因為「子音結尾」的形式多樣且複雜。所以下面依序整理（以下出現的大寫C代表子音）。

a）複數屬格架構

① 以-a, -o與子音結尾時

要以子音結尾最簡單的方法就是拿掉詞尾的 -a 或 -o。

不過，如果原本就是以子音結尾，則要在後面加上 -ов，以符合子音結尾的規則。

-Са → **-С** -Со → **-С** -С → **-Сов**	ко́мната → ко́мнат 房間 те́ло → тел 身體 студе́нт → студентов 學生

＊常會有隱現母音出現，宜多注意（☞ p.92-95）。
ру́чка ➡ ру́чек　окно́ ➡ о́кон

② **以 -я, -е 與 -й 結尾時**

以 -я 結尾時，改成 -ь；以 -е 結尾時，換成 -ей。此外，以 -й 結尾時，不是加 -ов 而是 -ев。

-я → **-ь** -е → **-ей** -й → **-ев**	неде́ля → неде́ль 星期、周 по́ле → поле́й 原野 музе́й → музе́ев 博物館

③ **以 -ь 結尾時**

以 -ь 結尾的名詞，不分陽性或陰性，一律變成 -ей。

-ь → **-ей**	ру́бль → рубле́й 盧布（陽性） тетра́дь → тетра́дей 筆記本（陰性）

④ **以 -мя 結尾時**

必須多加留意以 -мя 結尾的中性名詞。

-мя → **-мён**	и́мя → имён 名字

⑤ **以 -ия 與 -ие 結尾時**

-ия 與 -ие 是特殊形，其單數前置格也是特殊變格。

-ия → **-ий** -ие → **-ий**	а́рмия → а́рмий 軍隊 зда́ние → зда́ний 建築物

＊不過，跟前置格不同，-ий 的單數前置格雖是特殊變格（☞ p.87-88），但複數屬格則比照一般方式，變成②-иев。
санато́рий ➡ санато́риев

⑥ **以 -ея 結尾時**

也請多注意 -ея 結尾的單字。

-ея → **-ей**	иде́я → иде́й 點子、主意

⑦ **子音結尾的例外**

不過就算是子音結尾，也有例外。

-ж, -ч, -ш, -щ → **-ж, -ч, -ш, -щ +ей** -ц → **-цев**（詞尾不在重音時）	това́рищ → това́рищей 同志、同儕、同事 ме́сяц → ме́сяцев 月

＊若是 -ц 結尾的單字且重音在詞尾的話，一般會變成 ① -цо́в。

b）複數屬格總整理

整理以上的變格規則：

基本原則：詞尾是子音結尾

陽性	-C → **-Cов** ①	-й → **-ев** ②	-ь → **-ей** ③
陰性	-Ca → **-C** ①	-я → **-ь** ②	-ь → **-ей** ③
中性	-Co → **-C** ①	-е → **-ей** ②	-мя → **-мён** ③

不過，

-ия → **-ий** ⑤ -ие → **-ий**
-ея → **-ей** ⑥
-ж, -ч, -ш, -щ → **-ж, -ч, -ш, -щ +ей** ⑦
-ц → **-цев**（重音不在詞尾時）⑧

此外，請留意以下兩個不規則變格的名詞（☞ p.86-87）：

мать ➡ матере́й 母親　дочь ➡ дочере́й 女兒

- -ья 結尾的陰性名詞重音在詞幹，變成 -ий。
  го́стья ➡ го́стий 女客人
- -ья 結尾的陰性名詞重音在詞尾，變成 -е́й。
  статья́ ➡ стате́й 論文

・-ье 結尾的中性名詞變成 -ий。

воскресéнье ➡ воскресéний 星期日

・-ьё 結尾的中性名詞變成 -ей。

ружьё ➡ рýжей 槍　питьё ➡ питéй 飲料

＊不過，也有像 копьё ➡ кóпий「標槍、矛」、остриё ➡ остриёв「尖端」的例外情況。

（4）複數工具格的例外

複數與格、複數工具格、複數前置格分別為 -ам / -ям, -ами / -ями, -ах / -ях，在變格複雜的俄語中，變格統一成一個形式，算是很罕見的情況。不過，複數工具格還是有少數例外存在，譬如，лю́ди「人們」變成 людьми́、дéти「孩子們」變成 детьми́ 等。此外，也有名詞是同時擁有兩種形式，例如 дочь「女兒」變成 дочерьми́ / дочеря́ми，лóшадь「馬」變成 лошадьми́ / лошадя́ми、дверь「門」變成 дверьми́ / дверя́ми。以上的例子中，後者較口語。

（5）隱現母音

隨著單字變格出現或消失的母音稱為隱現母音：

окнó 窗戶（單數主格）➡ óкон（複數屬格）
ры́нок 市場（單數主格）➡ ры́нка（單數屬格）
день 天、日（單數主格）➡ дня（單數主格）
сестрá 姊姊、妹妹（單數主格）➡ сестёр（複數屬格）

如上所述，隱現母音一定變為 о 或 е（或 ё）。

通常俄語不喜歡單字的結尾有連續的子音。所以，為了避免這個情況，便將隱現母音插入於子音之間。大致可分為兩種形式：

a）以子音和 -ь 結尾的陽性名詞單數主格沒有詞尾，導致單字以連續子音結束時

沒有詞尾時，為了避免單字以連續子音作結，隱現母音便會出現；而有詞尾時，因為不會以連續子音作結，所以不需要隱現母音，這時它就會消失：

сон 夢（單數主格）
➡ сна（單數屬格）、сну（單數與格）…
лев 獅子（單數主格）
➡ льва（單數屬格）、льву（單數與格）…
день 天、日（單數主格）
➡ дня（單數屬格）、дню（單數與格）…

b）陰性名詞或中性名詞有詞尾時

這類名詞大多數情況下不需要隱現母音，但如果複數屬格沒有詞尾時，為了避免出現連續子音，隱現母音就會出現：

студе́нтка 女大學生（單數主格）、студе́нтки（單數屬格）…
➡ студе́нток（複數屬格）
письмо́ 信（單數主格）、письма́（單數屬格）…
➡ пи́сем（複數屬格）
сестра́ 姊姊、妹妹（單數主格）、сёстры（單數屬格）…
➡ сестёр（複數屬格）

第三變格法的陰性名詞中，除了以 -ь 結尾的主格、賓格及工具格有隱現母音外，其他格則不會出現隱現母音：

це́рковь 教會、教堂
➡ це́ркви, це́ркви, це́рковь, це́рковью, це́ркви
любо́вь 愛
➡ любви́, любви́, любо́вь, любо́вью, любви́

以下名詞沒有隱現母音，而是字裡原本就有 o, e 相當常見，請多加注意：

нóвость 新聞

➡ нóвости, нóвости, нóвость, нóвостью, нóвости

дверь 門

➡ двéри, двéри, двéрь, двéрью, двéри

c）保留 ь 時

也會有隱現母音的 e（ë）消失，留下 ь 的情況：

пáлец 手指 ➡ пáльца

конёк 幼馬 ➡ конькá

лёд 冰 ➡ льда

d）保留 й 時

母音後面的隱現母音消失後，留下 й：

китáец 中國人 ➡ китáйца

бóец 戰士 ➡ бойцá

e）隱現母音是 o 或 e？

依據以下原則，可決定隱現母音是 o 或 e，不過仍有例外，因此請當成概略標準：

・詞尾的連續子音有軟顎音「к, г, х」時，插入 o：

окнó 窗戶 ➡ óк**о**н

студéнтка 女大學生 ➡ студéнт**о**к

доскá 黑板 ➡ дос**ó**к

кýхня 廚房 ➡ кýх**о**нь

ог**ó**нь 火 ➡ огня́

ры́н**о**к 市場 ➡ ры́нка

・連續子音，則插入 e：

кре́сло 扶手椅 ➡ кре́сел

конец 末端、結束、盡頭 ➡ конца́

сосна́ 松樹 ➡ со́сен

земля́ 土地 ➡ земе́ль

ка́пля 水滴 ➡ ка́пель

оте́ц 父親 ➡ отца́

・非重音時，ж, ч, ш, щ, ц 與軟子音之後用 e：

ко́шка 貓 ➡ ко́шек

ка́рточка 卡片 ➡ ка́рточек

ло́жка 湯匙 ➡ ло́жек

ту́фелька 鞋 ➡ ту́фелек

多數情況無法單靠規則來預測隱現母音，所以一定要多留意。就像以下的例子，詞尾的連續子音不可避免的狀況。

пиани́**ст** 鋼琴家

Санкт-Петербу**рг** 聖彼得堡

此外，其他詞類也含有隱現母音。譬如，形容詞的短尾形也常有這個狀況（☞ p.148-152）。

4. 重音位移

（1）重音位移的形態

名詞變格時，重音位置常會改變。本單元將介紹重音位移的主要形態；不過，當然也有例外，或者搖擺於多種類型之間，建議養成查字典確認重音位置的習慣。

首先，重音位置大致可區分為詞幹及詞尾。下一頁開始的圖表將單字分成詞幹及詞尾，有重音的部分標示●，無重音就標示✕，請當作確認重音位移類型的參考。

可是，也有以下①②的例外情況：

① 雖然重音落在詞尾，但是沒有詞尾存在時，重音會自動移至前面一個母音（單數主格、複數屬格）。

② 賓格與主格同形式時，就算其他格重音位移，賓格重音仍跟主格一樣的位置（非動物性陽性名詞）。

出現①、②的例外狀況時，圖表顏色會加深，提醒各位多加注意。

（2）重音位移類型

a）重音落在詞幹且不移動

通常重音是在詞幹的相同位置，就算變格，也不會移動：

重音落在詞幹且不移動					
		詞幹─詞尾	雜誌	建築物	書
單數	主格	●─✕	журна́л	зда́ние	кни́га
	屬格	●─✕	журна́ла	зда́ния	кни́ги
	與格	●─✕	журна́лу	зда́нию	кни́ге
	賓格	●─✕	журна́л	зда́ние	кни́гу
	工具格	●─✕	журна́лом	зда́нием	кни́гой
	前置格	●─✕	журна́ле	зда́нии	кни́ге
複數	主格	●─✕	журна́лы	зда́ния	кни́ги
	屬格	●─✕	журна́лов	зда́ний	кни́г
	與格	●─✕	журна́лам	зда́ниям	кни́гам
	賓格	●─✕	журна́лы	зда́ния	кни́ги
	工具格	●─✕	журна́лами	зда́ниями	кни́гами
	前置格	●─✕	журна́лах	зда́ниях	кни́гах

＊偶爾也會有單複數的詞幹重音音節不同的情況。

о́зеро-озёра「湖」、де́рево-дере́вья「樹」、зна́мя-знамёна「旗子」

b）複數時，重音位移至詞尾

這類型的單數重音多落在詞幹，複數的重音則移至詞尾：

複數時，重音移至詞尾					
		詞幹—詞尾	博士	城市	字彙
單數	主格	●—✕	до́ктор	го́род	сло́во
	屬格	●—✕	до́ктора	го́рода	сло́ва
	與格	●—✕	до́ктору	го́роду	сло́ву
	賓格	●—✕	до́ктора	го́род	сло́во
	工具格	●—✕	до́ктором	го́родом	сло́вом
	前置格	●—✕	до́кторе	го́роде	сло́ве
複數	主格	✕—●	доктора́	города́	слова́
	屬格	✕—●	докторо́в	городо́в	слов
	與格	✕—●	доктора́м	города́м	слова́м
	賓格	✕—●	докторо́в	города́	слова́
	工具格	✕—●	доктора́ми	города́ми	слова́ми
	前置格	✕—●	доктора́х	города́х	слова́х

①因為複數屬格沒有詞尾，所以重音往前移動。

c）複數時，重音移動至詞幹

這類型的單數重音多在詞尾，複數的重音則移至詞幹：

複數時，重音移動至詞幹				
		詞幹—詞尾	戰爭	窗
單數	主格	✕—●	война́	окно́
	屬格	✕—●	войны́	окна́
	與格	✕—●	войне́	окну́
	賓格	✕—●	войну́	окно́
	工具格	✕—●	войно́й	окно́м
	前置格	✕—●	войне́	окне́

複數	主格	●—✕	вóйны	óкна
	屬格	●—✕	вóйн	óкон
	與格	●—✕	вóйнам	óкнам
	賓格	●—✕	вóйны	óкна
	工具格	●—✕	вóйнами	óкнами
	前置格	●—✕	вóйнах	óкнах

有些陰性名詞的單數賓格重音也會位移至詞幹，算是這個類型的變形：

部分陰性名詞單數賓格時的重音移至詞幹				
		詞幹—詞尾	冬天	背
單數	主格	✕—●	зимá	спинá
	屬格	✕—●	зимы́	спины́
	與格	✕—●	зимé	спинé
	賓格	●—✕	зи́му	спи́ну
	工具格	✕—●	зимóй	спинóй
	前置格	✕—●	зимé	спинé
複數	主格	●—✕	зи́мы	спи́ны
	屬格	●—✕	зим	спи́н
	與格	●—✕	зи́мам	спи́нам
	賓格	●—✕	зи́мы	спи́ны
	工具格	●—✕	зи́мами	спи́нами
	前置格	●—✕	зи́мах	спи́нах

d）重音通常落在詞尾的類型

這一型重音通常在詞尾，就算變格，重音也不會移動：

重音通常落在詞尾的類型				
		詞幹—詞尾	文章、論文	物質
單數	主格	×—●	статья́	вещество́
	屬格	×—●	статьи́	вещества́
	與格	×—●	статье́	веществу́
	賓格	×—●	статью́	вещество́
	工具格	×—●	статьёй	веществм
	前置格	×—●	статье́	веществе́
複數	主格	×—●	статьи́	вещества́
	屬格	×—●	стате́й	веще́ств
	與格	×—●	статья́м	вещества́м
	賓格	×—●	статьи́	вещества́
	工具格	×—●	статья́ми	вещества́ми
	前置格	×—●	статья́х	вещества́х

①因為複數屬格沒有詞尾，所以重音往前移動。

這類型的名詞中，以子音結尾的陽性名詞是單數主格時（還有非動物性名詞的單數賓格也是），因為沒有詞尾，重音會主動朝詞幹移動。因此，單數屬格以後，有重音位移至詞尾的現象發生。不過，一般只適用 p.96 的規則①。這類型以陽性名詞佔多數，在整理重音時，請特別留意：

		詞幹—詞尾	桌子	醫師
單數	主格	●—×	стол	врач①
	屬格	×—●	стола́	врача́
	與格	×—●	столу́	врачу́
	賓格	×—●	стол②	врача́
	工具格	×—●	столо́м	врачо́м
	前置格	×—●	столе́	враче́

①因為單數主格沒有詞尾，所以重音往前移動。

②因為賓格與主格同形，所以重音位置跟主格一樣。

複數	主格	╳—●	столы́	врачи́
	屬格	╳—●	столо́в	враче́й
	與格	╳—●	стола́м	врача́м
	賓格	╳—●	столы́	враче́й
	工具格	╳—●	стола́ми	врача́ми
	前置格	╳—●	стола́х	врача́х

e）所有單數變格及複數主格的重音在詞幹，其他複數變格重音位移至詞尾

這類型名詞，所有單數變格及複數主格的重音在詞幹，其他複數格的重音全部移動至詞尾：

從複數屬格開始，重音位移至詞尾					
		詞幹—詞尾	客人	神	耳朵
單數	主格	●—╳	гость	бог	у́хо́
	屬格	●—╳	го́стя	бо́га	у́ха
	與格	●—╳	го́стю	бо́гу	у́ху
	賓格	●—╳	го́стя	бо́га	у́хо
	工具格	●—╳	го́стем	бо́гом	у́хом
	前置格	●—╳	го́сте	бо́ге	у́хе
複數	主格	●—╳	го́сти	бо́ги	у́ши
	屬格	╳—●	госте́й	бого́в	уше́й
	與格	╳—●	гостя́м	бо́га́м	уша́м
	賓格	╳—●	госте́й	бого́в	у́ши
	工具格	╳—●	гостя́ми	бога́ми	уша́ми
	前置格	╳—●	гостя́х	бога́х	уша́х

②因為賓格與主格同形，所以重音位置跟主格一樣。

f）只有複數主格的重音在詞幹

這類型只有複數主格的重音在詞幹，單數變格及複數其他格的重音在詞尾：

只有複數主格的重音在詞幹				
		詞幹—詞尾	床單	嘴唇
單數	主格	×—●	простыня́	губа́
	屬格	×—●	простыни́	губы́
	與格	×—●	простыне́	губе́
	賓格	×—●	простыню́	губу́
	工具格	×—●	простынёй	губо́й
	前置格	×—●	простыне́	губе́
複數	主格	●—×	про́стыни	гу́бы
	屬格	×—●	просты́нь	губ ①
	與格	×—●	простыня́м	губа́м
	賓格	×—●	про́стыни	гу́бы ②
	工具格	×—●	простыня́ми	губа́ми
	前置格	×—●	простыня́х	губа́х

①因為複數屬格沒有詞尾，所以重音往前移動。

②因為賓格與主格同形，所以重音位置跟主格一樣。

以下這算是這類的變形。有些陰性名詞的單數賓格重音也會位移至詞幹。這些名詞多是基礎單字，所以特別重要：

只有單數賓格與複數主格的重音在詞幹				
		詞幹—詞尾	頭	手
單數	主格	×—●	голова́	рука́
	屬格	×—●	головы́	руки́
	與格	×—●	голове́	руке́
	賓格	●—×	го́лову	ру́ку
	工具格	×—●	голово́й	руко́й
	前置格	×—●	голове́	руке́
複數	主格	●—×	го́ловы	ру́ки
	屬格	×—●	голо́в	рук ①
	與格	×—●	голова́м	рука́м
	賓格	×—●	го́ловы ②	ру́ки ②
	工具格	×—●	голова́ми	рука́ми
	前置格	×—●	голова́х	рука́х

①因為複數屬格沒有詞尾，所以重音往前移動。

②因為賓格與主格同形，所以重音位置跟主格一樣。

第4章 代詞

實際使用語言時，同一個名詞反覆出現會讓人厭煩，所以常會使用代詞取代。代詞不只取代名詞，也可以取代形容詞或副詞，本章節將一一介紹。

1. 人稱代詞、反身代詞

я, ты, он, оно́, она́, мы, вы, они́ 八個單字為人稱代詞，себя́ 為反身代詞。

（1）人稱代詞的變格

八個人稱代詞的變格如下表所示。前置格通常搭配前置詞使用，有部分代詞的變格形式也隨之改變，以下用前置詞 о「關於～」示範（p.297、310）：

單數					
	第一人稱	第二人稱	第三人稱		
			陽性	中性	陰性
	我	你	他	它	她
主格	я	ты	он	оно́	она́
屬格	меня́	тебя́	его́		её
與格	мне	тебе́	ему́		ей
賓格	меня́	тебя́	его́		её
工具格	мной (мно́ю)	тобо́й (тобо́ю)	им		ей (е́ю)
前置格	обо мне	о тебе́	о нём		о ней

＊括號內的工具格 мно́ю, тобо́ю, е́ю 現代已不使用，但仍存在文獻或文學作品中。

複數			
	第一人稱	第二人稱	第三人稱
	我們	你們、您	他（它、她）們
主格	мы	вы	они́
屬格	нас	вас	их
與格	нам	вам	им
賓格	нас	вас	их
工具格	на́ми	ва́ми	и́ми
前置格	о нас	о вас	о них

вы 與 мы 的變格形式一樣，而 я 與 ты 的變格形式有些許相似。可以整理成圖表記住！

（2）人稱代詞的用法

a）人稱代詞的性

он, оно́, она́ 分別是所有陽性名詞、中性名詞、陰性名詞的第三人稱代詞。這點和英語不同，英語的代名詞 he、she 只用來表示男人與女人，而 it 則用來表示人類以外的其它名詞。譬如，在對話中提及先前說過的 кни́га「書」，可以使用 она́ 代替，但是英語的 she 並不能用來指涉書本。

я, ты 與表示單數的 вы（即敬稱）要配合所指人物的性，謂語的性也須跟著改變：

Я не зна́ла. 我（女性）不知道。

Ты чита́л э́ту книгу? 你（男性）看過這本書嗎？

Вы така́я добрая. 您（女性）真是善良。

b）ты 與 вы 的使用

вы 能表示複數的「你們」，但也能表示單數的「您」。

單數人稱 ты「你」與 вы「您」的分類使用法概略敘述如下：

4 代詞

◆ **ты** 的用法

- 親戚、家人、朋友、年紀較小或同年的同事、晚輩、小孩，及想與之親密交談的人
- 神

  Да святи́тся и́мя **Твоё**. 願人都尊祢的名為聖。
- 動物
- 稱呼非動物性名詞

  Росси́я, **ты** моя́ звезда́. 俄羅斯啊，妳是我的星星。
- 表現粗魯的態度

◆ **вы** 的用法

- 長輩、不太親近的成人（尤其是年長之人），及必須尊敬的人。
- 正式情況下

若以中文的觀點來看，大多會認為 **ты** 是稱呼關係較親近的人，而 **вы** 則是稱呼關係較生疏的人。不過，如上所示，因為俄語對親疏關係的概念和中文不同，所以在稱謂的選擇上還是跟中文略有不同，尤其是 **ты** 的用法，要多注意。

當 **вы** 是單數人稱時，謂語會有複數與單數兩種情況；是複數人稱時，則要用複數的謂語。

複數時	單數時
動詞	長尾形容詞
Вы **чита́ете**. 您正在閱讀。 Вы **чита́ли**. 您讀過了。	Вы **краси́вый**/ **краси́вая**. 您很漂亮。 形容詞的性視當事人的真實性別而定。
短尾形容詞	名詞謂語
Вы **краси́вы**. 您很漂亮。	Вы **врач**? 您是醫生嗎？

c）大寫的 Вы

在書信或電子郵件等有收件人的文類中，Вы 或 Ваш 的第一個字母大寫是基本禮儀：

Поздравля́ю **Вас** с днём рожде́ния **Ва́шего** сы́на!
祝令郎生日快樂！

d）н- 的附加

第三人稱代詞 он, оно́, она́, они́ 的搭配前置詞變格時，於字首附加 н-：

для **них** 為了他們、給他們　к **нему́** 給他、往他那裡去
с **ней** 跟她

不過，若前面接的不是接原始前置詞，而是其他詞類所衍生的派生前置詞時，則不需要另外加 н-（詳細情形參考第13章☞ p.299-301）：

благодаря́ **ему́** 多虧了他

物主代詞的 его́, её, их 與人稱代詞的屬格完全相同（詳見第 13 章☞ p.108），但接在前置詞後面不需再加 н-：

для **его́** жены́ 為了他的妻子
к **её** сы́ну 給她的兒子

（3）反身代詞 себя́

a）反身代詞的變格

反身代詞只有 себя́「自己」。除了沒有主格之外，其他變格都和人稱代詞 ты 的形式一樣：

反身代詞 себя́「自己」					
主格	屬格	與格	賓格	工具格	前置格
	себя́	себе́	себя́	собо́й (собо́ю)	о себе́

＊括號內的工具格 собо́ю 現代已不使用，但仍存在於文獻或文學作品中。

b）反身代詞的用法

基本上，當主語在同一個句子中重複出現時，就會用到反身代詞 себя́。因此，反身代詞不會作為主語，也沒有主格：

Он лю́бит **себя́**. 他愛他自己。
Она́ расска́зывает о **себе́**. 她在聊自己的事。

不過，也會用來指非主格的行為主體：

Мне хо́чется уби́ть **себя́**. 我想自殺（殺自己）。
Вам на́до люби́ть **себя́**. 您必須愛自己。

2. 物主代詞

名詞屬格有「～的」的意思，用以表示所有或所屬（☞ p.39）。然而，人稱代詞的屬格並沒有這個功能，所以要以物主代詞來表示：

моя́ кни́га 我的書 (✕кни́га **меня́**)
наш учи́тель 我們的老師 (✕учи́тель **нас**)

補充

三個第三人稱的物主代詞 его́, её, их，與第三人稱代詞屬格 его́, её, их 的形式完全相同。要判斷到底是物主代詞，還是人稱代詞，實在是個難題。一般說來，名詞屬格是「由後往前」修飾名詞（☞ p.39），而物主代詞則是「從前往後」修飾名詞，與屬格不同：

кни́га **Ива́на** 伊凡的書（Ива́на 由後往前修飾 кни́га）

его́ кни́га 他的書（его́ 從前往後修飾 кни́га）

（1）物主代詞的變格

除了第三人稱的 его́, её, их，物主代詞必須與修飾的名詞一起變格，屬於一致性定語（☞ p.384-385）。請將變格形式相同者歸納整理，並牢牢記住：

<table>
<tr><th colspan="6">мой「我（я）的」твой「你（ты）的」свой「自己（себя́）的」</th></tr>
<tr><th colspan="2"></th><th>陽性</th><th>中性</th><th>陰性</th><th>複數</th></tr>
<tr><td colspan="2">主格</td><td>мой
твой
свой</td><td>моё
твоё
своё</td><td>моя́
твоя́
своя́</td><td>мои́
твои́
свои́</td></tr>
<tr><td colspan="2">屬格</td><td colspan="2">моего́
твоего́
своего́</td><td>мое́й
твое́й
свое́й</td><td>мои́х
твои́х
свои́х</td></tr>
<tr><td colspan="2">與格</td><td colspan="2">моему́
твоему́
своему́</td><td>мое́й
твое́й
свое́й</td><td>мои́м
твои́м
свои́м</td></tr>
<tr><td rowspan="2">賓格</td><td>動物性名詞</td><td>моего́
твоего́
своего́</td><td rowspan="2">моё
твоё
своё</td><td rowspan="2">мою́
твою́
свою́</td><td>мои́х
твои́х
свои́х</td></tr>
<tr><td>非動物性名詞</td><td>мой
твой
свой</td><td>мои́
твои́
свои́</td></tr>
<tr><td colspan="2">工具格</td><td colspan="2">мои́м
твои́м
свои́м</td><td>мое́й (мое́ю)
твое́й (твое́ю)
свое́й (свое́ю)</td><td>мои́ми
твои́ми
свои́ми</td></tr>
</table>

前置格	моём твоём своём	моéй твоéй своéй	моúх твоúх своúх

наш「我們（мы）的」、ваш「您、你們（вы）的」					
		陽性	中性	陰性	複數
主格		наш ваш	нáше вáше	нáша вáша	нáши вáши
屬格		нáшего вáшего		нáшей вáшей	нáших вáших
與格		нáшему вáшему		нáшей вáшей	нáшим вáшим
賓格	動物性名詞	нáшего вáшего	нáше вáше	нáшу вáшу	нáших вáших
	非動物性名詞	наш ваш			нáши вáши
工具格		нáшим вáшим		нáшей (нáшею) вáшей (вáшею)	нáшими вáшими
前置格		нáшем вáшем		нáшей вáшей	нáших вáших

＊括號內的陰性工具格 моéю, твоéю, своéю, нáшею, вáшею 現代已不使用，但仍存在文獻或文學作品中。

＊疑問物主代詞 чей 的變格參考 ☞ p.118。

（2）物主代詞注意事項

a）不變格的物主代詞（第三人稱的物主代詞）

第三人稱的物主代詞 егó「他的、它的」（＜он, онó）、её「她的、它的」（＜онá）、их「他們的、它們的」（＜онú）不受修飾對象的性、數、格影響，不會跟著變化：

егó отéц 他的父親（陽性、主格）

егó мать 他的母親（陰性、主格）

любúть **её** сы́на 愛她的兒子（陽性、賓格）

послáть с **её** письмóм 和她的信一起送（中性、工具格）

помогáть **их** другу 幫忙他們的朋友（陽性、與格）

дать **их** друзья́м 給他們的朋友們（複數、與格）

b）反身物主代詞 свой 的用法

свой「自己的」的「自己」，原則上是指與主語相同的人物：

Мари́я читáет **свою́** кни́жку.
瑪麗亞正在看自己（＝瑪麗亞）的書。

Дéти лю́бят **свою́** мáму.
孩子們愛自己（＝孩子們）的媽媽。

Вы знáете значéние **своегó** и́мени?
您知道自己（＝您）名字的意義嗎？

有時候 свой 也會指和句中非主格的行為主體相同的人物：

Ребёнку нужнá **своя́** кóмната.
孩子必須有自己（＝孩子）的房間。

У **меня́** есть **своё** и́мя. 我有自己（＝我）的名字。

另外，以下的例子可以有兩種解釋：

Дирéктор попроси́л секретáршу принести́ **свои́** докумéнты.
社長拜託祕書拿自己（＝社長／祕書）的文件來。

因為這種情況下，свои́ 所指的可能是 попроси́л 的主語（＝社長）或 принести́ 的主語（＝祕書）。

主語為第一人稱及第二人稱時，就算以 мой, твой, ваш 取代 свой，意思都是指～的東西。翻譯成中文，沒有明顯的不同：

4 代詞

Я прочита́л **своё / моё** письмо́.
我讀了自己的／我的信。（自己＝我）
Ты по́мнишь **своё / твоё** настоя́щее и́мя?
你記得自己／你真正的名字嗎？（自己＝你）
Вы занима́йтесь **свое́й / ва́шей** рабо́той.
請您做自己的／您的工作。（自己＝您）

不過，若使用 его́, её, их 取代 свой，要注意可能是指和свой不同人的物品：

Ва́ня лю́бит **свою́** сестру́.
凡尼亞愛自己（＝凡尼亞）的妹妹。
Ва́ня лю́бит **его́** сестру́.
凡尼亞愛他（凡尼亞或別人）的妹妹。
Ма́ша интересу́ется **свое́й** семе́йной исто́рией.
瑪莎對自己（＝瑪莎）的家族歷史感興趣。
Ма́ша интересу́ется **её** семе́йной исто́рией.
瑪莎對她的（瑪莎或別人）的家族歷史感興趣。
Они́ хотя́т основа́ть **своё** госуда́рство.
他們想建立自己（＝他們）的國家。
Они́ хотя́т основа́ть **их** госуда́рство.
他們想建立他們的國家（第二個「他們」可能是指第一個的「他們」或別人）。

3. 指示代詞

指示代詞有 э́тот 和 тот。э́тот 是指離說話者較近的東西，тот 是指離說話者較遠的東西。因此，э́тот 的意思就是「這個」，而тот是「那個」。

（1）э́тот 與 тот

a）э́тот, тот 的變格

這兩個詞會因為修飾對象的性、數、格，以及動物性、非動物性名詞的區別，而有以下變格：

<table>
<tr><th colspan="6">э́тот「這個」</th></tr>
<tr><th colspan="2"></th><th>陽性</th><th>中性</th><th>陰性</th><th>複數</th></tr>
<tr><th colspan="2">主格</th><td>э́тот</td><td>э́то</td><td>э́та</td><td>э́ти</td></tr>
<tr><th colspan="2">屬格</th><td colspan="2">э́того</td><td>э́той</td><td>э́тих</td></tr>
<tr><th colspan="2">與格</th><td colspan="2">э́тому</td><td>э́той</td><td>э́тим</td></tr>
<tr><th rowspan="2">賓格</th><th>動物性名詞</th><td>э́того</td><td rowspan="2">э́то</td><td rowspan="2">э́ту</td><td>э́тих</td></tr>
<tr><th>非動物性名詞</th><td>э́тот</td><td>э́ти</td></tr>
<tr><th colspan="2">工具格</th><td colspan="2">э́тим</td><td>э́той (э́тою)</td><td>э́тими</td></tr>
<tr><th colspan="2">前置格</th><td colspan="2">э́том</td><td>э́той</td><td>э́тих</td></tr>
</table>

＊括號內的陰性工具格 э́тою 現代已不使用，但仍存在文獻或文學作品中。

<table>
<tr><th colspan="6">тот「那個」</th></tr>
<tr><th colspan="2"></th><th>陽性</th><th>中性</th><th>陰性</th><th>複數</th></tr>
<tr><th colspan="2">主格</th><td>тот</td><td>то</td><td>та</td><td>те</td></tr>
<tr><th colspan="2">屬格</th><td colspan="2">того́</td><td>той</td><td>тех</td></tr>
<tr><th colspan="2">與格</th><td colspan="2">тому́</td><td>той</td><td>тем</td></tr>
<tr><th rowspan="2">賓格</th><th>動物性名詞</th><td>того́</td><td rowspan="2">то</td><td rowspan="2">ту</td><td>тех</td></tr>
<tr><th>非動物性名詞</th><td>тот</td><td>те</td></tr>
<tr><th colspan="2">工具格</th><td colspan="2">тем</td><td>той (то́ю)</td><td>те́ми</td></tr>
<tr><th colspan="2">前置格</th><td colspan="2">том</td><td>той</td><td>тех</td></tr>
</table>

＊括號內的陰性工具格 то́ю 現代已不使用，但仍存在文獻或文學作品中。

b）тот 的用法與常用句型

指較遠物品的 тот 很少單獨使用，通常會跟指近物的 э́тот 對比並用：

Я чита́л не **э́ту** кни́гу, а **ту**.
我看的不是這本書，而是那本書。

此外，тот 會用於各種句型。以下舉幾個具代表性例子：

◆тот, кто「～的人」

作為關係代詞 кто 的先行詞使用，意思是「～的人」（詳情參考關係代詞 кто 項目☞ p.129-132）：

тот, кто его́ не зна́ет 不認識他的人

◆то, что「～的事」

作為關係代詞 что 的先行詞使用，意思是「～的事」（詳情參考關係代詞 что 項目☞ p.132-134）：

то, что он сказа́л 他說過的事

◆(оди́н и) тот же「相同」

會變格的是 оди́н 與 тот。оди́н и 的部分就算省略，也是表示「相同」的意思：

У меня́ всегда́ **(одна́ и) та же** пробле́ма.
我總是遇到相同的問題。

Он повторя́ет **(одну́ и) ту же** оши́бку. 他重覆相同的錯誤。

В ра́зных места́х рабо́тают практи́чески **(одни́ и) те же** лю́ди. 在不同地方工作的基本上都是相同的人。

◆確認關係代詞的先行詞的 тот

指示代詞 тот 會附加在關係代詞的先行詞前面，這樣的 тот 純粹是為了弄清楚先行詞是哪一個，不一定要譯為「那個」：

Там иду́т **те** студе́нты, **кото́рых** вы ви́дели вчера́.
昨天您遇到的大學生們正在那裡散步。

Я хочу́ улете́ть в **ту** страну́, **где** он живёт.
我想飛去他居住的國家。

◆表示條件句主要子句的 то

在含有 если 的條件句中（詳情參考條件句☞ p.328），會以 то 表示結果和結論的結果子句從哪裡開始，不過就算沒有 то 也可以看得出來，所以也可以省略：

Е́сли он забу́дет, то я ещё раз ему́ скажу́.
如果他忘記了，我會再跟他說一次。

（2）сей

指示代詞的 сей 原本跟 э́тот 一樣，是為了指稱較近物體，但是現在已較不常見，只用於少數的片語。

сей					
		陽性	中性	陰性	複數
主格		сей	сие́	сия́	сии́
屬格		сего́		сей	сих
與格		сему́		сей	сим
賓格	動物性名詞	сего́	сие́	сию́	сих
	非動物性名詞	сей			сии́
工具格		сим		сей/ се́ю/ сие́ю	си́ми
前置格		сём		сей	сих

譬如以下片語：

до сих пор 到目前為止　　　сию минуту / секунду 馬上

сейча́с「現在」或 сего́дня「今天」都保留了 сей 這個字。

(3) такóй

指示代詞такóй意思為「像這樣的、像那樣的」：

<table>
<tr><th colspan="6">такóй「像這樣的、像那樣的」</th></tr>
<tr><th colspan="2"></th><th>陽性</th><th>中性</th><th>陰性</th><th>複數</th></tr>
<tr><th colspan="2">主格</th><td>такóй</td><td>такóе</td><td>такáя</td><td>таки́е</td></tr>
<tr><th colspan="2">屬格</th><td colspan="2">такóго</td><td>такóй</td><td>таки́х</td></tr>
<tr><th colspan="2">與格</th><td colspan="2">такóму</td><td>такóй</td><td>таки́м</td></tr>
<tr><th rowspan="2">賓格</th><th>動物性名詞</th><td>такóго</td><td rowspan="2">такóе</td><td rowspan="2">таку́ю</td><td>таки́х</td></tr>
<tr><th>非動物性名詞</th><td>такóй</td><td>таки́е</td></tr>
<tr><th colspan="2">工具格</th><td colspan="2">таки́м</td><td>такóй (такóю)</td><td>таки́ми</td></tr>
<tr><th colspan="2">前置格</th><td colspan="2">такóм</td><td>такóй</td><td>таки́х</td></tr>
</table>

＊括號內的陰性工具格такóю現代已不使用，但仍存在於文獻或文學作品中。

如下例所示，它的目的是修飾名詞：

такóй человéк這樣的人
такáя жéнщина這樣的女性
Кто сказáл вам **таку́ю** глу́пость?誰對您說了這種蠢話？

相對的副詞形式為так「像這樣地、像那樣地」（☞ p.269）：

Почему́ вы **так** ду́маете? 為什麼您這麼想呢？

這個詞也有強調的作用。修飾長尾形容詞時，使用長尾的такóй；修飾短尾形容詞及副詞時，使用так：

Он **такóй** спосóбный инженéр. 他是非常能幹的工程師。
Онá **такáя** краси́вая. 她是如此美麗。
Онá **так** краси́ва. 她這麼地（非常地）美麗。
Онá **так** хорошó рабóтает. 她工作得非常好。

4. 其他代詞

（1）限定代詞 сам

用來強調「～本身、～自己、～是自己」的代詞，會隨著所強調的「～」而變格：

限定代詞 сам					
		陽性	中性	陰性	複數
主格		сам	само́	сама́	са́ми
屬格		само́го		само́й	сами́х
與格		самому́		само́й	сами́м
賓格	動物性名詞	само́го	само́	саму́ (самоё)	сами́х
	非動物性名詞	сам			са́ми
工具格		сами́м		само́й (само́ю)	сами́ми
前置格		само́м		само́й	сами́х

＊括號內的陰性賓格、工具格 самоё, само́ю 現代已不使用，但仍存在文獻或文學作品中。

強調的部分可能是主格主語、反身代詞或其他補語名詞：

Он **сам** не зна́ет. 他自己也不知道。

Она́ так сказа́ла **само́й** себе́. 她那樣對自己說。

Она́ **сама́** перевела́ э́тот текст. 她自己翻譯了這篇文章。

Вы **сами** это сказали. 您自己說了這個。

＊вы 不論是表示單數「您」或複數「你們」，都搭配 сами。

＊但當 вы 是單數「您」的意思時，陽性可以使用 сам，而陰性則可以使用 сама。

強調非動物性名詞時，不是使用 сам，而是 са́мый：

Нам ну́жен ~~сам~~ / **са́мый** факт согла́сия.
我們需要的是達成協議這個事實本身。

與 сам 同為限定代詞的 весь「所有的、全部～」，請參考第 15 章（☞ p.366-367）。

（2）相互代詞 друг дру́га

人對彼此做某事時所用的代詞，稱為相互代詞。只有後半部分會變格，前半部分的 друг 永遠不變：

Они́ уважа́ют **друг дру́га**. 他們互相尊重。

Мы сообща́ли **друг дру́гу** но́вости. 我們互相告知近況。

此外，使用前置詞時，應置於兩個字的中間：

Лю́ди забо́тятся **друг о дру́ге**. 人們互相關懷。

Они́ сиде́ли бли́зко **друг от дру́га**. 他們彼此坐得很近。

不過，前置詞並不總是置入 друг 和 друга 之間，也有可能置於前頭。其他詞類所衍生的派生前置詞（☞ p.298），其擺放位置通常如句中所示：

Э́ти слова́ не мо́гут употребля́ться **вме́сто друг дру́га**.
這些字無法彼此代用。

Они́ существу́ют **благодаря́ друг дру́гу**.
它們多虧彼此而存在。

第5章 疑問詞與關係詞

俄語也有Что?「什麼」、Кто?「誰」、Когда́?「何時」等疑問詞。此外，關係詞會直接以疑問詞代替，而否定代詞和不定代詞則是以疑問詞為基準變化來的。在文法上，疑問詞與名詞、形容詞、副詞各種詞類交互存在，本書特闢一個章節整理介紹。

1. 疑問詞

(1) 疑問代詞

◆ кто 和 что

疑問代詞有 кто 和 что，是詢問名詞的疑問詞。表示人或動物的動物性名詞（☞ p.53）所對應的疑問詞是 кто「誰」，表示物品或事件的非動物性名詞（☞ p.53）所對應的疑問詞是 что「什麼」：

疑問代詞		
	動物性名詞	非動物性名詞
主格	кто	что
屬格	кого́	чего́
與格	кому́	чему́
賓格	кого́	что
工具格	кем	чем
前置格	ком	чём

以 кто 為主詞時，動詞使用第三人稱單數（現在時、未來時的情況）或陽性（過去時的情況）：

Кто его **зна́ет**? 有人認識他嗎？

Кто **пришёл**? 誰來了？

以 что 為主詞時，動詞使用第三人稱單數（現在時、未來時的情況）或中性（過去時的情況）：

Что там **нахóдится**? 那裡有什麼東西？

Что **случи́лось**? 發生什麼事了？

> **學習訣竅**
>
> 字典常以動物性名詞 кто 與非動物性名詞 что 的變格，來表示動詞等的接格。譬如，кого-что 表示接賓格，кого-чего 則接屬格。此外，若只有 кому 時，就表示是以動物性名詞的與格作補語（☞ p.348）。

（2）疑問物主代詞

◆ чей「誰的」

疑問物主代詞有 чей「誰的」，乃是詢問名詞所有人的疑問詞（關於疑問詞以外的一般物主代詞參考☞ p.106-110）：

<table>
<tr><th colspan="6">疑問物主代詞 чей</th></tr>
<tr><th colspan="2"></th><th>陽性</th><th>中性</th><th>陰性</th><th>複數</th></tr>
<tr><th colspan="2">主格</th><td>чей</td><td>чьё</td><td>чья</td><td>чьи</td></tr>
<tr><th colspan="2">屬格</th><td colspan="2">чьегó</td><td>чьей</td><td>чьих</td></tr>
<tr><th colspan="2">與格</th><td colspan="2">чьемý</td><td>чьей</td><td>чьим</td></tr>
<tr><th rowspan="2">賓格</th><th>動物性名詞</th><td>чьегó</td><td rowspan="2">чьё</td><td rowspan="2">чью</td><td>чьих</td></tr>
<tr><th>非動物性名詞</th><td>чей</td><td>чьи</td></tr>
<tr><th colspan="2">工具格</th><td colspan="2">чьим</td><td>чьей(чьéю)</td><td>чьи́ми</td></tr>
<tr><th colspan="2">前置格</th><td colspan="2">чьём</td><td>чьей</td><td>чьих</td></tr>
</table>

* 括號內的陰性工具格 чьéю 現代已不使用，但仍存在文獻或文學作品中。

（3）疑問形容詞

◆ какóй「什麼樣的、哪一個」（只有長尾形）

這是詢問形容詞的疑問詞，適用正字法形容詞硬變化（☞ p.12-13）的混合變化 II 的變格形式（☞ p.146-147）：

疑問形容詞 какой					
		陽性	中性	陰性	複數
主格		какóй	какóе	какáя	какúе
屬格		какóго		какóй	какúх
與格		какóму		какóй	какúм
賓格	動物性名詞	какóго	какóе	какýю	какúх
	非動物性名詞	какóй			какúе
工具格		какúм		какóй(-óю)	какúми
前置格		какóм		какóй	какúх

＊括號內的陰性工具格 какóю 現代已不使用，但仍存在文獻或文學作品中。

疑問形容詞還有 котóрый「第幾個、哪一個」（變格是硬變化 I），但比起當疑問詞，更常當關係代詞使用（p.125-129）。

◆ какóв「什麼樣的」（只有短尾形）

這是詢問形容詞短尾的疑問詞（參考第 6 章p.148）：

疑問形容詞 какóв			
陽性	中性	陰性	複數
какóв	каковó	каковá	каковы́

（4）疑問數量詞

◆ скóлько「多少的、多少數量的」（只有長尾形）

這是詢問物品數量的疑問詞（p.334）：

疑問數量詞 скóлько		
主格		скóлько
屬格		скóльких
與格		скóльким
賓格	動物性名詞	скóлько/скóльких
	非動物性名詞	скóлько

工具格	скóлькими
前置格	скóльких

＊修飾動物性名詞時，會有兩種情況，一是與主格同形的賓格形（скóлько），一是與屬格同形的賓格形（скóльких），現代較常用的是скóлько。

跟мнóго（☞ p.364）一樣，後接可數名詞（＝可以計算的名詞）時，名詞用複數屬格；後接不可數名詞（＝不可以計算的名詞）時，名詞用單數屬格。

有時候也當副詞使用：

Скóлько вы бýдете в Тóкио?
您要在東京待多久呢？

скóлько 的形式是固定的，但有時候也會變成前一頁變格表中所沒有的со скольки́, до скольки́, к (ко) скольки́ 等特殊形式：

Со скольки́ и **до скольки́** магази́н рабóтает?
那間店從幾點營業到幾點呢？
К (Ко) скольки́ ты придёшь?
你大概幾點前來呢？
До скольки́ лет вы бýдете рабóтать?
您打算工作到幾歲？

（5）疑問副詞

疑問副詞因內容不同而有幾種形式：

a）處所與時間

首先請牢記對應處所及時間疑問副詞的副詞（詳情參考第 12 章☞ p.281-283）：

表示處所與時間的疑問副詞				
	行為或存在場所	移動的方向、目的地	移動的起點	時間
疑問詞	Где? 在哪裡	Куда́? 去哪裡	Отку́да? 從哪裡來	Когда́? 何時
近的	здесь 在這裡	сюда́ 來這裡	отсю́да 從這裡	сейча́с 現在
遠的	там 在那裡	туда́ 去那裡	отту́да 從那裡	тогда́ 那個時候

b）詢問理由的疑問詞 почему́/ заче́м/ отчего́

◆ почему́「為什麼」

三個疑問詞中用途最廣：

Почему́ ты живёшь в То́кио?
你為什麼住在東京？
Почему́ она у́чится так мно́го?
她為什麼那麼用功？

以下的 Заче́м? 或 Отчего́?，通常可以 Почему́? 替換，但反之則未必。

◆ заче́м「為了什麼」

主要在詢問目的，而不是理由。有時候表示「到底是因何原故要做那樣的事？」的感嘆或責難：

Заче́м ты рабо́таешь так мно́го?
你為什麼要做那麼多的工作？
Заче́м он уби́л своего́ отца́?
他到底為什麼要殺死自己的父親？

◆ отчего́「為什麼、到底為何」

主要目的並非詢問理由，而是用來表達自己想知道原因。這個疑問詞的語氣比較誇張，比起單純的詢問，「到底為什麼全都變成這樣了？」的感嘆意味更濃：

Отчего́ произошло́ тако́е несча́стье?
為什麼會發生如此不幸的事？

Отчего́ вы не хоти́те рабо́тать?
您到底為什麼不想工作？

c）как「如何、多少、多久」

疑問形容詞 Како́й? 的副詞形式，搭配動詞、副詞、形容詞（短尾形），詢問樣態、程度：

Как он у́чится?
他書讀得怎麼樣了？（他是如何讀書的呢？）

Как мно́го мы должны́ рабо́тать?
我們必須做多少工作？

Ты ви́дел, **как** она краси́ва?
你看見她有多美了嗎？

（6）不使用疑問詞，以 да / нет 回答的疑問句

這類疑問句不使用之前介紹的疑問詞，回答時要用 да / нет，說話者的語調通常會往上揚表示疑問：

Ма́ша рабо́тает на заво́де?
瑪莎在工廠工作嗎？

這時候，疑問焦點那個字（想提問的部分）的重音上揚，就可構成疑問句。上面的例子想提問的部分是「工作的場所是工廠，還是別的地方呢？」如下所示，只要改變語調上揚的地方，就能清楚區別想問的重點：

Ма́ша рабо́тает на заво́де? 瑪莎在工廠工作嗎？
（是在工作？還是是看書呢？）
Ма́ша рабо́тает на заво́де? 瑪莎在工廠工作嗎？
（是瑪莎正在工作？還是薩沙呢？）

不過，下面的例子就屬於書面語的用法。有的疑問句除了語調上揚，還會用語氣詞ли。這時候，請將疑問的焦點擺在句首，後面再接 ли：

На заво́де **ли** рабо́тает Ма́ша? 瑪莎工作的地方是工廠嗎？
Рабо́тает **ли** Ма́ша на заво́де? 瑪莎在工廠是在工作嗎？
Ма́ша **ли** рабо́тает на заво́де? 在工廠工作的是瑪莎嗎？

（7）讓步句型

◆〔疑問詞＋бы＋ни＋過去時〕「無論～」
使用疑問詞表示讓步的意思。句型有點長，就當作片語記住吧（詳細情形參考讓步句項目 p.239）：

Где бы ты **ни был**, я всегда́ ду́маю о тебе́.
不管你身處何處，我總是會想著你。
Что бы он **ни сказа́л**, я не ве́рю.
不管他說什麼，我都不相信。
Когда́ бы она **ни позвони́ла**, меня́ нет до́ма.
不管她何時打電話來，我都不在家。

（8）間接疑問句

直接將疑問句當成附屬子句，形成間接疑問句。請一定要記得使用逗號分段：

Я не зна́ю**, где он живёт**.
我不知道他住哪裡。

Никтó не знáет, когдá онá родилáсь.
沒人知道她何時出生。

也可以在附屬子句的最前面放上多個疑問詞：

Он сказáл**, кто (и) когó лю́бит**.
他說了是誰愛誰。

不使用疑問詞，而以 да / нет 回答的疑問句，在構成間接疑問句時，一定要使用有 ли 的疑問句（☞ p.123）。這時候，一樣會因疑問焦點的不同，而變換放在子句句首的要素：

Я не знáю, **он ли** живёт в Москвé.
我不曉得住在莫斯科的人是不是他。
Я не знáю, **в Москвé ли** он живёт.
我不曉得他住的地方是不是莫斯科。

2. 關係詞

多數疑問詞也能當關係詞使用。關係詞就是附屬子句所要修飾的名詞。

英語：the boy [**who** speaks Russian]

俄語：мáльчик, [**котóрый** говори́т по-ру́сски]

中文：[講俄語的]小男孩

・由關係詞所導出的附屬子句（以□圍起的部分）稱為**關係子句**。
・中文也有關係子句，但沒有所謂的關係詞。

- 俄語跟英語一樣，關係詞在關係子句的句首，擺在先行詞之後，從後往前修飾先行詞。
- 與英語不同之處是，俄語的關係詞與先行詞之間一定要有逗號。

關係詞大致可分為**關係代詞**和**關係副詞**。關係代詞相當於關係子句中的名詞或代詞，而關係副詞則具備副詞的功能。請先看以下的例子：

же́нщина, **кото́рая** поёт в теа́тре 在劇院唱歌的女人

在這個例子中，кото́рая 是代替 же́нщина 這個名詞主語的關係代詞。

也請看以下的例子：

теа́тр, **где** поёт же́нщина 女人唱歌的劇院

這裡的 где 是一個具有副詞功能的關係副詞，表示「唱歌」這個行為發生的場所。

以下從關係代詞依序整理介紹。

（1）關係代詞

a）кото́рый

i）кото́рый 的變格

基本上關係代詞 кото́рый 可以是所有名詞的先行詞。首先要熟悉的就是這個關係代詞。關係代詞 кото́рый 的變格跟形容詞的硬變化 I（☞ p.144）一樣：

<table>
<tr><th colspan="6">關係代詞 котóрый</th></tr>
<tr><th colspan="2" rowspan="2"></th><th colspan="3">單數</th><th rowspan="2">複數</th></tr>
<tr><th>陽性</th><th>中性</th><th>陰性</th></tr>
<tr><td colspan="2">主格</td><td>котóрый</td><td>котóрое</td><td>котóрая</td><td>котóрые</td></tr>
<tr><td colspan="2">屬格</td><td colspan="2">котóрого</td><td>котóрой</td><td>котóрых</td></tr>
<tr><td colspan="2">與格</td><td colspan="2">котóрому</td><td>котóрой</td><td>котóрым</td></tr>
<tr><td rowspan="2">賓格</td><td>動物性名詞</td><td>котóрого</td><td rowspan="2">котóрое</td><td rowspan="2">котóрую</td><td>котóрых</td></tr>
<tr><td>非動物性名詞</td><td>котóрый</td><td>котóрые</td></tr>
<tr><td colspan="2">工具格</td><td colspan="2">котóрым</td><td>котóрой
(-ою)</td><td>котóрыми</td></tr>
<tr><td colspan="2">前置格</td><td colspan="2">котóром</td><td>котóрой</td><td>котóрых</td></tr>
</table>

＊括號內的單數陰性 котóрою 現代已不使用，但仍存在文獻或文學作品中。

ii) **котóрый 的用法**

◆性、數、格

котóрый 的先行詞可以是動物性名詞或非動物性名詞。性和數視先行詞而定，格則視其在關係子句中的功能而定：

Там сиди́т мáльчик, **котóрый** говори́т по-рýсски.

那裡坐著說俄語的小男孩。

котóрый 之所以是單數陽性，是因為先行詞 мáльчик 是單數陽性；之所以是主格，則因為是關係子句中動詞 говори́т 的主語。

Там стои́т маши́на, **котóрую** он купи́л вчерá.

那裡停著他昨天買的車。

котóрую 之所以是單數陰性，是因為先行詞 маши́на 是單數陰性；之所以是賓格，則因為是關係子句中動詞 купи́л 的受詞。

◆字序與逗號

以下情況請留意字序與標逗號的位置：

・關係代詞是屬格，用來修飾名詞，且前面有先行詞時

Умер человéк, **и́мя котóрого** я не знáю.

一位我不知道名字的人死了。

・關係代詞是前置詞的受詞，而且前面有先行詞時

Э́то был человéк, **о котóром** ты мне говори́л.

這位就是你跟我提過的人。

補充

如果像下面的英語例句，將前置詞與其受詞分開的話，就不是俄語了（☞ p.358）：

the friend **whom** I was waiting **for**（<for whom）

此外，也有以下的句型組合：

Нет человéка, **в жи́зни котóрого** не случáлось бы тяжёлых испытáний.

沒有人一生都未曾遭遇過嚴苛考驗。

Э́то герóй, **фильм о котóром** я недáвно смотрéл.

這就是那個英雄，我前不久看過關於他的電影。

iii) 區分動物性名詞與非動物性名詞

關係代詞 котóрый 在賓格時，要使用同主格還是同屬格的形式，取決於先行詞是動物性名詞或非動物性名詞。此外，其變格方式與一致性定語相同（☞ p.384）。

◆先行詞是陰性單數時

無論是動物性名詞或非動物性名詞，都會變成與主格和屬格不同形式的котóрую：

дéвочка, **котóрую** я хорошó знáю

我很熟的小女孩（動物性名詞、陰性、單數）

кни́га, **кото́рую** я уже́ прочита́л

我已經看完的書（非動物性名詞、陰性、單數）

◆先行詞是中性單數時

無論是動物性名詞或非動物性名詞，都變成與主格同形的кото́рый：

чудо́вище, **кото́рое** они́ окрести́ли и́менем Не́сси

他們稱為尼斯湖水怪的怪物（動物性名詞、中性、單數）

и́мя, **кото́рое** мы не зна́ем

我們不知道的名字（非動物性名詞、中性、單數）

◆先行詞是陽性單數時

如果是動物性名詞，就用與屬格同形的кото́рого；如果是非動物性名詞，就用與主格同形的кото́рый：

мальчик, **которого** вчера он видел

他昨天看見的小男孩（動物性名詞、陽性、單數）

стол, **кото́рый** он купи́л вчера́

他昨天買的桌子（非動物性名詞、陽性、單數）

◆先行詞是複數時

不考慮性別，如果是動物性名詞，就用與屬格同形的кото́рых；如果是非動物性名詞，就用與主格同形的кото́рые：

студе́нтки, **кото́рых** я хорошо́ зна́ю

我很熟的女大學生們（動物性名詞、複數、陰性）

кни́ги, **кото́рые** я чита́л

我讀過的書（非動物性名詞、複數、陰性）

ли́ца, **кото́рых** он счита́ет свои́ми друзья́ми

他當作是自己朋友的人們（動物性名詞、複數、中性）

имена́, **кото́рые** роди́тели дава́ли де́тям
雙親給孩子們的名字（非動物性名詞、複數、中性）
студе́нты, **кото́рых** я ви́дел
我看見的學生們（動物性名詞、複數、陽性）
карандаши́, **кото́рые** я ему́ подари́л
我送給他的鉛筆（非動物性名詞、複數、陽性）

b）кто 和 что

кто 的先形詞是動物性名詞，что 的先行詞是非動物性名詞：

В числе́ госте́й, **кто** к нам постоя́нно е́здил, был и Ива́н Ива́нович.
經常到我家的客人當中包含伊凡・伊凡諾維奇。
Он изуча́л ка́рту, **что** висе́ла на стене́.
他仔細研究了掛在牆上的地圖。

不過，以一般名詞當先行詞時，使用 кто 或 что 的機率較 кото́рый 少，反倒是在以指示代詞 тот, то 或限定代詞 все, всё 等當作先行詞的句型中比較常見。請看以下的片語：

i）кто

◆тот, кто～「～的人」

тот 的格視其在主要子句的功能而定，而 кто 的格則依其在關係子句中的功能而定。換言之，先行詞 тот 的功能只是為了表示在主要子句中的格而存在的「虛詞」：

Не ошиба́ется **тот**, **кто** ничего́ не де́лает.
什麼都不做的人不會犯錯。

тот 是主格，因為是主要子句動詞謂語 ошиба́ется 的主語。
кто 是主格，因為是關係子句動詞謂語 де́лает 的主語。

У́мер **тот**, **кого́** она люби́ла.

她愛的人死了。

> тот 是主格，因為是主要子句動詞謂語 Ýмер 的主語。
> когó 是賓格，因為是關係子句動詞謂語 любúла 的補語。

Бог помогáет **томý**, **кто** помогáет сам себé.
神會幫助自助的人（天助自助者）。

> томý 是與格，因為主要子句動詞 помогáет 要接與格。
> кто 是主格，因為是關係子句動詞謂語 помогáет 的主語。

此外，確定那個人是女性時，тот 要變成陰性的та, кто，以表示那個人是女性。表示複數的「～樣的人們」時，也要變成複數的 те, кто（指示代詞＜тот＞的變格請參考 ☞ p.111）：

Емý нрáвится **та**, **комý** я пишý пúсьма.
他喜歡我寫信的對象。

Я вúдел **ту**, о **ком** я всегдá мечтáл.
我看到我一直夢寐以求的人。

Те, о **ком** он расскáзывает, сидя́т ря́дом с ним.
他在述說的那些人正坐在他旁邊。

Я вчерá поговорúл с **тéми**, **кто** был там.
我昨天跟那時在那裡的人談了一下。

當 кто 是關係子句的主語時，原則上視為陽性、單數（☞ p.117）。即使先行詞是陰性的 та 或複數的 те，關係子句以 кто 為主語的動詞謂語，原則上未來時用第三人稱單數，過去時時使用陽性。然而，考慮到實際意義，та, кто的主語視為陰性，те, кто，主語則視為複數，所以為了配合內容的意思，有時候動詞謂語會用陰性，有時候用複數：

та, **кто** был / былá ря́дом со мной 在我隔壁的人

те, **кто** знáет / знáют об э́том 知道關於那件事的人們

те, **кто** пришёл / пришли́ 來的人們

◆все, кто「所有～的人」

весь 的複數 все（☞ p.366）表示「全部、所有人」，如果加上以關係代詞 кто 為首的關係子句，就是「所有～的人」的意思：

Он лю́бит всех, **кому́** он помогáет.

他愛所有自己幫助的人。

Он помогáет всем, **кого́** он лю́бит.

他幫助所有自己愛的人。

все 是複數，但是 кто 是單數陽性（☞ p.117）。因此，如果是以下的例句，原則上以 кто 為主詞的關係子句動詞謂語要使用第三人稱單數（＜знáет＞、過去時則使用陽性）。不過，有時候會受到實際意思影響而變成複數（знáют）。主要子句的動詞 уважáют 的主語是 все，所以這裡必須用複數：

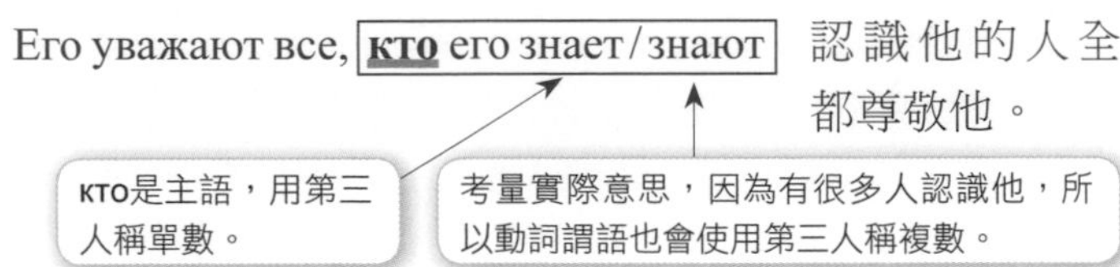

Его уважают все, кто его знает / знают
кто是主語，用第三人稱單數。
考量實際意思，因為有很多人認識他，所以動詞謂語也會使用第三人稱複數。

認識他的人全都尊敬他。

此外，也有以 кáждый 為先行詞的 кáждый, кто，意思是「每個～的人、全部」：

Кáждый, **кто** был в аудитóрии, прекрáсно всё понимáл.

教室裡的每個人全部都了解得一清二楚。

這時候跟 все, кто 的情況不同，關係子句的動詞 был 與主要子句的動詞 понимáл 都一定要是單數，因

為 ка́ждый 是單數。

ii) **что**

◆то, что「～的事、物」

這時候的先行詞 то 跟 тот, кто 一樣，是為了表示主要子句中某事物的格而存在的虛詞：

Она́ удиви́лась **тому́**, **что** он сде́лал.
她對他做過的事感到驚訝。

Мы не согла́сны с **тем**, **что** происхо́дит сейча́с.
我們不認同現在發生的事。

因為 то 是單數中性（☞ p.117），與之一致的動詞謂語若是現在或未來時，就用第三人稱單數；如果是過去時，就用中性：

С ним не случи́тся **то**, **что** со мной случи́лось.
發生在我身上的事不會發生在他身上。

以下情況的 то, что 中，也有看起來像關係詞的 что。不過，這裡的 что 並不是關係詞，而是連接詞。請注意，即使沒有 что，он вино́вен 的部分本身就是一個完整的句子了：

Э́то свиде́тельствует о **том**, **что** он вино́вен.
這證明他有罪。

＊關於這個類型的 то, что 請見☞ p.323-324。

此外，沒有先行詞 то 的話，會變成「～的是，…」的意思：

Его́ мать была́ высо́кая, си́льная и, **что** удиви́ло меня́, — молода́я.

他的母親高大、強壯，更讓我驚訝的是——（她）很年輕。

補充

тот, кто 和 то, что 都可以像下面的例子一樣，將關係子句擺在句首，表示「～的人/事，（就）是…」的意思。這樣的句型通常用於慣用句或諺語：

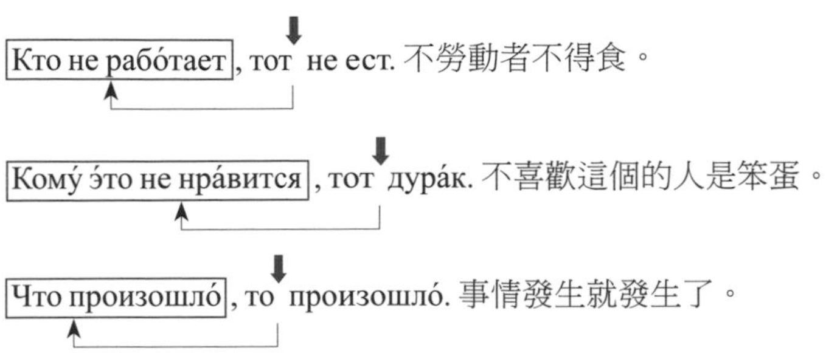

Кто не рабо́тает, тот не ест. 不勞動者不得食。
Кому́ э́то не нра́вится, тот дура́к. 不喜歡這個的人是笨蛋。
Что произошло́, то произошло́. 事情發生就發生了。

◆всё, что「所有～的事／物」

限定代詞 **весь** 的中性形 **всё**（☞ p.366）有「所有東西、所有事」的意思。搭配以關係代詞 **что** 為首的關係子句時，意思是「所有～的事／物」：

Всё, **что** мне нра́вится, нра́вится и ему́.

我喜歡的，他也喜歡。

Она́ вспо́мнила обо **всём**, **что** случи́лось.

她想起所有發生的事情。

◆把整個先行句當成先行詞的 что

也有把整個前句當成先行詞的情況。**кото́рый** 並沒有這個用法。要從文章脈絡判斷從哪裡到哪裡為先行詞：

Ве́тер си́льно дул, **что** бы́ло обы́чно для апре́ля.

颳大風是四月常見的景象。

Он владе́ет япо́нским языко́м, **что** я зна́ю.

我知道他精通日文。

Она́ уже́ ушла́, **чего́** я не знал.

我不知道她已經離開了。

◆把名詞化的形容詞當先行詞的 что

將еди́нственное「唯一的事」、гла́вное「主要的事」等名詞化的形容詞當先行詞的情況也很常見：

Еди́нственным, **что** уди́вило его́, была́ её реа́кция.

唯一讓他驚訝的是她的反應。

Гла́вное, **чего́** он хо́чет, — э́то показа́ть америка́нцам свой но́вый фильм.

他主要想要的是讓美國人看他的新電影。

＊屬格 чего́ 是動詞 хо́чет 所需的接格（☞ p.43）。

iii) чей

關係代詞的 чей 是書面用法，一般會使用關係代詞 кото́рый 的屬格：

Прие́хал в То́кио поэ́т, **чьи** стихи́ он перево́дит.

詩作由他所翻譯的詩人來東京了。

（= Прие́хал в То́кио поэ́т, стихи́ **кото́рого** он перево́дит.）

使用 чей 的話，句式為 **чьи** стихи́，而用 кото́рый 則是以 стихи́ **кото́рого** 這樣的字序造句。請留意關係詞的位置。

iv) како́й「像～那樣的、～類型的、與～同類型的」

跟 кото́рый 不同，како́й 不是指特定的人或物，而是指類型或種類。此外，先行詞常會用тако́й：

Она́ вы́шла за́муж за тако́го челове́ка, **каки́м** был её оте́ц.　她嫁給像她父親那樣的人。

[cf. Она́ вы́шла за́муж за челове́ка, **кото́рого** она́ не зна́ла.
她嫁給她不認識的人。]

Э́то была́ же́нщина, **каку́ю** не ча́сто встре́тишь.
她是難得一見的女性。

與最高級一起使用時，有「～當中最…」的意思：

Он са́мый до́брый челове́к, **како́го** я знал.
他是我認識的人當中最善良的。

(2) 關係副詞

用關係副詞時，如果是 где，就是以表示處所的名詞作先行詞；如果是 когда́，則是以表示時間的名詞為先行詞。在關係子句中，兩者都扮演狀語（☞ p.268、385）的角色。這是與關係代詞不一樣的地方。

a) 處所

視其在關係子句中的功能決定使用 гда, куда́ 或 отку́да：

Э́то дом, где я роди́лся. 這是我出生的家。
*因為是出生的地方，所以用 где。

Я встре́тился с Та́ней в э́том го́роде, куда́ прие́хал отдыха́ть.
我在我度假的城市遇見了塔妮亞。
*因為表示去度假的目的地，所以用 куда́。

В го́роде, отку́да прие́хал Ва́ня, у́мер Ва́нин оте́ц.
凡尼亞的父親死於凡尼亞來的城市
*因為表示出發點，所以用 отку́да。Ва́нин 是源自 Ва́ня 的物主形容詞（☞ p.164-166）。

b）時間

為了表示關係子句中行為發生的時間，可把 когда́ 當關係副詞使用：

Муж подари́л мне цветы́ в день, когда́ сын роди́лся.
兒子出生的那天，丈夫送我花。

c）там, туда́, тогда́ 作為先行詞時

關係副詞有時候會把 там, туда́, тогда́ 等副詞當成先行詞。這時候，先行詞在主句中的功能，只是帶出關係子句的地點或時間而已，為無實質意義的虛詞：

Он рабо́тает **там**, **где** она́ ра́ньше рабо́тала.
他在她以前工作的地方工作。

там 表示主要子句的地點，也就是他工作的地方。
где 表示關係子句的地點，也就是她工作過的地方。

Мы е́здили **туда́**, **где** ма́ма живёт.
我們去母親住的地方。

туда́ 表示主要子句的目的地，也就是我們去的地方。
где 表示關係子句的地點，也就是母親居住的地方。

Пробле́мы возни́кли **тогда́**, **когда́** война́ зако́нчилась.
問題發生在戰爭結束時。

тогда́ 表示主要子句的時間，也就是問題發生之時。
когда́ 表示關係子句的時間，也就是戰爭結束之時。

3. 否定代詞

加上否定疑問詞的單字 ни- 或 не-，就變成否定代詞。兩者都有否定的意思，但各自還是有微妙的差異，請多留意。

(1) ни-

疑問詞加ни-，用在否定句中，強調否定的意思。譬如，кто「誰」加了 ни-，就是 никтó「誰也沒～（沒人～），換成 кудá「去哪裡」，就是 никудá「哪裡也沒～（沒～）」：

Об э́том **никтó не** знáет.
那件事沒人知道。

Там **ничегó нет**.
ничегó是否定屬格（p.44-46）
那裡什麼也沒有。

Я **ничего не** знаю.
ничегó是否定屬格（p.44-46）
我什麼也不知道。

Никомý не скажи́.
別告訴任何人。

Они́ **ничéм не** интересýются.
他們對任何事都不感興趣。

Лéтом я **никудá не** éздил.
我夏天哪裡也沒去。

Снéга ужé **нигдé не** остáлось.
已經到處都看不到雪的痕跡了。

Я в Москвé **никогдá нé** был.
我從沒去過（一次也沒去過）莫斯科。

附加前置詞時，前置詞置於 ни 和疑問詞之間。ни、前置詞、疑問詞全部要分開寫：

Он **ни** с **кем не** разговáривал.

他從未跟任何人說過話。

Ни о **чём не** спра́шивай!

什麼都別問！

也可以是多個〔ни-＋疑問詞〕連用：

Здесь **никто́ никогда́ ни** с **кем не** говори́л.

在這裡誰也沒（一次也沒有）跟誰說過話。

通常會省略否定的部分：

Ничего́ интере́сного!

沒有有趣的事！（一點也不好玩）

－Ты хо́чешь изуча́ть ру́сский язы́к? －Нет, **никогда́**!

「你想學俄語嗎？」「不，絕對不要！」

（2）**не́**＋疑問詞＋不定式

由 не́- 加疑問詞及動詞不定式所構成的句子，有「沒～做…」的意思。重音一定在 не́-：

Не́где рабо́тать.

沒地方工作。

Не́когда объясня́ть.

沒時間說明。

кто 或 что 的格則視其在句子中的功能而定：

Не́кому писа́ть. 沒有能寫信的對象。

因為是писа́ть的間接補語，所以用與格

Не́кого спроси́ть. 沒有人可問。

因為是спроси́ть的直接補語，所以用賓格

Не́чем занима́ться. 沒有事可做。

因為是занима́ться的補語，所以用工具格

Не́чего чита́ть. 沒東西可讀。

這種情況下的 не́чего 是否定屬格。一般而言，否定句的賓格補語未必要變成否定屬格（☞ p.46）；但若是〔не́чего＋不定形〕，一定要用否定屬格。

此外，否定代詞沒有 не́кто（主格）與не́что（主格、賓格）的形式，這兩個字只用作表示「（某個）～的人」、「（某個）～的東西／事件」的不定代詞使用。

加上前置詞時，前置詞擺在 не- 與疑問詞之間，而且每個字之間要保留空格：

Не́ с **кем** поговори́ть. 沒有人能說說話。

Не́ о **чем** писа́ть. 沒什麼好寫的。

這個 чем 是前置詞 о 的受詞，所以是前置格，但不會寫成чём。就如之前所述，因為詞組的重音在не́-，所以疑問詞沒有重音。即使加入前置詞也一樣。

這個句型算是一種無人稱句型（☞ p.387-390）。如果需要明確表示行為主體的話，要用與格。如果是過去時，要加上 бы́ло；如果是未來時，則加上 бу́дет：

Нам не́кому писа́ть.
我們沒有能寫信的對象。

Мне не́чего **бы́ло** чита́ть.
我沒東西可讀。

Ему́ не с кем **бу́дет** говори́ть.
他沒有人能說說話。

4. 不定代詞

像「這個」或「那個」這種不是具體表示某個特定物品的代詞，或是像「什麼啊」或「誰啊」等不是具體知道為何物、何人的代詞，抑或是要避免明示的代詞，都稱為不定代詞。不定代詞的結構是疑問詞加上某個要素。構成不定代詞的方法有很多，所以要牢記它們之間的差異。

a）-то

雖然至少可以確定有那樣的物品或人物存在，但是不知道具體為何物、何人時，就會用到這個不定代詞。請與 **b**）的-нибудь / -либо 比較並牢記：

Ктó-то ей звони́л.
不曉得是誰打了電話給她。

Действи́тельно э́то **комý-то** нýжно.
這對某個人確實是必要的。

b）-нибудь/-либо

在不知道具體為何物、何人，也不清楚是否有這樣的東西或人物存在時使用，常見於疑問句或條件子句。-нибудь 與 -либо 的意思極為相似，不過-либо 比較偏書面語體：

Мне **ктó-нибудь** звони́л?
有人打電話找我嗎？

Éсли **когдá-нибудь** у меня́ бýдет миллиóн рублéй, то обязáтельно куплю́ маши́ну.
要是哪天我有了一百萬盧布，我一定會買車。

Позвони́ **комý-нибудь**.
隨便給誰打個電話。

Вы звони́ли **комý-либо**?
您給誰打了電話了嗎？

c) kòe-

雖然知道，卻要避免具體明示時，會使用這種不定代詞。情況大致可分為「避免說出具體是何物」、「避免清楚說出數目、數量」等兩種，或者兩種情況皆有。若要翻譯這樣的句型，通常不是譯成「～嗎？」，而是譯為「有～」。

kòe- 是次重音（☞ p.11），主要重音在後面的疑問詞上：

Kòe-ктó хóчет поговори́ть с тобóй.
有個人想跟你說話。

Он **кòе-чтó** предложи́л.
他提出了個方案。

Онá позвони́ла **кòе-кудá**.
她往一個地方打電話。

避免明言數量時，數量程度可能跟「有幾個吧」相當，但也會有比較少或比較多的情況發生。請留意前後的內容：

Он мне дал **кòе-каки́е** продýкты.
他給了我幾樣食品。

Я встречáл **кòе-когó** из них.
我跟他們當中的幾個人見了面。

Кòе-гдé в лесáх ужé появля́ются грибы́.
森林裡有幾個地方都長出蘑菇了。

kòe-кáк是由「好幾個方法、各種方法」衍生而來，表示「總算、想方設法」：

Кòе-кáк доéхал домóй.
總算到家了。

有前置詞時，前置詞擺在 kòe 和疑問詞之間：

Кòе для **когó** э́то óчень хорошó.
對某些人而言，這非常好。

Я хочý **кòе** о **чём** вам сообщи́ть.
我有些話想對您說。

d）не́кто, не́что

使用方法跟 ктó-то, чтó-то 一樣，通常後面會接定語（☞ p.384-385）之後，意思是「（某）～的人」、「（某）～的事物」：

Вчерá ко мне приходи́л **не́кто** в костю́ме.
昨天有個穿西裝的人來找我。

Они́ предлагáют **не́что** интерéсное.
他們提出一個有趣的方案。

此外，не́кто 接專有名詞，意思是「好像叫～的人、～某人」：

Там сиди́т не́кто Петрóв.
那裡坐著個好像名叫佩特洛夫的人。

не́кто 只有主格，не́что 則只有主格與賓格形，其他格形不使用。這種情況正好跟只有其他格形的否定代詞 не́кого, не́чего（☞ p.138-139）相反。

第6章 形容詞

形容詞是繼名詞與動詞後的基本詞類之一。形容詞基本用法就像「紅色的」屋頂、「大的」石頭，是在修飾名詞；還有像這座山「是高的」、天空「是藍的」，扮演的角色是句子的謂語。本章節將介紹形容詞的各個面相。

1. 各種形容詞

(1) 長尾與短尾

形容詞有**長尾形式**與**短尾形式**。長尾可當作定語（名詞修飾語）與謂語（☞ p.382-385）；短尾只可當謂語，不能當定語。

◆長尾形式

интере́сная кни́га 有趣的書（定語）

Э́та кни́га **интере́сная**. 這本書是有趣的。（謂語）

◆短尾形式

× интере́сна кни́га 有趣的書（不能用於定語）

Э́та кни́га **интере́сна**. 這本書很有趣。（謂語）

(2) 性質形容詞與關係形容詞

此外，形容詞依字義可分為**性質形容詞**與**關係形容詞**兩種，兩者的差異會影響形容詞的變格形式。

性質形容詞是指事物的「性質、特徵」，因此，большо́й「大的」、краси́вый「美麗的」、интере́сный「有趣的」等，會有程度上的不同。

相對地，關係形容詞是指деревя́нный「樹的」（<де́рево）、ме́сячный「一個月的、月亮的」（<ме́сяц）這類說明與其他名詞關係的形容詞，通常沒有程度的區別。換句話說，就是不能以о́чень「非常」來加強。此外，性質形容詞有反義詞（「

大的」反義詞就是「小的」，「美麗的」則是「醜陋的」），而關係形容詞並沒有性質上的相反詞。然而，這兩種形容詞的分界模糊，並非絕對對比，只能概略而論。

以下將詳細介紹形容詞的變格及使用方法。

2. 長尾形容詞

長尾形容詞可以是定語（名詞的修飾語）（☞ p.384-385），也可以是謂語。長尾形容詞包含性質形容詞和關係形容詞。

長尾形容詞會因性、數、格而變格，其變格形式基本有三型（硬變化 I、硬變化 II、軟變化），及符合正字法（☞ p.12-13）的三類型（混合變化 I、混合變化 II、混合變化 III）。

（1）基本變格形式

i） 硬變化 I：**кра́сный**「紅色的」

<table>
<tr><th colspan="6">硬變化 I</th></tr>
<tr><th colspan="2"></th><th>陽性</th><th>中性</th><th>陰性</th><th>複數</th></tr>
<tr><th colspan="2">主格</th><td>кра́сный</td><td>кра́сное</td><td>кра́сная</td><td>кра́сные</td></tr>
<tr><th colspan="2">屬格</th><td colspan="2">кра́сного</td><td>кра́сной</td><td>кра́сных</td></tr>
<tr><th colspan="2">與格</th><td colspan="2">кра́сному</td><td>кра́сной</td><td>кра́сным</td></tr>
<tr><th rowspan="2">賓格</th><th>動物性名詞</th><td>кра́сного</td><td rowspan="2">кра́сное</td><td rowspan="2">кра́сную</td><td>кра́сных</td></tr>
<tr><th>非動物性名詞</th><td>кра́сный</td><td>кра́сные</td></tr>
<tr><th colspan="2">工具格</th><td colspan="2">кра́сным</td><td>кра́сной (-ою)</td><td>кра́сными</td></tr>
<tr><th colspan="2">前置格</th><td colspan="2">кра́сном</td><td>кра́сной</td><td>кра́сных</td></tr>
</table>

＊括號內的工具格 -ою 現代已不使用，但仍存在文獻或文學作品中。

ii) 硬變化 II：голубóй「水藍色的」

硬變化 II					
		陽性	中性	陰性	複數
主格		голубóй	голубóе	голубáя	голубы́е
屬格		голубóго		голубóй	голубы́х
與格		голубóму		голубóй	голубы́м
賓格	動物性名詞	голубóго	голубóе	голубýю	голубы́х
	非動物性名詞	голубóй			голубы́е
工具格		голубы́м		голубóй (-óю)	голубы́ми
前置格		голубóм		голубóй	голубы́х

＊此類型除了陽性的主格與賓格（非動物性名詞）之外，其他都與硬變化 I 相同。

＊不過，重音一定在詞尾。反過來說，重音在詞尾的話，一定是這一類型。

＊括號內的工具格 -óю 現代已不使用，但仍存在於文獻或文學作品中。

iii) 軟變化：си́ний「藍色的」

軟變化					
		陽性	中性	陰性	複數
主格		си́ний	си́нее	си́няя	си́ние
屬格		си́него		си́ней	си́них
與格		си́нему		си́ней	си́ним
賓格	動物性名詞	си́него	си́нее	си́нюю	си́них
	非動物性名詞	си́ний			си́ние
工具格		си́ним		си́ней (-ею)	си́ними
前置格		си́нем		си́ней	си́них

＊括號內的工具格 -ею 現代已不使用，但仍存在於文獻或文學作品中。

各位看的出來，軟變化與兩種硬變化大不相同。不過，如果將母音的軟硬對應（а=я, ы=и, у=ю, о=е/ё ☞ p.13-14）考慮在內，則軟變化跟硬變化 I 相同。

注意 軟變化形容詞與物主形容詞（☞ p.164-166）的變格容易混淆，請多加注意。兩者有微妙差異。

（2）混合變化

以下三類型與上述三個基本型有著細微差異，只是加入正字法（☞ p.12-13）的規則而已，實際上與基本型差不多。

i）混合變化 I：ру́сский「俄羅斯的」

這個類型其實是硬變化 I：

混合變化 I					
		陽性	中性	陰性	複數
主格		ру́сский	ру́сское	ру́сская	ру́сские
屬格		ру́сского		ру́сской	ру́сских
與格		ру́сскому		ру́сской	ру́сским
賓格	動物性名詞	ру́сского	ру́сское	ру́сскую	ру́сских
	非動物性名詞	ру́сский			ру́сские
工具格		ру́сским		ру́сской (-ою)	ру́сскими
前置格		ру́сском		ру́сской	ру́сских

*畫底線的詞尾看似軟變化，但其實是受到正字法（☞ p.12-13）的影響，對應硬變化 I 的詞尾 -ый, -ый, -ым, -ые, -ых, -ым, -ых, -ые, -ыми, -ых。
*括號內的工具格 -ою 現代已不使用，但仍存在文獻或文學作品中。

這類型的形容詞詞幹都是以 г, к, х 結尾。反過來說，以 -гий, -кий, -хий 結尾的形容詞全部屬於這一類型。

ii）混合變化 II：плохо́й「不好的」

這類型其實是硬變化 II：

混合變化 II					
		陽性	中性	陰性	複數
主格		плохóй	плохóе	плохáя	плох**и́е**
屬格		плохóго		плохóй	плох**и́х**
與格		плохóму		плохóй	плох**и́м**
賓格	動物性名詞	плохóго	плохóе	плохýю	плох**и́х**
	非動物性名詞	плохóй			плох**и́е**
工具格		плох**и́м**		плохóй (-óю)	плох**и́ми**
前置格		плохóм		плохóй	плох**и́х**

＊畫底線的詞尾看似軟變化，但其實是受到正字法（☞ p.12-13）的影響，對應硬變化 II 的詞尾 -ы́м, -ы́е, -ы́х, -ы́м, -ы́х, -ы́е, -ы́ми, -ы́х。

＊括號內的工具格 -óю 現代已不使用，但仍存在文獻或文學作品中。

這類型的形容詞詞幹都是以 г, к, х, ж, ч, ш, щ 結尾。反過來說，以 -гой, -кой, -хой, -жой, -чой-, -шой, -щой 結尾的形容詞都是屬於這個類型。

這類受到正字法影響的形容詞和硬變化 II 一樣，重音落在詞尾。

iii)混合變化 III：**хорóший**「好的」

這類型其實是軟變化：

混合變化 III					
		陽性	中性	陰性	複數
主格		хорóший	хорóшее	хорóш**ая**	хорóшие
屬格		хорóшего		хорóшей	хорóших
與格		хорóшему		хорóшей	хорóшим
賓格	動物性名詞	хорóшего	хорóшее	хорóш**ую**	хорóших
	非動物性名詞	хорóший			хорóшие
工具格		хорóшим		хорóшей (-ею)	хорóшими
前置格		хорóшем		хорóшей	хорóших

＊畫底線的詞尾看似硬變化，但其實是受到正字法（☞ p.12-13）的影響，對應軟變化的詞尾 -яя, -юю。

＊括號內的工具格 -ею 現代已不使用，但仍存在文獻或文學作品中。

這類型的形容詞詞幹都是以 **ж, ч, ш, щ** 結尾。反過來說，以 **-жий, -чий-, -ший, -щий** 結尾的形容詞全部屬於這個類型。

3. 短尾形容詞

短尾形容詞只作謂語使用，且僅由性質形容詞（☞ p.143-144）構成。短尾形容詞跟長尾形容詞不同，不能用來修飾名詞。因此，不會像長尾形容詞一樣隨名詞一起變格。短尾形容詞只依據其主語的性及數變化，所以相較於長尾形容詞，短尾形容詞的變化簡單多了。

不過，不要因此就以為短尾的變化很規則，它還是有好幾種形式，務必一一確認且牢記。多數軟變化形容詞沒有短尾形。首先就從以下的**硬變化形容詞**開始牢記吧！

	краси́вый 美麗的	живо́й 活的	тяжёлый 重的
陽性：無詞尾	краси́в	жив	тяжёл
陰性 ： -а	краси́ва	жива́	тяжела́
中性 ： -о	краси́во	жи́во	тяжело́
複數 ： -ы	краси́вы	жи́вы	тяжелы́

（1）短尾形容詞的重音

長尾形容詞的重音不會改變，但短尾形容詞的重音經常移動。除了 краси́в「美麗的」這種重音不移動的類型外，還有像上表的 жив, **жива́**, жи́во, жи́вы「活的」，只有陰性的重音朝詞尾移動，以及像 тяжёл, **тажела́**, **тяжело́**, **тяжелы́**「重的」，除了陽性，陰性、中性、複數的重音都朝詞尾移動的兩種情況最常見。

不過，短尾的重音也會像以下例子這樣，出現例外，或有的是兩個重音併存的情況。請查字典一一確認：

	милый 可愛的	алый 鮮紅色的	вкусный 美味的
陽性	мил	ал	вку́сен
陰性	мила́	а́ла́	вкусна́
中性	ми́ло	а́ло	вку́сно
複數	ми́лы́	а́лы	вку́сны́

＊畫底線的部分有兩個重音記號，不論重音在哪個位置都可以。

（2）短尾形容詞與正字法

長尾形容詞的混合變化 I、II（☞ p.146-147）適用於受正字法（☞ p.12-13）影響的硬變化 I、II；短尾形容詞的複數也同樣適用正字法，詞尾 **-ы** 變成 **-и**：

	одино́кий 孤獨的	дорого́й 親愛的，貴的
陽性	одино́к	до́рог
陰性	одино́ка	дорога́
中性	одино́ко	до́рого
複數	одино́к**и**	до́рог**и**

（3）短尾形容詞的隱現母音

短尾陽性形容詞是去掉詞尾（無詞尾）的形式。這會導致字詞結尾出現連續子音的情況，這些連續子音之間其實存在著隱現母音（☞ p.92-95）。陽性以外的形式不會出現隱現母音。

a）以 -ный 結尾的形容詞最常見的隱現母音是 e

интере́сный 有趣的 ➡ **интере́сен**

важный 重要的 ➡ **ва́жен**

ь 或 й 以隱現母音 e 替換：

больно́й 生病的 ➡ **бо́лен**

споко́йный 安靜的 ➡ **споко́ен**

不過，有時候會變成 о 或 ё，必須要仔細確認：

смешно́й 好笑的，奇怪的 ➡ **смешо́н**

по́лный 滿的 ➡ **по́лон**

хмельно́й 醉的 ➡ **хмелён**

b）詞幹末尾是 г, к，隱現母音是 о

до́лгий 久的 ➡ **до́лог**

кре́пкий 濃烈的、強壯的 ➡ **кре́пок**

узкий 狹窄的 ➡ **у́зок**

除了 ь 或 й 之外，詞幹末尾的連續子音若是 жк, чк, шк 時，隱現母音也會換成 е：

го́рький 苦的 ➡ **го́рек**

сто́йкий 不屈不撓的 ➡ **сто́ек**

тя́жкий 沉重的、沉悶的 ➡ **тя́жек**

c）-енный

從以上敘述，可以預測 -е(ё)нный 型的形容詞，隱現母音是插入陽性短尾形容詞詞幹末尾的連續子音 нн 之間，變成 -енен：

постепе́нный 漸漸的 ➡ **постепе́нен**

不過，因為不好發音，常見到詞幹末尾不是以 нн 的連續子音加上隱現母音，而是只留下單一個 н 的形式。換句話說，這個類型沒有隱現母音：

самоуве́ренный 過於自信的 ➡ **самоуве́рен**
вооружённый 武裝的 ➡ **вооружён**

此外，也常見兩種形式都被認可的單字：

ме́дленный 慢的 ➡ **ме́дленен / ме́длен**
суще́ственный 本質的 ➡ **суще́ственен / суще́ствен**

（4）軟變化的短尾形

軟變化形容詞（適用於詞幹以 ж, ч, ш, щ 結尾，符合正字法混合變化 III 的軟變化形容詞）大多只有長尾形，無短尾形。可是，也有擁有短尾形的形容詞存在。

基本上軟變化的短尾形以 **-ь, -я, -е, -и** 結尾，加上正字法的影響（☞ p.12-13），如以下所示微加調整：

	си́ний 藍色的	могу́чий 強大的	горя́чий 熱的	хоро́ший 好的
陽性	синь	могу́ч	горя́ч	хоро́ш
陰性	синя́	могу́ча	горяча́	хороша́
中性	си́не	могу́че	горячо́	хорошо́
複數	си́ни	могу́чи	горячи́	хороши́

微調整①：陽性形保留 ь，但詞幹末尾是 ж, ч, ш, щ 的混合變化 III 的話則不適用。

微調整②：中性形的詞尾是 -е，但重音在詞尾時，變成 -о。

（5）特殊的短尾形容詞

◆большо́й 與 ма́ленький 的短尾

以上兩個字會以 вели́кий「偉大的」與 ма́лый「小的」的短尾

形式代換。

большóй 大的：**вели́к, великá, великó, велики́**
маленький 小的：**мал, малá, малó, малы́**

◆沒有短尾的形容詞

基本上，只有表示事物性質的性質形容詞有短尾形式，關係形容詞則沒有（關於性質形容詞與關係形容詞的差異，參考 ☞ p.143-144）。

此外，**бóжий**「神的」、**ры́бий**「魚的」等，與軟變化形容詞極為相似的物主形容詞（☞ p.164-166）也沒有短尾形式（物主形容詞也可以說是某一類型的關係形容詞）。

另外，**пéрвый**「第一的」、**вторóй**「第二號的」等順序數詞（☞ p.371-373）也沒有短尾形式（也可以說是某一類型的關係形容詞）。

補充

相對地，рад, рáда, рáдо, рáды「快樂的」只有短尾：
Я рад вас видеть. 能跟您見面開心。

◆短尾形式的指示詞 такóв、疑問形容詞 какóв

такóв, таковá, таковó, таковы́「這樣的」是只有短尾形式的指示詞，какóв, каковá, какавó, каковы́「什麼樣的」是只有短尾形式的疑問形容詞。因為是短尾，兩者只能當謂語使用，而且兩者都是書面語體：

Таковó егó мнéние.
他的意見是這樣的。

Каковá у вас погóда?
你們那邊的天氣怎麼樣呢？

（6）中性短尾形容詞作副詞

中性短尾形容詞常被當成副詞使用。這個用法就相當於英語的 -ly，是具有高度生產性能的副詞衍生手段（☞ p.270）。而且字典常把這類單字與形容詞區分開來：

Он **хорошо́** рабо́тает.
他很認真工作。
Она живёт **далеко́** отсю́да.
她住在離這裡很遠的地方。

（7）以長尾形容詞與短尾形容詞作謂語的差異

相對於只能當謂語的短尾形容詞，長尾形容詞可以是謂語，也可以是名詞修飾語（☞ p.143）。換言之，當謂語的形容詞有短尾與長尾。那麼，該如何分類使用呢？

首先一般說來，短尾較偏書面語體，長尾較偏口語體，或者既非書面語體，也不是口語體，而是中性語體。此外，也具備以下的特點：

a）短尾表示暫時的／長尾表示恆久的

短尾用來表示暫時的特徵，長尾則用來表示「經常是這樣」的情況：

Э́та река́ **споко́йна**.
這條河很平靜。（譬如「今天」很平靜）
Э́та река́ **споко́йная**.
這條河很平靜。（流速穩定的河）
Пе́тя **ве́сел**.
佩佳很快樂。（譬如「剛剛發生了讓人開心的事」）
Пе́тя **весёлый**.
佩佳是個快樂的人。（一直都是快樂的人）

b）短尾表示相對的／長尾表示絕對的

短尾表示在某個條件下的特徵，長尾表示絕對的特徵：

Дверь **низка́**.

門很矮。（譬如「對挑高的房間而言」）

Дверь **ни́зкая**.

這扇門是扇低矮的門。

（不管對什麼樣的房間而言，都是矮門）

За́работок враче́й **высо́к**.

醫生薪水高。（譬如「跟其他行業比較的話」）

За́работок враче́й **высо́кий**.

醫生是高收入的職業。

（不是跟其他行業比較，事實就是這樣）

補充

這樣的分類並非絕對。會話中也可看見如下將短尾與長尾混合使用的例子：

－Э́та кни́га интере́сная?「這本書有趣嗎？」
－Да, весьма́ интере́сна.「是的，非常有趣。」

4. 比較級、最高級

（1）比較級

用來比較兩者的**比較級**，表示「比～更～」，有**合成型**與**單一型**兩種形式。英語的比較級也一樣有 more ～及 -er 兩種形式，這點顯示俄語的比較級跟英語相似。不過，俄語的比較級可由同一個形容詞製造出合成型及單一型兩種，這點就跟英語不同（也有無法形成單一型的形容詞）。此外，單一型有 -ee 型及 -e 型兩種，要使用哪一型，視單字而定：

合成型	более ～	бóлее красúвый бóлее интерéсный бóлее дорогóй бóлее молодóй	更美麗的 更有趣的 更貴的 更年輕的
單一型	-ее 型	красúвее интерéснее	更美的 更有趣的
	-е 型	дорóже молóже	更貴的 更年輕的

a）合成型 бóлее～

形容詞前面加上 бóлее 便構成比較級。大部分的形容詞都可以加 бóлее；不過在口語會話中，有單一型的形容詞通常都是使用單一型。形容詞的部分配合名詞變格，可是 бóлее 不會變格：

бóлее интерéсная кнúга
更有趣的書

бóлее совремéнный гóрод
更現代的城市

Онá купúла **бóлее дорогýю** квартúру.
她買了更貴的公寓。

странá с **бóлее дóлгой** истóрией
擁有更悠久歷史的國家

可以搭配長尾形容詞、短尾形容詞，以及自中性短尾形容詞生成的副詞（☞ p.248-249）：

Ваш гóрод **бóлее красúв**.
你住的城鎮更美。

Онá танцýет **бóлее красúво**.
她跳得更美。

◆ме́нее～

也可使用 бо́лее 的反義詞 ме́нее（英語的 less），表示相反的意思：

Э́то **ме́нее ва́жная** зада́ча.
這是個比較不重要的任務。

Она́ **ме́нее краси́ва**.
她比較不漂亮。

Он поёт **ме́нее краси́во**.
他唱得比較不好聽。

b）單一型

原則上性質形容詞（☞ p.143-144）常用單一型比較級。單一型比較級有 -ее 型與 -е 型兩種，需根據形容詞決定是哪一型。單一型可以作為謂語與定語（☞ p.382-385），且不因性、數、格而有所變化：

Москва́ **краси́вее**.　謂語。陰性名詞是主語。
莫斯科更美。

Петербу́рг **краси́вее**.　謂語。陽性名詞是主語。
彼得堡更美麗。

Сего́дня **тепле́е**.　謂語。因為是無人稱的，所以使用中性。＊無人稱句請參考 ☞ p.387-390 。
今天更暖和。

當作定語修飾名詞時，跟一般情況不一樣，是從後面修飾名詞：

定語。名詞是陰性前置格。

Он хо́чет жени́ться на же́нщине **моло́же** себя́.
他想跟比自己年輕的女性結婚。

也可以當副詞使用：

Он говори́т быстре́е. 他說得更快。

i) -ee 型

很多性質形容詞的單一型比較級都屬於這個類型。這類型的重音位置和原形容詞的陰性短尾（☞ p.148）相同：

	單一比較級	短尾形容詞
красивый 美麗的	краси́вее	краси́в, **краси́ва**, краси́во, краси́вы
интересный 有趣的	интере́снее	интере́сен, **интере́сна**, интере́сно, интере́сны
умный 聰明的	умне́е	умён, **умна́**, умно́, умны́
трудный 困難的	трудне́е	тру́ден, **трудна́**, тру́дно, тру́дны́

＊трудны 有兩個重音位置，表示兩種重音都可接受。

補充

在口語中可能會看到 **-ей** 的形式，而非 -ee：
Иди́ **быстре́й**（＝быстре́е）！　走快一點！

ii) -e 型

雖然數目不多，但是出現頻率較高，特徵就是詞幹末尾子音有子音交替（☞ p.14-15）的情況。以下列出幾個類型，規則難以預測。字典通常會標示出比較級形式，請使用字典一一確認。重音會落在詞幹上：

	長尾陽性	比較級
г → ж	дорого́й 貴的	доро́же
д → ж	молодо́й 年輕的	моло́же
к → ч	мя́гкий 軟的	мя́гче
т → ч	бога́тый 有錢的、豐盛的	бога́че
х → ш	ти́хий 安靜的	ти́ше
ст → щ	чи́стый 乾淨的	чи́ще

除了上述類型，有的子音交替跟一般子音交替的類型（☞ p.14-15）不同，或出現例外變化：

зк → ж	бли́зкий 近的 ни́зкий 低矮的 у́зкий 窄的	бли́же ни́же у́же
ск → щ	пло́ский 平坦的	пло́ще
加 -ше	молодо́й 年輕的 ста́рый 老的 до́лгий （時間）久的 то́нкий 細的 ра́но 早地	мла́дше ста́рше до́льше то́ньше ра́ньше
其他	глубо́кий 深的 ре́дкий 少的 по́здний 晚的 широ́кий 寬廣的	глу́бже ре́же по́зже ши́ре
形式完全不同	хоро́ший 好的 плохо́й 壞的	лу́чше ху́же
同時是兩個單字的比較級	большо́й 大的／мно́го 多地 ма́ленький 小的／ма́ло 少地	бо́льше ме́ньше

＊мла́дше 是「年紀較小的」，如果是「更年輕」，使用前頁的 моло́же。此外，ста́рше 也有「年紀較大的」的意思，如果是「更年長的、更老的」，使用 старе́е。

也有幾個特別的長尾比較級。這些單字也同時擁有-е型的單一型比較級：

большо́й 大的 ➡ **бо́льший** (бо́льше)
ма́ленький 小的 ➡ **ме́ньший** (ме́ньше)
хоро́ший 好的 ➡ **лу́чший** (лу́чше)
плохо́й 不好的 ➡ **ху́дший** (ху́же)
ста́рый 年老的 ➡ **ста́рший** (ста́рше) 年紀較大的
молодо́й 年輕的 ➡ **мла́дший** (мла́дше) 年紀較小的

補充

上述的長詞尾比較級лучший, худший, старший, младший也可表示最高級：

лу́чший отве́т 最好的回答　**младшая** дочь 最小的女兒

此外，這些單字都會伴隨表示最高級的са́мый，以更清楚說明最高級：

са́мая мла́дшая де́вочка 最年幼的小女孩
са́мый лу́чший отве́т 最好的回答

如以下例句，加上比較級的бо́лее，會讓比較級的意思更明確。可是有許多人認為這樣的俄語句型不太漂亮：

бо́лее лу́чшее предложе́ние 更好的提案

c）比較的對象

跟比較級一起出現，表示「比～更～」的方法有兩種：

<table>
<tr><td rowspan="2">, чем ~</td><td>Росси́я бо́льше, чем Аме́рика.
俄羅斯比美國大。</td></tr>
<tr><td>名詞、前置詞詞組、副詞等各種詞類都可以比較。注意在чем的前面要加逗號。

Я бо́льше люблю́ матема́тику, чем фи́зику.
我喜歡數學勝於物理學。
фи́зику跟матема́тику一樣是賓格。

У меня больше денег, чем у вас.
我比你有錢多了。
跟у меня́一樣，у вас也不能省略前置詞。

Он говори́т по-ру́сски лу́чше, чем по-япо́нски.
他俄語說得比日語好。</td></tr>
</table>

屬格	Россия больше **Америки**. 俄羅斯比美國大。
	只適用於單一型比較級。可以比較的對象只有主語、賓格補語。 Виктор моложе **Саши**. 同是主語的比較 維克多比薩沙年輕。 Я люблю математику больше **физики**. 同是賓格補語的比較 我喜歡數學勝於物理學。

一旦 чем 後面接續的名詞格形不同，比較對象也會有所改變。以下的例子是 чем я，因為是主格，就變成「我」與主格的 он「他」在比較。如果是 чем меня́，就是「我」與賓格的 её「她」在比較：

Он её лю́бит бо́льше, **чем я**.
比起我，他更愛她。

Он её лю́бит бо́льше, **чем меня́**.
比起愛我，他更愛她。

因為 чем 是一種主從連接詞（☞ p.321-322），所以不只可以接續一個名詞詞組或前置詞詞組，還可以將多個事物及句子當作比較對象：

Она́ рабо́тает лу́чше, **чем я ду́мал**.
她比我想像的工作得更好。

В реа́льности ци́фры не́сколько лу́чше, **чем пока́зывает стати́стика**.
現實中數字比統計數據好多了。

Он говори́т по-ру́сски лу́чше, **чем она́ пи́шет по-англи́йски**.
他的俄語會話能力比她的英語書寫能力強。

d）比較的差異

比較時，為了表示彼此差異，使用〔前置詞 на ＋賓格〕的句型：

Он ста́рше меня́ **на де́сять лет**.
他比我年長十歲。
На ско́лько доро́же ру́чка, чем каранда́ш?
鋼筆比鉛筆貴多少錢呢？

「～倍」的句型是〔前置詞 в ＋數詞＋ раз〕：

Э́то в два ра́за доро́же.　這個貴兩倍。

比較的差異也可以以工具格表示（☞ p.69）。

e）加強比較級的方法

英語的 very 不能加強比較級的語氣，俄語的 о́чень 同樣也無法加強比較級，但可使用 гора́здо, намно́го, мно́го, значи́тельно「更加、遠比、極」、ещё「更」等字取代：

Она́ намно́го умне́е, чем Ми́ша. 她比米夏聰明多了。
Алёша стал ещё умне́е. 阿廖沙變得更聰明了。

f）по「再～一點」

單一型比較級的字首加上 по-，有「再～一點」的意思：

Говори́те **поти́ше**! 請說話再小聲一點！
Я хочу́ встава́ть **пора́ньше**. 我想再早一點起床。

（2）最高級

表示在某範圍內「最～」的意思。**最高級**有合成型及單一型：

合成型	самый ～	са́мый ва́жный
	наиболее ～	наибо́лее ва́жный
單一型	-ейший/-айший	важне́йший

一個單字最多擁有三種最高級形式。

a ）са́мый 式的合成型

са́мый 本身屬於長尾形容詞，所以只接長尾形容詞，並且必須跟著搭配的長尾形容詞一起變格：

Фудзи – **са́мая краси́вая** гора́ в Япо́нии.
富士山是日本最美麗的山。

Байка́л – **са́мое глубо́кое** о́зеро в ми́ре.
貝加爾湖是世界上最深的湖泊。

Он рабо́тает в **са́мом краси́вом** го́роде в Росси́и.
他在俄羅斯最美麗的城市工作。

b ）наибо́лее 式的合成型

可以接長尾形容詞、短尾形容詞和副詞。наибо́лее 本身不變化，且比 са́мый 更書面：

Э́то **наибо́лее высо́кая** гора́.
這是最高的山。（長尾形容詞）

Э́та о́бласть **наибо́лее бога́та** астеро́идами.
這個區域有最多小行星。（短尾形容詞）

Э́тот компью́тер рабо́тает **наибо́лее эффекти́вно**.
這台電腦運作效能最佳。（副詞）

c ）-ейший/-айший 式的單一型

性質形容詞加上後綴 -ейший 或 -айший 可構成長尾形容詞最高級。關係形容詞（☞ p.143-144）則沒有這個用法。

i) -ейший 型

只有部分的形容詞屬於這個類型。重音位置跟陰性短尾形容詞相同：

陽性長尾形容詞	-ейший
интересный 有趣的	интере́снейший（<интере́сна）
важный 重要的	важне́йший（<важна́）
новый 新得	нове́йший（<нова́）

ii) -айший 型

與上面的 -ейший 型一樣，只有少數形容詞有子音交替的情況。重音落在 -а́йший：

	陽性長尾形容詞	-айший
г → ж	стро́гий 嚴格的	строжа́йший
к → ч	вели́кий 偉大的	велича́йший
х → ш	ти́хий 安靜的	тиша́йший
其他	бли́зкий 近的	ближа́йший

-ейший/-айший 型不僅有「最」的意思，也可單純表示「非常地」、「極度地」：

Где **ближа́йшая** ста́нция метро́?
最近的地鐵車站在哪？

Он **интере́снейший** челове́к.
他是個非常有趣的人。

Попро́буйте **вкусне́йшие** пирожки́.
請嚐嚐美味至極的餡餅。

d）事實上的最高級

比較級可用來表示事實上的最高級。這是常見的用法，最好當成一種最高級的句型牢記：

單一型比較級（-ee / -e）＋	всегó（指事或物）	直譯是「比所有事物更～」
	всех（指人）	直譯是「比所有人更～」

Здорóвье **дорóже всегó**.
健康最重要。（＜健康比所有的事都重要）
Я **бóльше всегó** люблю́ мýзыку.
我最喜歡音樂。（＜比起所有的東西，我最喜歡音樂）
Онá **краси́вее всех**.
她最漂亮。（＜她比所有人都漂亮）
Он рабóтает **лýчше всех**.
他最認真工作。（＜他比任何人都認真工作）。

5. 物主形容詞

表示所有者的形式中，最常用的就是名詞的屬格（☞ p.38-39），但在口語會話中，如果是動物性名詞（☞ p.53），也可以使用**物主形容詞**。不過，名詞屬格只能修飾名詞，不作謂語使用。請看以下例句：

мáмина кóшка 母親的貓
отцóва маши́на 父親的車
пти́чьи я́йца 鳥的蛋

物主形容詞跟形容詞一樣，會因所修飾名詞的性、數、格，以及動物性名詞、非動物性名詞的不同而變格，大致上可分為以下三種類型。不過，什麼樣的名詞屬於哪一型，多半還是界線模糊，務必一一記住。

◆-ин / -ын 型

以 -а / -я 結尾的陰性名詞及陽性名詞中，尤其是表示人的名詞，就是 -ин / -ын 型。其主格及賓格，與一般長尾形容詞不一樣：

máма「母親」的					
		陽性	中性	陰性	複數
主格		мáмин	мáмино	мáмина	мáмины
屬格		мáминого（-а）		мáминой	мáминых
與格		мáминому（-у）		мáминой	мáминым
賓格	動物性名詞	мáминого (-а)	мáмино	мáмину	мáминых
	非動物性名詞	мáмин			мáмины
工具格		мáминым		мáминой	мáмиными
前置格		мáмином		мáминой	мáминых

＊（）內所表示的格形是古老形式，現在只會使用在Шемя́кина судá（Шемя́кин суд「不公平的判決」的屬格）、Трóицыну дню（Трóицын день「聖三一日（五旬節）」的與格）等物主形容詞的片語中。

◆-ов / -ев 型

以子音結尾的陽性名詞中，尤其是表示人的名詞，為 -ов / -ев 型。這類型的變格混合了形容詞變格與名詞變格。在現代俄語中，除了部分單字，其他幾乎不使用：

отец「父親」的					
		陽性	中性	陰性	複數
主格		отцóв	отцóво	отцóва	отцóвы
屬格		отцóва		отцóвой	отцóвых
與格		отцóву		отцóвой	отцóвым
賓格	動物性名詞	отцóва	отцóво	отцóву	отцóвых
	非動物性名詞	отцóв			отцóвы
工具格		отцóвым		отцóвой	отцóвыми
前置格		отцóвом		отцóвой	отцóвых

◆-ий 型

-а / -я 結尾的名詞，以及子音結尾的名詞中，尤其是表示動物的名詞，多屬於這一型。這類型常會有子音交替（☞ p.14-15）

的情況。若只看陽性主格的話，會覺得其變格跟軟變化形容詞（☞ p.145）一樣，但是其他格會加入 ь，所以與軟變化形容詞還是有些微不同，請小心不要混淆。同時，順序數詞 тре́тий「第三的」也是相同的變格（☞ p.371）：

<table>
<tr><th colspan="6">пти́ца「鳥」的</th></tr>
<tr><th colspan="2"></th><th>陽性</th><th>中性</th><th>陰性</th><th>複數</th></tr>
<tr><th colspan="2">主格</th><td>пти́чий</td><td>пти́чье</td><td>пти́чья</td><td>пти́чьи</td></tr>
<tr><th colspan="2">屬格</th><td colspan="2">пти́чьего</td><td>пти́чьей</td><td>пти́чьих</td></tr>
<tr><th colspan="2">與格</th><td colspan="2">пти́чьему</td><td>пти́чьей</td><td>пти́чьим</td></tr>
<tr><th rowspan="2">賓格</th><th>動物性名詞</th><td>пти́чьего</td><td rowspan="2">пти́чье</td><td rowspan="2">пти́чью</td><td>пти́чьих</td></tr>
<tr><th>非動物性名詞</th><td>пти́чий</td><td>пти́чьи</td></tr>
<tr><th colspan="2">工具格</th><td colspan="2">пти́чьим</td><td>пти́чьей</td><td>пти́чьими</td></tr>
<tr><th colspan="2">前置格</th><td colspan="2">пти́чьем</td><td>пти́чьей</td><td>пти́чьих</td></tr>
</table>

動詞之一　動詞變位

動詞與名詞是句子的核心，兩者同為句型結構中最重要的詞類。從本章節開始，會陸續在幾個章節介紹俄語的動詞。本章節的重點為動詞變位，以及動詞非過去時及過去時的變位。

1. 動詞變位概述

首先聊聊俄語動詞的所有變位。慢慢整理後，各位就會明白，因為俄語動詞有各種組合，所以會有多種變位。不過，實際上必須牢記的部分不多，不要害怕，放輕鬆學習就好。

動詞變位有下列幾種形式，但並不是每個動詞都擁有所有的變位。就來看看 **чита́ть / прочита́ть**「閱讀」這個例子：

читать / прочитать 閱讀			
		未完成體	完成體
不定式		чита́ть	прочита́ть
非過去時		чита́ю, чита́ешь чита́ет, чита́ем, чита́ете, чита́ют	прочита́ю, прочита́ешь, прочита́ет, прочита́ем, прочита́ете, прочита́ют
過去時		чита́л, чита́ла, чита́ло, чита́ли	прочита́л, прочита́ла, прочита́ло, прочита́ли
命令式		чита́й, чита́йте	прочита́й, прочита́йте
形動詞	主動現在時	чита́ющий, чита́ющее ...	
	主動過去時	чита́вший, чита́вшее ...	прочита́вший, прочита́вшее ...
	被動現在時	чита́емый, чита́емое ...	
	被動過去時	чи́танный, чи́танное ...	прочи́танный, прочи́танное ...
副動詞		чита́я	прочита́в（ши）

＊各部分詳解請參考不定式（☞ p.171）、非過去時（☞ p.172-182）、過去時（☞ p.182-186）、命令式（☞ p.226-233）、形動詞（☞ p.247-261）、副動詞（☞ p.261-267）。

不定式是動詞的基本形式，字典索引部分的動詞就是不定式。詞尾有 -ть, -ти, -чь 等形式，最常見的是 -ть。

非過去時的未完成體與完成體是一樣的。不過，未完成體基本上是表示現在，完成體表示未來。因此，許多教材便稱未完成體的非過去時為現在時，完成體的非過去時為未來時。「涵蓋現在與未來的時態」就等於「過去時以外的時態」，原則上本書稱其為**非過去時**。但有時候也會把表示現在的狀態稱為**現在時**，表示未來狀態稱為**未來時**。

只有相當於英語 be 動詞的 быть「是～」，要區分為過去、現在、未來三個時態。「過去時」＝был, была́, бы́ло, бы́ли，「現在時」是 есть（但是通常被省略☞ p.34），「未來時」是 бу́ду, бу́дешь, бу́дет, бу́дем, бу́дете, бу́дут。

再補充幾個重點：

① 完成體動詞並沒有主動形動詞現在時（☞ p.248-250）與被動形動詞現在時的形式（☞ p.253-254）。

② 被動形動詞過去時（☞ p.254-258）多半從完成體動詞變化而來，但也有從未完成體動詞變來的。

③ 現代俄語中，副動詞（☞ p.261-267）的 -в(ши) 形，基本上是由完成體動詞變位而來。在少數古老文獻或詩歌中，也有從未完成體動詞變來的副動詞，但從現代俄語觀點來看，這並非一般形態。

2. 關於詞幹

在前一頁動詞「閱讀」的例子中，改變的部分只有詞尾部分，詞幹是全部共用的。不過，動詞在變位時，改變的未必只有詞尾。和名詞一樣（☞ p.75-87），有的動詞詞幹形式也會改變。

（1）詞幹的子音交替

以下例子中，詞幹末尾有子音交替的現象：

видеть 看見		
	單數	複數
第一人稱	ви́жу	ви́дим
第二人稱	ви́дишь	ви́дите
第三人稱	ви́дит	ви́дят

詞幹子音交替在某種程度上是依規定變位（基本型參考 p.14-15）。

（2）詞幹交替

有別於子音交替和依照規定變位情況，當詞幹明顯不同時，即為詞幹交替：

不定式（不定詞幹）		**рисова́**ть 畫畫（不完成體）	**взя**ть 拿（完成體）
非過去時（非過去時詞幹）		**рису́**ю, **рису́**ешь, **рису́**ет, **рису́**ем, **рису́**ете, **рису́**ют	**возьм**у́, **возьм**ёшь, **возьм**ёт, **возьм**ём, **возьм**ёте, **возьм**ут
過去時（不定詞幹）		**рисова́**л, **рисова́**ла, **рисова́**ло, **рисова́**ли	**взя**л, **взя**ла́, **взя́**ло, **взя́**ли
命令式（非過去詞幹）		**рису́**й, **рису́**йте	**возьм**и́, **возьм**и́те
形動詞	主動現在時（非過去時詞幹）	**рису́**ющий, **рису́**ющее ...	
	主動過去時（不定詞幹）	**рисова́**вший, **рисова́**вшее ...	**взя́**вший, **взя́**вшее ...
	被動現在時（非過去時詞幹）	**рису́**емый, **рису́**емое ...	
	被動過去時（不定詞幹）	**рисо́ва**нный, **рисо́ва**нное ...	**взя́**тый, **взя́**тое ...

7 動詞之一 動詞變位

副動詞（未完成體是非過去時詞幹，完成體是不定詞幹）	рису́я	взя́в(ши)

如各位所見，這些動詞的核心部分（＝詞幹）各有兩個類型（**рисова-**與**рису-**、**взя-**與**возьм-**）。使用不定式的詞幹稱為**不定詞幹**（**рисова-**與**взя-**），使用非過去時（＝未完成體是現在時，完成體是未來時☞ p.168）的詞幹稱為**非過去時詞幹**（**рису-**與**возьм-**）。

未完成體動詞的不定式、過去時、主動形動詞過去時、被動形動詞過去時，都是不定詞幹；非過去時、命令式、主動形動詞現在時、被動形動詞現在時、副動詞都是非過去詞幹。完成體動詞的不定式、過去時、主動形動詞過去時、被動形動詞過去時、副動詞都是不定詞幹；非過去時、命令式是非過去詞幹。

總而言之，除了副動詞，未完成體動詞和完成體動詞都有兩種詞幹變化。俄語動詞多為一種詞幹的類型，以及上述兩種詞幹分類使用的類型。記誦的時候，請參考使用。

不過，也有不屬於上述類型的詞幹。譬如擁有超過三種類型的詞幹，詞幹的使用類型抑或全部不一樣，抑或部分類型不存在。

3. 動詞變位

(1) 體與時

俄語動詞的未完成體及完成體變位形式相似。不過，如果是過去時，不論是哪種體，一律表示過去。而因為完成體無法表示現在，所以非過去時（☞ p.168）的用法有所不同。

a）完成體

未完成體的非過去時表示現在，可是完成體的非過去時表示的不是現在，而是未來。因此，完成體的非過去時又可稱為**未來時**。此外，完成體的形動詞也沒有現在時。只有主動形動詞過去時與被動形動詞過去時。

b）未完成體

基本上，未完成體的非過去時就代表現在，而不是未來時，所以常被稱為**現在時**。表示未來時，會使用 быть 的未來時（☞ p.168）當助動詞，句型如下：

быть 的未來時＋未完成體動詞的不定式

這個未來時句型又稱為**合成未來時**。

以 чита́ть「閱讀」為例，其形式如下：

чита́ть「閱讀」的未來時		
	單數	複數
第一人稱	бу́ду чита́ть	бу́дем чита́ть
第二人稱	бу́дешь чита́ть	бу́дете чита́ть
第三人稱	бу́дет чита́ть	бу́дут чита́ть

在未完成體動詞的情況裡，бу́ду, бу́дешь …的功能就像英語中表示未來的助動詞 will。

◆未完成體的未來時

За́втра я **бу́ду чита́ть** э́ту кни́гу.

明天我會看這本書。

◆完成體的未來時

За́втра я **прочита́ю** э́ту кни́гу.

明天我會看完這本書。

未完成體與完成體的其他意義請參考☞ p.195-205。

c）各體表示過去、現在、未來的方法

整理資料如下表：

	未完成體	完成體
過去	過去時	過去時
現在	非過去時	
未來	быть的未來時＋不定式	非過去時

（2）非過去時

基本上，非過去時若是未完成體，代表現在（因此大多稱為「現在時」；若是完成體，則代表未來（因此大多稱為「未來時」）。

在此僅針對非過去時的變位加以整理，並未區別未完成體或完成體。非過去時要依主語人稱及數量變位，而未完成體與完成體的變位形式是相同的。首先介紹基本類型，有第一變位與第二變位。

a）第一變位（e變位）

第一變位的詞尾如下所示：

◆重音在詞幹的詞尾

-у/-ю, -ешь, -ет, -ем, -ете, -ут/-ют

◆重音在詞尾的詞尾

-ý/-ю́, -ёшь, -ёт, -ём, -ёте, -ýт/-ю́т

若詞幹以母音結尾，第一人稱單數與第三人稱複數使用 -ю, -ют；若詞幹以子音結尾，則使用 -ю, -ют 與 -у, -ут。

i）沒有詞幹交替的母音詞幹

以母音結尾的詞幹，非過去詞幹與不定詞幹相同。這是最基本的類型，沒有例外。在初學者的教材裡，只把這類

型視為第一變位，其他的第一變位通常都列為不規則變位。這類型的不定式有 -ать, -ять, -еть 三種形式：

不定式		чита́ть 閱讀	гуля́ть 散步	уме́ть 會
第一人稱單數	я	чита́ю	гуля́ю	уме́ю
第二人稱單數	ты	чита́ешь	гуля́ешь	уме́ешь
第三人稱單數	он	чита́ет	гуля́ет	уме́ет
第一人稱複數	мы	чита́ем	гуля́ем	уме́ем
第二人稱複數	вы	чита́ете	гуля́ете	уме́ете
第三人稱複數	они	чита́ют	гуля́ют	уме́ют

ii) 有詞幹交替，尤其是比較重要的詞幹

在非過去詞幹與不定詞幹不同的類型中，比較重要的如下所示：

◆-овать 形

-овать 部分換成 -у-：

不定式		рисова́ть 繪畫	фотографи́ровать 攝影、照相
第一人稱單數	я	рису́ю	фотографи́рую
第二人稱單數	ты	рису́ешь	фотографи́руешь
第三人稱單數	он	рису́ет	фотографи́рует
第一人稱複數	мы	рису́ем	фотографи́руем
第二人稱複數	вы	рису́ете	фотографи́руете
第三人稱複數	они	рису́ют	фотографи́руют

◆-евать 形

-евать部分可換成 -у- 和 -ю-：

不定式		танцева́ть 跳舞	плева́ть 吐口水
第一人稱單數	я	танцу́ю	плюю́
第二人稱單數	ты	танцу́ешь	плюёшь
第三人稱單數	он	танцу́ет	плюёт
第一人稱複數	мы	танцу́ем	плюём
第二人稱複數	вы	танцу́ете	плюёте
第三人稱複數	они	танцу́ют	плюю́т

◆-авать 形

-ава- 部分換成 -а-。因為重音一定在詞尾，所以不是變成 -е́шь, -е́т 等，而是 -ёшь, -ёт 等：

不定式		дава́ть 跳舞	встава́ть 吐口水
第一人稱單數	я	даю́	встаю́
第二人稱單數	ты	даёшь	встаёшь
第三人稱單數	он	даёт	встаёт
第一人稱複數	мы	даём	встаём
第二人稱複數	вы	даёте	встаёте
第三人稱複數	они	даю́т	встаю́т

iii) 其他類型

還有其他類型的第一變位動詞。請留意各詞幹的交替情況，牢記每個類型。以下介紹幾個比較重要的動詞類型（運動動詞的總整理參考第 9 章 ☞ p.207-211）：

◆非過去詞幹的 a 消失的類型

不定詞幹與非過去詞幹只有母音 a 的部分有些微差異。只看不定式的話，會誤以為跟 **чита́ть** 等沒有詞幹交替的字一樣，請多留意：

不定式		ждать 等	рвать 拔、扯	жáждать 渴望
第一人稱單數	я	жду	рву	жáжду
第二人稱單數	ты	ждёшь	рвёшь	жáждешь
第三人稱單數	он	ждёт	рвёт	жáждет
第一人稱複數	мы	ждём	рвём	жáждем
第二人稱複數	вы	ждёте	рвёте	жáждете
第三人稱複數	они	ждут	рвут	жáждут

◆非過去詞幹加 в 的類型

不定式		жить 活、生活	плыть 游泳
第一人稱單數	я	живý	плывý
第二人稱單數	ты	живёшь	плывёшь
第三人稱單數	он	живёт	плывёт
第一人稱複數	мы	живём	плывём
第二人稱複數	вы	живёте	плывёте
第三人稱複數	они	живýт	плывýт

◆非過去詞幹，母音 и 變成 ь 的類型

不定式		пить 喝	бить 打
第一人稱單數	я	пью	бью
第二人稱單數	ты	пьёшь	бьёшь
第三人稱單數	он	пьёт	бьёт
第一人稱複數	мы	пьём	бьём
第二人稱複數	вы	пьёте	бьёте
第三人稱複數	они	пьют	бьют

◆非過去詞幹的母音 ы, е 變成 о 的類型

不定式		откры́ть 打開	мыть 洗	петь 唱歌
第一人稱單數	я	открóю	мóю	пою́

第二人稱單數	ты	откро́ешь	мо́ешь	поёшь
第三人稱單數	он	откро́ет	мо́ет	поёт
第一人稱複數	мы	откро́ем	мо́ем	поём
第二人稱複數	вы	откро́ете	мо́ете	поёте
第三人稱複數	они	откро́ют	мо́ют	пою́т

◆非過去詞幹中加入 e 或省略 e 的類型

不定式		брать 拿取	умере́ть 死
第一人稱單數	я	беру́	умру́
第二人稱單數	ты	берёшь	умрёшь
第三人稱單數	он	берёт	умрёт
第一人稱複數	мы	берём	умрём
第二人稱複數	вы	берёте	умрёте
第三人稱複數	они	беру́т	умру́т

◆非過去時詞幹中加入 o 的類型

不定式		звать 叫	взять 拿
第一人稱單數	я	зову́	возьму́
第二人稱單數	ты	зовёшь	возьмёшь
第三人稱單數	он	зовёт	возьмёт
第一人稱複數	мы	зовём	возьмём
第二人稱複數	вы	зовёте	возьмёте
第三人稱複數	они	зову́т	возьму́т

＊взять 的詞幹除了加入母音 o，還融合了其他變位形式。請參考以下的「非過去詞幹加入 м 的類型」。

◆非過去詞幹加入 м 的類型

不定式		поня́ть 理解	снять 拿掉	приня́ть 接受
第一人稱單數	я	пойму́	сниму́	приму́
第二人稱單數	ты	поймёшь	сни́мешь	при́мешь
第三人稱單數	он	поймёт	сни́мет	при́мет
第一人稱複數	мы	поймём	сни́мем	при́мем
第二人稱複數	вы	поймёте	сни́мете	при́мете
第三人稱複數	они	пойму́т	сни́мут	при́мут

◆非過去詞幹加入 н 的類型

不定式		стать 成為	нача́ть 開始
第一人稱單數	я	ста́ну	начну́
第二人稱單數	ты	ста́нешь	начнёшь
第三人稱單數	он	ста́нет	начнёт
第一人稱複數	мы	ста́нем	начнём
第二人稱複數	вы	ста́нете	начнёте
第三人稱複數	они	ста́нут	начну́т

◆-быть 形

不定式		быть 是	забы́ть 忘記
第一人稱單數	я	бу́ду	забу́ду
第二人稱單數	ты	бу́дешь	забу́дешь
第三人稱單數	он	бу́дет	забу́дет
第一人稱複數	мы	бу́дем	забу́дем
第二人稱複數	вы	бу́дете	забу́дете
第三人稱複數	они	бу́дут	забу́дут

＊быть 是未完成體，但只有這個動詞的非過去時表示未來（☞ p.171）。

◆其他重要動詞

不定式		растй 成長	сесть 坐	послáть 發送
第一人稱單數	я	растý	сяду	пошлю́
第二人稱單數	ты	растёшь	сядешь	пошлёшь
第三人稱單數	он	растёт	сядет	пошлёт
第一人稱複數	мы	растём	сядем	пошлём
第二人稱複數	вы	растёте	сядете	пошлёте
第三人稱複數	они	растýт	сядут	пошлю́т

學習訣竅

除了以上類型，第一變位還有其他各種類型。透過字典就可以確認動詞非過去時的變位，所以請養成查字典確認的習慣。

b）第二變位（и 變位）

第二變位的詞尾如下：

◆一般的詞尾

-ю, -ишь, -ит, -им, -ите, -ят

◆依照正字法，詞幹以 -ж, -ч, -ш, -щ 結尾時的詞尾

-у, -ишь, -ит, -им, -ите, -ат

i）基本變位

第二變位的非過去詞幹末尾母音會消失不見，所以非過去時看起來像少了一個母音。相較於第一變位，第二變位的類型偏少，可是常有子音交替（☞ p.179-181）或重音位移（☞ p.181-182）的情況，所以要養成查字典確認的習慣。

不定式		стоя́ть 站	говори́ть 說話	звене́ть （叮噹）響
第一人稱單數	я	стою́	говорю́	звеню́
第二人稱單數	ты	стои́шь	говори́шь	звени́шь
第三人稱單數	он	стои́т	говори́т	звени́т
第一人稱複數	мы	стои́м	говори́м	звени́м
第二人稱複數	вы	стои́те	говори́те	звени́те
第三人稱複數	они	стоя́т	говоря́т	звеня́т

c）不規則變位

有幾個動詞不是第一變位，也非第二變位。這類動詞可能混合了第一變位與第二變位，也可能不在這兩種變位規則內：

不定式		дать 給	есть 吃	хоте́ть 想要	бежа́ть 跑
第一人稱單數	я	дам	ем	хочу́	бегу́
第二人稱單數	ты	дашь	ешь	хо́чешь	бежи́шь
第三人稱單數	он	даст	ест	хо́чет	бежи́т
第一人稱複數	мы	дади́м	еди́м	хоти́м	бежи́м
第二人稱複數	вы	дади́те	еди́те	хоти́те	бежи́те
第三人稱複數	они	даду́т	едя́т	хотя́т	бегу́т

＊這些動詞加了前綴所衍生的動詞，例如 сдать, съесть, захоте́ть, прибежа́ть，變位形式也是一樣的。

d）子音交替與正字法

有些字的詞幹會因子音交替（☞ p.14-15）而出現不同子音，詞尾也會因正字法（☞ p.12-13）而有所不同。此外，也有兩種現象混合，使得詞尾形式改變的情況。

i）子音交替

第一變位動詞的非過去時有以下兩種子音交替類型：

◆第一變位：所有非過去時都有子音交替

包括像 дремáть 的變位全都加入 л。

不定式		писáть 寫	сказáть 說話	плáкать 哭	дремáть 打瞌睡
第一人稱單數	я	пишý	скажý	плáчу	дремлю́
第二人稱單數	ты	пи́шешь	скáжешь	плáчешь	дрéмлешь
第三人稱單數	он	пи́шет	скáжет	плáчет	дрéмлет
第一人稱複數	мы	пи́шем	скáжем	плáчем	дрéмлем
第二人稱複數	вы	пи́шете	скáжете	плáчете	дрéмлете
第三人稱複數	они	пи́шут	скáжут	плáчут	дрéмлют

＊子音交替後，依照正字法（☞ p.12-13），詞尾 -ю, -ют 要換成 -у, -ут。

◆第一變位：不定式的詞尾是 чь

子音交替發生在第一人稱單數及第三人稱複數以外的變位，г 變成 ж，к 變成 ч：

不定式		мочь 能	помóчь 幫忙	печь 烤、烘焙	течь 流
第一人稱單數	я	могý	помогý	пекý	текý
第二人稱單數	ты	мóжешь	помóжешь	печёшь	течёшь
第三人稱單數	он	мóжет	помóжет	печёт	течёт
第一人稱複數	мы	мóжем	помóжем	печём	течём
第二人稱複數	вы	мóжете	помóжете	печёте	течёте
第三人稱複數	они	мóгут	помóгут	пекýт	текýт

◆第二變位的子音交替

第二變位只有第一人稱單數有子音交替（☞ p.14-15）。包括像 готовить 的變位全都加入 л：

不定式		ви́деть 看見	пригласи́ть 邀請	гото́вить 準備
第一人稱單數	я	ви́жу	приглашу́	гото́влю
第二人稱單數	ты	ви́дишь	пригласи́шь	гото́вишь
第三人稱單數	он	ви́дит	пригласи́т	гото́вит
第一人稱複數	мы	ви́дим	пригласи́м	гото́вим
第二人稱複數	вы	ви́дите	пригласи́те	гото́вите
第三人稱複數	они	ви́дят	приглася́т	гото́вят

*子音交替後，依照正字法（☞ p.12-13），詞尾 -ю 要換成 -у。

ii）適用正字法的情況

以下的例子，雖然沒有子音交替，但是詞幹末尾是 -ж, -ч, -ш, -щ，所以依照正字法（☞ p.12-13），-ю 要換成 -у，-ят 要換成 -ат。

不定式		лежа́ть 躺臥	учи́ть 教
第一人稱單數	я	лежу́	учу́
第二人稱單數	ты	лежи́шь	у́чишь
第三人稱單數	он	лежи́т	у́чит
第一人稱複數	мы	лежи́м	у́чим
第二人稱複數	вы	лежи́те	у́чите
第三人稱複數	они	лежа́т	у́чат

e）重音位移

第一變位動詞與第二變位動詞的重音位移有以下類型：

i）非過去時一律不移動的類型

不定式		читáть 閱讀（第一變位）	расти́ 成長（第一變位）	говори́ть 說話（第二變位）
第一人稱單數	я	читáю	растý	говорю́
第二人稱單數	ты	читáешь	растёшь	говори́шь
第三人稱單數	он	читáет	растёт	говори́т
第一人稱複數	мы	читáем	растём	говори́м
第二人稱複數	вы	читáете	растёте	говори́те
第三人稱複數	они	читáют	растýт	говоря́т

ii）第二人稱單數之後開始移動的類型

不定式		писáть 寫（第一變位）	смотрéть 看（第二變位）
第一人稱單數	я	пишý	смотрю́
第二人稱單數	ты	пи́шешь	смóтришь
第三人稱單數	он	пи́шет	смóтрит
第一人稱複數	мы	пи́шем	смóтрим
第二人稱複數	вы	пи́шете	смóтрите
第三人稱複數	они	пи́шут	смóтрят

（3）過去時

過去時與非過去時是不一樣的，前者是依據主語的性、數而變位。單數分為陽性、陰性、中性；複數則看不出性的分別，簡而言之，就是有四種形式：

過去時的詞尾：-л, -ла, -ло, ли

a）基本過去時表現形式：規則變位

多數過去時與不定式的詞幹是相同的。因此，幾乎所有的動詞，只要將不定式的詞尾 **-ть** 換成過去時的詞尾，就可形成過去時。非過去時有第一變位或第二變位的分類，過去時則沒有：

過去時規則變位					
	非過去時是第一變位		非過去時是第二變位	非過去時是不規則變位	
不定式	чита́ть 閱讀	сказа́ть 說話	смотре́ть 看	хоте́ть 想要	бежа́ть 跑
陽性	чита́л	сказа́л	смотре́л	хоте́л	бежа́л
陰性	чита́ла	сказа́ла	смотре́ла	хоте́ла	бежа́ла
中性	чита́ло	сказа́ло	смотре́ло	хоте́ло	бежа́ло
複數	чита́ли	сказа́ли	смотре́ли	хоте́ли	бежа́ли

b）不規則變位

除了規則變位，有若干動詞是不規則變位，譬如詞幹形態與不定式詞幹不同，或詞尾不同於一般變位類型的情況等。

i） 詞尾是一般變位類型〔-л, -ла, -ло, -ли〕的動詞

◆-сти 形

不定式	過去時
вести́ 引導、帶領	вёл, вела́, вело́, вели́
цвести́ 開花	цвёл, цвела́, цвело́, цвели́

◆-сть 形

不定式	過去時
красть 偷	крал, кра́ла, кра́ло, кра́ли
попа́сть 擊中、遇見	попа́л, попа́ла, попа́ло, попа́ли
есть 吃	ел, е́ла, е́ло, е́ли
сесть 坐	сел, се́ла, се́ло, се́ли

◆詞幹完全不同形

不定式	過去時
идти́ 走	шёл, шла, шло, шли

＊идти́ 是個特殊的動詞，除了非過去時詞幹 ид-，還有 ш(ё)- 和 шед 共三種詞幹。

ii）沒有陽性形詞尾的類型，變位類型為〔無詞尾、-ла, -ло, -ли〕

◆-сти / -зти 形

不定式	過去時
расти 成長	рос, росла́, росло́, росли́
везти 搬運	вёз, везла́, везло́, везли́

＊非過去詞幹有 д 或 т（вести́ → веду́）的除外（這類型的形式如前述）。

◆-чь 形

不定式	過去時
мочь 能	мог, могла́, могло́, могли́
печь 烤	пёк, пекла́, пекло́, пекли́

◆-нуть 形

不定式	過去時
исче́знуть 消失	исче́з, исче́зла, исче́зло, исче́зли
поги́бнуть 死亡	поги́б, поги́бла, поги́бло, поги́бли

＊不定詞幹拿掉 -нуть，就變成過去詞幹。不過，這只適用於子音結尾的情況。如果是母音結尾，則採用一般的過去時變位（обману́ть「欺騙」→ обману́л）。

◆-ереть 形

不定式	過去時
умерéть 死亡	ýмер, умерлá, ýмерло, ýмерли
терéть 摩擦	тёр, тёрла, тёрло, тёрли

＊請注意不定式與過去時的詞幹交替。

c）重音的移動

過去時的重音位移類型，基本上有以下三種，與形容詞短尾相當類似（p.148-149）。

i）重音在詞幹，不移動

多數動詞重音固定於詞幹，不會移動：

	читáть 閱讀	бить 打
陽性	читáл	бил
陰性	читáла	бúла
中性	читáло	бúло
複數	читáли	бúли

ii）重音位移

重音位移的動詞算是少數。

◆從陰性形之後開始重音位移的類型

	мочь 能	идти 走
陽性	мог	шёл
陰性	моглá	шла
中性	моглó	шло
複數	моглú	шли

＊這個類型雖然重音在詞尾，但也能想成是因為陽性形的詞尾沒有母音，所以重音往前位移。

◆只有陰性形重音不一樣的類型

	пить 喝	поня́ть 理解
陽性	пил	по́нял
陰性	пила́	поняла́
中性	пи́ло	по́няло
複數	пи́ли	по́няли

＊不定式與陽性形的重音位置有時相同，有時不同。

（4）-ся 動詞

動詞不定式的詞尾是 -ть、-ти 或 -чь，變位時只有這個部分改變。改變的這部分稱為「詞尾」，這部分應該是單字的末尾。不過，有的動詞在詞尾後面還會有**後綴** -ся，這種動詞稱為 **-ся 動詞**：

интересова́ться 感興趣　постро́иться 建設

-ся 動詞與一般動詞在形式上的差異，只在於末尾有 -ся 而已。兩者的未完成體與完成體有相異之處，也有相同之處，變位則幾乎相同。

以下所舉的是上面兩個例子的非過去時。因為 интересова́ться 是未完成體，所以是現在時；постро́иться 是完成體，所以是未來時。詳細情形請參考 p.190。如果拿掉 -ся/-сь，則與普通動詞的非過去時變位相同（☞ p.172-182）：

不定式		интересова́ться [ца] 感興趣（未完成體）	постро́иться [ца] 建設（完成體）
第一人稱單數	я	интересу́юсь	постро́юсь
第二人稱單數	ты	интересу́ешься	постро́ишься
第三人稱單數	он	интересу́ется [ца]	постро́ится [ца]
第一人稱複數	мы	интересу́емся	постро́имся
第二人稱複數	вы	интересу́етесь	постро́итесь
第三人稱複數	они	интересу́ются [ца]	постро́ятся [ца]

不過，有兩點務必注意：

① -ться, -тся 的發音一律是「ца」。至於развлéчься「消遣、放鬆」或 найтúсь「找到」等動詞的不定式不是 -ться，而是 -чься, -тись，發音與拼寫一致，沒有改變。這個規則只適用於不定式和非過去時。

② -ся 在母音後面的話，會變成 **-сь**。非過去時第一人稱單數與第二人稱複數的詞尾為母音，所以 -ся 換成了 -сь。不定式也有相同的情形。譬如 найтúсь「找到」的不定式詞尾是 -ти，於是在母音之後的-ся 改用 -сь。

也看一下過去時的例子：

不定式	интересовáться	пострóиться
陽性	интересовáлся	пострóился
陰性	интересовáлась	пострóилась
中性	интересовáлось	пострóилось
複數	интересовáлись	пострóились

除了陽性，過去時詞尾都是母音結尾，改用 -сь 的部分也變多了。

再看一下其他形態，每個母音後面的 -ся 都變成了 -сь：

不定式		интересовáться	пострóиться
命令式		интересýйся, интересýйтесь	постройся, постройтесь
形動詞	主動現在時	интересýющийся	
	主動過去時	интересовáвшийся	пострóившийся
	被動現在時		
	被動過去時		
副動詞		интересýясь	пострóившись

＊各種變位請見以下頁數：不定式（☞ p.171）、命令式（☞ p.226-233）、形動詞（☞ p.247-261）、副動詞（☞ p.261-267）。

補充

① 主動形動詞現在時與主動形動詞過去時（完成體動詞沒有主動形動詞現在時）修飾名詞時，會配合所修飾的名詞，產生與形容詞相同的變格（☞ p.247）。不過，就算詞尾是母音結尾，**-ся** 也不會變成 **-сь**。

主動形動詞現在時➡интересу́ющийся, интересу́ющееся, интересу́ющаяся, интересу́ющиеся
主動形動詞過去時➡интересова́вшийся, интересова́вшееся, интересова́вшаяся, интересова́вшиеся

② 完成體副動詞有 -в 和 -вши 兩種形式（☞ p.267）。不過，-ся 動詞的完成體副動詞只有 **-вшись** 型，沒有 -вся 型，有些動詞的副動詞並沒有 в，例如 развле́чься「消遣、放鬆（完成體）」的副動詞是 развлёкшись。

③ 原則上 -ся 動詞是不及物動詞。因此，由有補語的及物動詞衍生而來的被動式動詞，雖然有 -ся，但並不是 -ся 動詞。

第8章 動詞之二　動詞的體

俄語動詞有完成體與未完成體兩種，這兩種動詞在使用上有許多細微的差別。如果要完全掌握各種用法，可能會花上你一輩子的時間，所以只要學會八成至九成，就非常夠用了。先以此為目標吧！

1. 何謂體

看一下中文與英文的例子：

中文：① 我現在正在寫信。
② 我已經寫好信了。
③ 我每天寫信。

英文：① I **am writing** letters now.
② I **have** already **written** letters.
③ I **write** letters everyday.

不論中文或英文，都要使用額外的詞語來表示時態，俄語則以**未完成體動詞**與**完成體動詞**來表示。

譬如，「寫」的未完成體 **писа́ть** 與完成體 **написа́ть**，兩個動詞為一組。上述①～③的句子若換成俄語，動詞的使用情形如下：

俄語：① Я сейча́с **пишу́** пи́сьма.（未完成體）
② Я уже́ **написа́л** пи́сьма.（完成體）
③ Я ка́ждый день **пишу́** пи́сьма.（未完成體）

因為必須以兩種動詞來區分細微的差別，所以實際上會產生許多複雜的規則和條件。本章節將介紹未完成體與完成體的用法。

2. 體的形式

（1）變位的含意會因體的不同而有所差異

未完成體動詞與完成體動詞的過去時都是表示過去。隨主語人稱和數量變位的非過去時（☞ p.172）則會因體的不同，而產生不一樣的意思。未完成體表示現在，完成體則表示未來。

以動詞「寫」的未完成體 писа́ть 與完成體 написа́ть 為例，非過去時變位如下：

表示現在

писа́ть 寫（未完成體）		
	單數	複數
第一人稱	я пишу́	мы пи́шем
第二人稱	ты пи́шешь	вы пи́шете
第三人稱	он пи́шет	они́ пи́шут

表示未來

написа́ть 寫（完成體）		
	單數	複數
第一人稱	я напишу́	мы напи́шем
第二人稱	ты напи́шешь	вы напи́шете
第三人稱	он напи́шет	они́ напи́шут

因此，許多教科書稱未完成體的非過去時為「現在時」，完成體的過去時為「未來時」。不過，體的變位規則幾乎相同，而且重點在於變位，所以本書統一稱為「非過去時」。不過，也會視情況稱未完成體的非過去時為「現在時」，完成體的非過去時為「未來時」（請參考第 7 章☞ p.172）。

（2）體的結構與分辨方法

a）從形態看體的對應關係

從形態上來看，未完成體與完成體的對應依動詞而定，無法簡單歸納。原則上，必須一個一個單字去記，不過還是存在一定的規則。本單元會從主要形態介紹未完成體與完成體的對應關係。

體對應關係的主要形態		
未完成體	完成體	意思
非完成體加前綴構成完成體		
писа́ть чита́ть обе́дать	написа́ть прочита́ть пообе́дать	寫 閱讀 吃午餐
因後綴而有所不同		
完成體加上-ва-，構成未完成體（也有-ыва-或-ива-的情況）		
встава́ть перепи́сывать спра́шивать	встать переписа́ть спроси́ть	起來 重寫 詢問
未完成體是-а (я) -，完成體是-и-		
получа́ть реша́ть проверя́ть	получи́ть реши́ть прове́рить	接（收）到 決定、解決 檢查
未完成體是-а-，完成體是-ну-		
исчеза́ть крича́ть достига́ть	исче́знуть кри́кнуть дости́гнуть	消失 呼喊 達成
完成體加其他後綴，構成未完成體		
выбира́ть призыва́ть начина́ть понима́ть помога́ть	вы́брать призва́ть нача́ть поня́ть помо́чь	選擇 叫來 開始 理解 幫忙
有無 -ся 的不同		
ложи́ться станови́ться сади́ться	лечь стать сесть	躺下 成為 坐下
各體形態不同		
говори́ть брать класть лови́ть	сказа́ть взять положи́ть пойма́ть	說話 拿取、抓住 放置 捕捉

＊從前面表格可以看到許多模式，但還有許多無法預測的情況，請一一記住。

學習訣竅

原則上，成對的未完成體動詞與完成體動詞都可以單獨作為字典的詞條。有的字典一律只列出未完成體，但多數字典會因單字不同來決定。這時詞條多會使用上表中用粗框圍起來的單字。
當體不同，意思也會有所差異，因此有的字典會將兩種體分列為不同的單字，譬如上例的 говори́ть / сказа́ть「說話」，多數情況是分成兩個詞條。

b）關於前綴與後綴

如上一個單元所述，未完成體動詞加了前綴，通常就能變成完成體。

譬如 писа́ть「寫」（未完成體）加了前綴 на-，就變成 написа́ть（完成體），這就是動詞**成對的體**。加了 на- 只改變了動詞的體而已，其他意思並無不同。

不過，以下的例子中。每個都是 писа́ть「寫」加了前綴變成的完成體動詞：

вписа́ть 填寫（入）　　**вы́**писать 抄下、註銷
дописа́ть 寫完　　**пере**писа́ть 抄寫、重寫

加了這些前綴不僅讓未完成體變成完成體，還附加了其他的意思。由此可見，前綴有兩種，一種只是讓未完成體變成完成體，並不改變字義；另一種除了改變動詞的體，也改變了字義。

加了前綴 на- 僅改變體，但字義不變的 написа́ть「寫」，跟原來的動詞 писа́ть 為成對的體；而加上前綴，造成體及字義都改變的 вписа́ть「填寫（入）」、вы́писать「抄下」等，因為字義已經與原動詞不同，所以無法形成成對的體。於是，為了這樣的動詞，必須再追加別的後綴，製造另一個體：

像這樣分兩階段形成「成對的體」的情況很常見。

此外，哪個前綴只改變體，不改變字義，完全視動詞而定，所以請務必一個一個記住。以下再介紹幾個上面沒有，但可以形成成對體的前綴：

буди́ть / разбуди́ть 叫醒
рисовáть / нарисовáть 畫
мыть / помы́ть 洗
ви́деть / уви́деть 看見
дéлать / сдéлать 做
плати́ть / заплати́ть 付錢
учи́ть / вы́учить 教

c）不符合成對的體的動詞

原則上俄語的動詞是由未完成體與完成體組合在一起的雙體動詞，但也有例外的情況。

i）單體動詞

這類動詞沒有成對的體，而是只有一個。有以下幾種情況：

◆沒有加前綴的運動動詞全是未完成體

以下的運動動詞（☞ p.207）全是未完成體，沒有成對的完成體：

идти 走去（定向）未完成體
ходить 走去（不定向）未完成體

ехать 搭交通工具去（定向）未完成體
ездить 搭交通工具去（不定向）未完成體
лететь 飛去（定向）未完成體…

◆運動動詞加前綴 по-，構成完成體動詞

不論是定向動詞或不定向動詞，運動動詞（p.207）加了前綴 по-，就會變成意思不同的完成體動詞，而不會與未完成體配合成對（p.222-223）：

пойти́ 用走的出發 完成體
пое́хать 搭交通工具出發 完成體
походи́ть 稍微走了點路 完成體
пое́здить 小旅行 完成體

◆表示狀態，只有未完成體的動詞

以下表示狀態的動詞，只有未完成體，多數沒有成對的體的完成體：

жить 居住 未完成體　име́ть 擁有 未完成體
знать 知道 未完成體　быть 有、在、是～ 未完成體
состоя́ть 由～組成 未完成體
отсу́тствовать 沒有、不在 未完成體
зави́сеть 依據～ 未完成體…

ii）雙體動詞

既是未完成體，也是完成體的動詞：

испо́льзовать 使用 未完成體 完成體
рани́ть 使受傷 未完成體 完成體
иссле́довать 研究、調查 未完成體 完成體
электрифици́ровать 電氣化 未完成體 完成體

iii) 不是一對一的動詞

也有的動詞相對應的體不只一個：

возвращáть 歸還 [未完成體]　возвратúть [完成體]
вернýть [完成體]

3. 體的基本分類

大致而言，未完成體用來表示在一定時間內持續的行為，完成體則表示在一個時間點上已經完成的行為。以下透過具體例子介紹基本用法。

(1) 進行／完成（留下結果）

未完成體不是指行為結束，而是行為正在進行中。相對地，完成體表示結束，而且已完結的行為結果仍存留至今。

未完成體	完成體
進行	完成
◆「正在做～」 Я сейчáс пишý статью́. 我現在正在寫論文。	◆「做了～、做好～」 Я ужé написáл статью́. 我已經寫好論文了。
◆「要做～的時候、正要做～的時候」 Спектáкль кончáлся. 戲到了結束的時候。 Онá умирáла. 她快死了。	Спектáкль кóнчился. 戲劇已經結束了。 Онá умерлá. 她已經死了。
◆「想要做～」 Он весь день запоминáл нóвые словá. 他一整天都在背新的單字。	Он запóмнил все словá. 他背好了所有的單字。
結果沒保留	結果保留
Вáня приходúл. 凡尼亞來過了（已經回去了）。	Вáня пришёл. 凡尼亞來了（現在還在這裡）。

完成的結果保留至今

完成體的意思雖是「完成」，但也有表示動作的「開始」已經完成的意思：

Он **на́чал** ле́кцию. 他開始上課。
Она́ вдруг **запла́кала**. 她突然哭了起來。

以上例子中，完成的部分並非「講課」，也不是「哭」的行為，而是動作的「開始」。

（2）持續／瞬間

未完成體表示持續一段時間的行為，完成體則是表示瞬間或一次性的行為。

未完成體	完成體
持續（持續一段時間的行為）	瞬間（瞬間發生或一次性的行為）
Ма́льчик до́лго крича́л. 小男孩大叫了很久。 Ма́ша до́лго реша́ла зада́чу. 瑪莎花了很長的時間解題目。	Ма́льчик вдруг кри́кнул. 小男孩突然叫了一聲。 Ма́ша сра́зу реши́ла зада́чу. 瑪莎馬上解開題目。

完成體指瞬間行為時，通常不能搭配表示時間長短的狀語（☞ p.247、☞ p.349-350）：

○ Он **чита́л два часа́**. 他看了兩個小時的書（因為是未完成體，所以○）。
× Он **прочита́л два часа́**.
（因為是完成體，所以不能有表示持續時間的 два часа́）

不過，使用帶有 про-「某個時間都在做」或 по-「一會兒、暫時做」等前綴的完成體動詞時，則可以搭配表示時間長短的狀語：

Он **просидéл** **цéлый час** у окнá.
他在窗邊坐了整整一個小時。
Мы **погуля́ли** **два часá**.
我們散了兩個小時的步。

（3）重複／一次

未完成體動詞表示重複的行為，完成體動詞原則上表示一次性的行為。

未完成體	完成體
重複	一次
Он кáждый мéсяц получáет пéнсию.　他每個月領退休金。	Вчерá он получи́л пéнсию. 他昨天領了退休金。
Я обы́чно встаю́ в 6 часóв. 我通常六點起床。	Сегóдня я встал в 8 часóв. 我今天八點起床。

完成體不能表示重複的行為，因此完成體通常不會搭配表示頻率或次數的狀語：

× Он **кáждый день** **посмотрéл** э́тот фильм.
他每天看這部電影。

如果是未完成體，因可表示重複的行為，所以沒有問題：

Он **кáждый день** **смотрéл** э́тот фильм.
他每天看這部電影。

可是，將一連串重複的動作視為一個已經完成的行為時，完成體動詞可以搭配表示動作完成次數的狀語 раз「次」：（☞ p.257）

Он ужé **дéсять раз** **перекрести́лся**.
他已經劃十字劃十次了。

Он ко́ротко **позвони́л два ра́за**.
他短短地按了兩次鈴。

此外，完成體的未來時（現在時變位表未來）通常有可能或不可能的意思：

Без труда́ не **вы́нешь** и ры́бку из пруда́.
沒有不勞而獲的事。（諺語）

這種情況常會伴隨 всегда́「總是」、ча́сто「經常」、иногда́「有時」等表示頻率的狀語（☞ p.280）：

Там **всегда́ найдётся** свобо́дное ме́сто.
那裡總能找到空的座位。
Э́то была́ така́я же́нщина, каку́ю не **ча́сто встре́тишь**.
這樣的女人可不常見。

這樣的完成體動詞使用方法，最常出現於**泛指人稱句**（☞ p.392、☞ p.201）。
此外，未完成體動詞的現在時除了表示重覆的行為，也會用來表示一般真理、偏好、欲求、能力等各種「狀態」：

◆一般真理
Луна́ **враща́ется** вокру́г Земли́.
月球繞著地球轉動。
Пти́цы **лета́ют**, а ры́бы **пла́вают**.
鳥在飛，魚在游。

◆狀態
Я **люблю́** Достое́вского.
我喜歡杜斯妥也夫斯基。（偏好）
Я **хочу́** изуча́ть ру́сский язы́к.

我想學俄語。（欲求）

Он не **уме́ет** пла́вать.

他不會游泳。（能力）

（4）確認事實、經驗

未完成體動詞的過去時或未來時多用來確認事實，是否完成並非重點。此外，也可以過去時表示經驗（做過～）。

未完成體	完成體
事實確認	若以完成體表示事實確認，這時因為有完成的意思，就和單純的事實確認不同。
—Вчера́ ты смотре́л но́вости по телеви́зору? 「你昨天看電視新聞報導了嗎？」 —Да, смотре́л. 「是，看了。」	Вы посмотре́ли э́тот фильм? 您看完這部電影了嗎？
—Вы чита́ли его́ но́вый рома́н? 「您讀了他的新小說嗎？」 —Нет, не чита́л. 「不，還沒讀。」	Вы прочита́ли его́ но́вый рома́н? 你讀完他的新小說了嗎？
—Что ты бу́дешь делать завтра? 「明天你要做什麼？」 —Я бу́ду чита́ть кни́гу. 「我要看書。」	За́втра я прочита́ю кни́гу. 我明天會把書看完。
經驗	
—Вы когда́-нибудь ви́дели таку́ю красоту́? 「您什麼時候曾見過如此美麗（的東西）嗎？」 —Нет, не ви́дел. 「不，從來沒有。」	

4. 其他的「體」的用法

(1) 必須注意的「體」的使用方法

a) 未完成體表示最近已確定的未來

未完成體動詞的現在時（＝非過去時）有時可表示最近已確定的未來：

За́втра я **веду́** сы́на к врачу́.
明天我要帶兒子去看醫生。
В сентябре́ я **поступа́ю** в университе́т.
我九月要上大學。

不過，並非所有動詞都可以這樣用，只有像是運動動詞（p.207）或отправля́ться「出發」、поступа́ть「入學」、возвраща́ться「返還」等常用來表示人或物移動的動詞能夠這樣使用。其他如начина́ть(ся)「開始」、конча́ть(ся)「結束」，也適用這個用法：

За́втра **начина́ется** но́вый уче́бный год.
明天開始新學年。
В суббо́ту **конча́ем** рабо́ту.
我們星期六結束工作。

b) 表示未來的完成體過去時

完成體過去時也可以表示未來：

① Ну, я **пошёл**. 那麼，我走了。
② Дава́й, **пошла́** туда́! 來，去那邊！
③ **Пое́хали**! 出發了！

這些例子中，①表明自我行動的預告或意志，②命令對方，③具有邀請的意思。這三個例句都有一個共通點，就是說話者清楚表達出自己的意志。具有這個功能的過去時完成體動詞除了 пойти́, поеха́ть（☞ p.222-223），還有 нача́ть「開始」、ко́нчить「結束」等，是口語的用法。

c）表示現在普遍事實的完成體未來時

完成體未來時（＝非過去時）也能表示現在普遍事實。

在**泛指人稱句**（☞ p.392、☞ p.198）中，常使用完成體動詞的非過去時，表示現今普遍的事實或狀態，而不是未來的事，而且常帶有可能或不可能的意思：

На чужо́й ро́то́к не **наки́нешь** плато́к.
不可能用手帕遮住別人的嘴巴。（嘴巴長在別人身上）

Что напи́сано перо́м, того́ не **вы́рубишь** топоро́м.
用筆寫的字，斧頭是斷不了的。（白紙黑字）

d）兩個行為同時發生與持續

〔未完成體 и 未完成體〕表示兩個行為同時發生，〔完成體 и 完成體〕指兩個行為前後發生，而且行為的結果持續存在。

◆未完成體

Он **обе́дает** и **слу́шает** му́зыку.
他邊吃午餐邊聽音樂。

◆完成體

Он **пообе́дал** и **ушёл**.
他吃完午飯就走了。

когда́ 所引導的附屬子句與主要子句，也存在著相同的差異（☞ p.331-332）。

（2）不定式的體

不定式未完成體與完成體的使用方法，有幾點須注意：

a）表示重複行為的不定式要用未完成體

就算是不定式，如果是重複行為，也要用未完成體：

На́до ча́ще **звони́ть**.
要更常打電話。未完成體

На́до **позвони́ть** и́менно сейча́с.
一定要現在打電話。完成體

b）表示持續行為用未完成體，表示瞬間行為用完成體

和其他情況一樣，持續行為以未完成體表示，瞬間行為則使用完成體：

Он хо́чет **рабо́тать** до конца́ сентября́.
他想工作到九月底。未完成體

Он хо́чет **пры́гнуть**.
他想跳一下。完成體

c）не до́лжен＋不定式的「體」的用法分類

〔не до́лжен＋不定式〕的句型會因體的不同而有以下的意思：

◆未完成體：表示禁止的「不許做～」或表示不用做的「沒～也行」

В зако́не не должно́ **быть** исключе́ний.
法律不能有例外。（禁止）

Вы не должны́ так мно́го **труди́ться**.
您不用那麼拚命工作。（不需要）

◆完成體：表示推測的「一定不～」

Никтó не дóлжен **прийти́**.

沒人會來的。

d) мóжно 與 нельзя́

мóжно 的否定是 нельзя́，不是 не мóжно。動詞的不定式未完成體、完成體用法與 мóжно 及 нельзя́ 的對應關係整理如下，請牢記。

i) мóжно＋未完成體／нельзя́＋未完成體

мóжно	＋未完成體	表示允許的「可做～」
нельзя́		表示不允許的「不可做～」

Вам **мóжно идти́** домóй.

您可以回家了。 未完成體

Вам **нельзя́ идти́** домóй.

您不可以回家。 未完成體

ii) мóжно＋完成體／нельзя́＋完成體

мóжно	＋完成體	表示有可能的「能夠～」
нельзя́		表示不可能的「無法～」」

Мóжно заплати́ть нало́ги че́рез Интерне́т.

可以透過網路繳稅。 完成體

Нельзя́ заплати́ть нало́ги че́рез Интерне́т.

無法透過網路繳稅。 完成體

e) 其他接不定式的謂語

其他接不定式的謂語中，原則上分為兩種，一個是只接未完成體動詞，另一個是只接完成體動詞，一定要牢記。

◆只接未完成體的謂語

начина́ть / нача́ть 開始

стать（只有完成體）開始

кончáть / кóнчить 結束

продолжáть / продóлжить 持續

принимáться / принáться 著手

прекращáть / прекратúть 終止、中斷

переставáть / перестáть 停止、終止

бросáть / брóсить 丟掉、戒掉（習慣性行為）

привыкáть / привы́кнуть 習慣

отвыкáть / отвы́кнуть 失去做～的習慣

уставáть / устáть 疲於

запрещáть / запретúть 禁止

надоедáть / надоéсть 厭煩

＊надоедáть / надоéсть 是無人稱動詞（☞ p.387-390），所以行為主體使用與格（☞ p.50-51）：

Мне надоéло **говорúть**. 我已經厭煩說話。未完成體

如果動詞不定式不是表示「行為時間持續」或「行為重複」，那麼以上句子便不成立（例如，正因為是持續一定時間的行為，才會有所謂的「停止」）。換句話說，我們可以從未完成體原本的含義來推測。

◆只接完成體的謂語

забы́ть 忘記

успéть 來得及

удáться 成功、做到

＊因為 удáться 是無人稱動詞（☞ p.387-390），所以行為主體使用與格（☞ p.50-51）：

Емý удалóсь э́то **сдéлать**. 他成功完成了那件事。完成體

上面這些例子的動詞不定式具有「完成」的意思。

在〔порá＋不定式〕（☞ p.294）的例子中，句子的意思會因為接的是未完成體還是完成體而不一樣。

◆порá「應該做～的時間、時候」＋不定式

порá＋	未完成體	開始做的時間
	完成體	該完成的時間

Порá идти́ домóй.
回家的時候到了。 未完成體

Порá привы́кнуть к нóвому поря́дку.
是該習慣新秩序的時候。 完成體

（3）命令式的體

a）基本使用方式

命令式跟其他情況一樣，表示重複行為時，使用未完成體；表示一次性行為時，使用完成體：

Звони́те чáще!
請更常打電話來！ 未完成體

Позвони́те зáвтра!
請明日來電！ 完成體

還有，行為持續也是用未完成體：

Читáйте дáльше!
請繼續讀下去！ 未完成體

b）表示禮貌邀請及許可的未完成體

多數時候，肯定的命令或請求屬於具體的一次性行為，所以一般使用完成體。可是，未完成體也常用於一次性行為中。這樣的講法比較禮貌，不是要表達命令或請求時，而是邀請或許可：

Проходи́те, пожáлуйста!
請進！ 未完成體

Присаживайтесь!

請坐！未完成體

Заходите, пожалуйста!

請進！未完成體

－Можно?「可以打擾嗎？」

－Конечно, **входите**!「當然可以，請進！」未完成體

c）聚焦於行為方式的未完成體

聚焦於行為方式時，使用未完成體：

Говорите тише. 請小聲一點交談。未完成體

d）督促、催促時的未完成體

督促或催促執行必須做的事情時，使用未完成體：

Вставай! 起床！未完成體

e）否定命令式

一般否定命令式用未完成體：

Не **читайте** такую ерунду.

請不要讀這種一派胡言的東西。未完成體

Не **пей** воду.

不要喝水。未完成體

完成體的否定命令式用在警告不要犯錯，而且常會搭配 смотри(те)!「（請）小心」這個字：

Смотри, не **забудь**!

小心，不要忘記了！完成體

Смотри, не **опоздай**!

小心，不要遲到了！完成體

動詞之三　運動動詞

俄語動詞中，有個特別的類型，叫做運動動詞。運動動詞是表示人或物移動的動詞，不同於其它動詞，自成一個特別系統。本章節會介紹運動動詞與其它動詞的差異，請記住這些特點，希望能在各位的學習之路上有些幫助。

1. 各種運動動詞

(1) 運動動詞種類

俄語中，有各種表示「移動」的動詞，譬如同樣是「去」，「走路去」和「搭車去」所用的動詞截然不同。

一般的**運動動詞**是下表中 14 種移動方式。除了移動方式的差異，運動動詞又有**定向動詞**與**不定向動詞**的組合。因此，運動動詞共有 14×2=28 種類型：

運動動詞		
定向動詞	不定向動詞	移動方式
идти́	ходи́ть	（用腳）走、去
е́хать	е́здить	（搭乘交通工具）走、去
бежа́ть	бе́гать	跑
плыть	пла́вать	游
лете́ть	лета́ть	飛
брести́	броди́ть	慢步走、閒晃
ползти́	по́лзать	爬行
лезть	ла́зить	攀登
нести́	носи́ть	手持、抱、徒手搬運
везти́	вози́ть	利用交通工具搬運
вести́	води́ть	帶著、扶著
тащи́ть	таска́ть	拉、拖
кати́ть	ката́ть	轉動、滾動
гнать	гоня́ть	趕

＊粗線框內的動詞是極為重要的動詞，請優先記住。

(2) 運動動詞的變位：現在時（＝非過去時）

前頁所舉的 28 個運動動詞全是未完成體動詞，所以隨主語人稱、數而變位的非過去時（☞ p.168）表示現在（☞ p.168）。其中許多特殊變位的動詞，請多加留意。當然，也有第 7 章所介紹的變位類型（☞ p.172-182），但是本章節只著重運動動詞的變位類型。

請多留意，變位表中如果有詞幹交替（☞ p.169-170）、子音交替（☞ p.14-15、☞ p.179-181）、適用正字法（☞ p.12-13）情況的動詞，會在字下面畫底線。

a）詞幹以母音結尾，沒有子音交替或詞幹交替等情況的第一變位動詞

這類型屬於基本的第一變位（☞ p.172-173）動詞。以下列出 бéгать「跑」的變位為例。因為它的變位非常規則，字典通常不會標示這種變位形態：

бéгать 跑 不定向		
	單數	複數
第一人稱	бéгаю	бéгаем
第二人稱	бéгаешь	бéгаете
第三人稱	бéгает	бéгают

因為這類型不是特別的變位，所以沒有另外標列其他動詞。不過，除了 бéгать「跑」，плáвать「游」、летáть「飛」、пóлзать「爬」、таскáть「拉、拖」、катáть「轉動、滾動」、гонять「趕」等動詞都屬此類。

b）詞幹以子音結尾的第一變位動詞

這類型的動詞不定式詞尾是 -ти，變位有時會發生詞幹交替的情況，需要特別牢記（也參考第 7 章☞ p.174-178）。各動詞的變位如下：

不定式		идти́（用腳）走、去 定向	е́хать（搭乘交通工具）走、去 定向	плыть 游 定向	брести́ 慢步走、閒晃 定向	ползти́ 爬行 定向
第一人稱單數	я	иду́	е́ду	плыву́	бреду́	ползу́
第二人稱單數	ты	идёшь	е́дешь	плывёшь	бредёшь	ползёшь
第三人稱單數	он	идёт	е́дет	плывёт	бредёт	ползёт
第一人稱複數	мы	идём	е́дем	плывём	бредём	ползём
第二人稱複數	вы	идёте	е́дете	плывёте	бредёте	ползёте
第三人稱複數	они́	иду́т	е́дут	плыву́т	бреду́т	ползу́т

不定式		лезть 攀登 定向	нести́ 手持、抱，徒手搬運 定向	везти́ 利用交通工具搬運 定向	вести́ 帶著、扶著 定向
第一人稱單數	я	ле́зу	несу́	везу́	веду́
第二人稱單數	ты	ле́зешь	несёшь	везёшь	ведёшь
第三人稱單數	он	ле́зет	несёт	везёт	ведёт
第一人稱複數	мы	ле́зем	несём	везём	ведём
第二人稱複數	вы	ле́зете	несёте	везёте	ведёте
第三人稱複數	они́	ле́зут	несу́т	везу́т	веду́т

c）第二變位類型

這類型的動詞有重音位移（☞ p.181-182）、詞幹結尾子音交替（☞ p.14-15）和受正字法影響（☞ p.12-13）等情形發生，必須牢記與留意。此外，現在時的變位中，不定式詞幹末尾的母音不僅要全部去掉，有時還會伴隨詞幹交替的情況（詳細情形參考☞ p.179、☞ p.180-181）：

不定式		**ходи́ть** （用腳）走、去 不定向	**е́здить** （搭乘交通工具）走、去 不定向	**лете́ть** 飛 定向
第一人稱單數	я	хожу́	е́зжу	лечу́
第二人稱單數	ты	хо́дишь	е́здишь	лети́шь
第三人稱單數	он	хо́дит	е́здит	лети́т
第一人稱複數	мы	хо́дим	е́здим	лети́м
第二人稱複數	вы	хо́дите	е́здите	лети́те
第三人稱複數	они́	хо́дят	е́здят	летя́т

不定式		**броди́ть** 慢步走、閒晃 不定向	**ла́зить** 攀登 不定向	**носи́ть** 手持、抱、徒手搬運 不定向	**вози́ть** 利用交通工具搬運 不定向	**води́ть** 帶著、扶著 不定向
第一人稱單數	я	брожу́	ла́жу	ношу́	вожу́	вожу́
第二人稱單數	ты	бро́дишь	ла́зишь	но́сишь	во́зишь	во́дишь
第三人稱單數	он	бро́дит	ла́зит	но́сит	во́зит	во́дит
第一人稱複數	мы	бро́дим	ла́зим	но́сим	во́зим	во́дим
第二人稱複數	вы	бро́дите	ла́зите	но́сите	во́зите	во́дите
第三人稱複數	они́	бро́дят	ла́зят	но́сят	во́зят	во́дят

不定式		**тащи́ть** 拉、拖 定向	**кати́ть** 轉動、滾動 定向	**гнать** 趕 定向
第一人稱單數	я	тащу́	качу́	гоню́
第二人稱單數	ты	та́щишь	ка́тишь	го́нишь
第三人稱單數	он	та́щит	ка́тит	го́нит
第一人稱複數	мы	та́щим	ка́тим	го́ним
第二人稱複數	вы	та́щите	ка́тите	го́ните
第三人稱複數	они́	та́щат	ка́тят	го́нят

d）不規則變位類型

運動動詞中，只有бежáть是第一變位與第二變位混合的不規則變位動詞。此外，也有子音交替的情況，請牢記並注意：

бежáть 跑不定向		
	單數	複數
第一人稱	бегý	бежúм
第二人稱	бежúшь	бежúте
第三人稱	бежúт	бегýт

（3）運動動詞的變位：過去時

相較於現在時，過去時的變位有一定規則可循。譬如不定式詞尾是 -ть 的動詞，大多只要將詞尾 -ть 換成過去時詞尾 -л、-ла、-ло、-ли，就會變成過去時。不過，也有動詞會如下表所示，出現重音位移或詞幹交替等情況，所以還是要多加留意。此外，凡是發生不規則變位的過去時動詞全都屬於定向動詞。以下動詞就是不規則變位類型：

必須注意的運動動詞過去時		
不定式	移動方法	過去時
идтú	（用腳）走、去	шёл, шла, шло, шли
плыть	游	плыл, плылá, плы́ло, плы́ли
брестú	慢步走、閒晃	брёл, брелá, брелó, брелú
ползтú	爬行	полз, ползлá, ползлó, ползлú
лезть	攀登	лез, лéзла, лéзло, лéзли
нестú	手持、抱、徒手搬運	нёс, неслá, неслó, неслú
везтú	利用交通工具搬運	вёз, везлá, везлó, везлú
вестú	帶著、扶著	вёл, велá, велó, велú
гнать	趕	гнал, гналá, гнáло, гнáли

（4）定向動詞與不定向動詞的用法

沒有附加前綴的運動動詞，全部是未完成體動詞，沒有相對應的完成體。因此一般會將定向動詞與不定向動詞視為相對應的組合，透過這種分類，也衍生出各種用法及意涵。有的部分也跟體的分類用法相似。

a）定向動詞

定向動詞表示一次性，朝目的地前進，單程、單向且具體的移動，而且帶有「正在行進中」的意思（表示目的地相關的用法請參考☞ p.281-283）：

－Куда́ вы **идёте**?
「你們現在要去哪裡？」
－Мы сейча́с **идём** в магази́н.
「我們正要去店裡。」

Он сейча́с **е́дет** в Москву́ на по́езде.
他現在正搭乘火車前往莫斯科。

Пти́ца **лети́т** на юг.
鳥往南飛。

Я сейча́с **несу́** цветы́ ма́ме.
我現在帶著花要去見母親。

Когда́ они́ **шли** по у́лице, начался́ дождь.
他們走在路上時，下起了雨。

Когда́ мы **е́хали** в Петербу́рг, мы разгова́ривали о жи́зни.
在前往聖彼得堡的途中，我們聊著關於人生的話題。

i）重複的定向動詞

一般來說，定向動詞並沒有重複的意思。不過，如果是以下情況，定向動詞也可以表示重複。

◆重複的是單程的移動

Обы́чно я на рабо́ту **иду́** пешко́м, а обра́тно **е́ду** на авто́бусе.

平常我都是走路上班，可是回程是搭公車。

◆表示連續行為時

這種情況表示「原則上」、「總是」或「大多是」：

Ка́ждое у́тро я встаю́ и **иду́** гуля́ть с соба́кой.

每天早上我起床後，就跟愛犬一起出門散步。

Когда́ тороплю́сь, я беру́ такси и **е́ду** на рабо́ту.

很趕的時候，我會招計程車去上班。

ii）確定的未來

定向動詞現在時也可表示最近確定的未來（關於動詞的體請參考☞ p.189）：

Сего́дня ве́чером я **иду́** к врачу́.

今晚我要去看醫生。

За́втра мы **е́дем** на мо́ре.

明天我們要去海邊。

b）不定向動詞

不定向動詞可以表示重複或往返、不確定的方向及目的地、抽象且不具體的移動。雖然是未完成體動詞（關於未完成體動詞用法參考☞ p.195-199），但是原則上不定向動詞並沒有「行進中」的意思。

◆重複

Ка́ждое ле́то я **е́зжу** в Со́чи.

我每年夏天都會去索契。

Он всегда́ **е́здит** на рабо́ту на маши́не.
他總是搭車上班。
Обы́чно де́ти **хо́дят** в шко́лу вме́сте.
平常孩子都一起走路上學。
Секрета́рша **но́сит** мне но́вые докуме́нты ка́ждое у́тро.
每天早上秘書會拿新文件給我。
Она́ ча́сто **лета́ет** в Нью-Йо́рк.
她常飛紐約。
Я ра́ньше **ходи́л** в це́рковь.
我以前會上教會。

◆往返：「去了又回」、「去了」
－Куда́ вы вчера́ **ходи́ли**?
「昨天你去了哪裡？」
－Вчера́ мы **ходи́ли** в рестора́н.
「我昨天去了餐廳。」
Я в про́шлом году́ **лета́л** в Аме́рику.
我去年去了美國。

◆經驗：「去過」
衍生自「去了回來」，表示「去過」及經驗。

В Петербу́рг мы **е́здили** мно́го раз.
我們去過彼得堡很多次了。
Туда́ я уже́ **ходи́л** в сентябре́.
我九月已經去過那裡了。

◆沒有方向或目的地的移動
Он **е́здит** на маши́не по То́кио.
他開車逛東京。
Лю́ди **хо́дят** по у́лице без зо́нтиков.
人們沒撐傘在路上行走。

Я **пла́ваю** в бассе́йне почти́ ка́ждый день.
我幾乎每天在游泳池游泳。

◆不具體的抽象移動
沒有方向或目的地的移動有時是不具體且抽象的。

Я люблю́ **е́здить** на велосипе́де.
我喜歡騎腳踏車。（一般行為）
Наш ребёнок уже́ **хо́дит**.
我們的寶寶已經會走了。（能力）

（5）使用быть 的表現方法

不定向動詞的過去時可以表示「去了又回」、「去了」、「去過」，但也可以使用 быть 的過去時來表示：

Вчера́ я **ходи́л** на по́чту.
= Вчера́ я **был** на по́чте.
我昨天去過郵局。
В про́шлом году́ я **е́здил** в Москву́.
= В про́шлом году́ я **был** в Москве́.
我去年去過莫斯科。
В Пари́ж я **е́здил** уже́ три ра́за.
= В Пари́же я **был** уже́ три ра́за.
我已經去過巴黎三次了。

如果要表示目的地，運動動詞會使用〔в / на＋賓格〕的句型，быть 則會使用〔в / на＋前置格〕的句型，請留意兩者的差異（☞ p.281-283）。在會話中，也可以把這兩種表達方式混合使用：

—Куда́ вы **ходи́ли** вчера́?
「您昨天去了哪裡？」

－Я **был** в библиоте́ке.
「我去了圖書館。」

此外，「（預定）去～」的未來行為可以使用 пойти́（☞ p.222-223）表示，不過也可以使用 быть 的未來時替換：

За́втра я **пойду́** в шко́лу. = За́втра я **бу́ду** в шко́ле.
我明天要去學校。

這個用法的 быть 並非表示存在，所以就算變成否定句，也不需要改用否定屬格（☞ p.44-45）：

Я не был в Москве́. 我沒去莫斯科。

2. 利用前綴創造動詞

相較於其他詞類，動詞經常使用前綴造字。其中又以運動動詞的造字能力特別強，加上前綴就可以衍生出各種新動詞。只要先牢記這些動詞的衍生結構與主要前綴的意思，就算不特地翻字典，也能馬上看懂初次見到的新動詞。

（1）加前綴造字的方法

運動動詞會因加上各種含意的前綴而產生新的字義，也能有系統地造出新動詞。請看以下的例子：

в-「進入」＋ходи́ть「走」→ входи́ть「走進去」
вы-「出去」＋лете́ть「飛」→ вы́лететь「飛出去」

只要記住前綴的意思，就能掌握新動詞的意涵。

a）不定向／定向動詞與未完成體／完成體動詞的相應

沒有前綴的運動動詞全部都是未完成體，以定向和不定向動詞的形式配對。不過，如果加了前綴，定向與不定向的區別就會消失，變成跟一般動詞一樣，以未完成與完成體動詞形式成對組合。這個對應關係依照的是以下規則（關於動詞的體參考第 8 章☞ p.189）：

前綴＋定向動詞＝完成體動詞
前綴＋不定向動詞＝未完成體動詞

因此，如前頁所舉的例子，因為 ходи́ть 是不定向動詞，所以 входи́ть 是未完成體；而 лете́ть 是定向動詞，所以 вы́лететь 就變成完成體。

b）加了前綴而改變形式的運動動詞

◆идти́ → йти́

也要留意未來時（＝非過去時）的各種變位形式。過去時則跟 идти́ 一樣。

不定式		уйти 離去	зайти 順路走到，去一下	прийти 來
第一人稱單數	я	уйду́	зайду́	приду́
第二人稱單數	ты	уйдёшь	зайдёшь	придёшь
第三人稱單數	он	уйдёт	зайдёт	придёт
第一人稱複數	мы	уйдём	зайдём	придём
第二人稱複數	вы	уйдёте	зайдёте	придёте
第三人稱複數	они́	уйду́т	зайду́т	приду́т

注意 й。

прийти́ 的未來時變位中，й 會消失，務必多加注意。

◆е́здить → -езжа́ть

變位類型由第二變位換成第一變位。

е́здить：е́зжу, е́здишь…

→ приезжа́ть：приезжа́ю, приезжа́ешь…

◆бéгать → -бегáть

只有重音改變了。

◆плáвать → -плывáть

形式稍微改變，重音也位移了。

c）改變形式的前綴

子音結尾的前綴搭配 -йти，需要加上母音 о；搭配 -ехать / -езжать，則需要加上 ъ：

в-　: войти́, въéхать / въезжáть

от-　: отойти́, отъéхать / отъезжáть

под- : подойти́, подъéхать / подъезжáть ...

（2）主要前綴與用法

幫大家整理主要前綴及其用法。

前綴有各種對應關係，而有的意思相近，所以要記住彼此的關聯性。

◆в-「往裡面」/ вы-「往外面」

Он **вошёл** в кóмнату.

他進了房間。

Он **вы́шел** из кóмнаты.

他從房間出來。

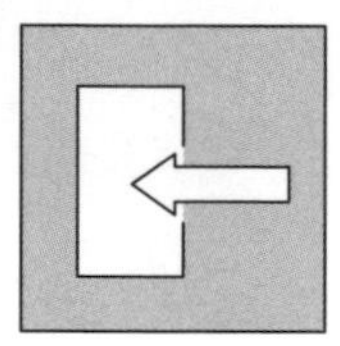

в-

附加前綴 вы- 的動詞是完成體時，重音一定落在前綴 вы- 上，但未完成體則不一定。

выходи́ть 未完成體 / вы́йти 完成體 走出去

выезжáть 未完成體 / вы́ехать 完成體 搭乘交通工具出去…

вы-

вы́йти 的過去時 **вы́шел**，因重音落在前綴的關係，所以 -шёл 換成了 -шел，請特別注意。此外，運動動詞以外的動詞完成體重音同樣會落在前綴。

выбира́ть 未完成體 / вы́брать 完成體 選出
выполня́ть 未完成體 / вы́полнить 完成體 實行⋯

◆при-「抵達、來」/ у-「離開、去」

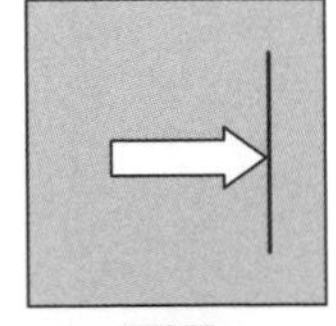

при-

Она́ **прие́хала** в То́кио.
她來（到）東京了。
Она́ **уе́хала** из Петербу́рга.
她從聖彼得堡離開了。

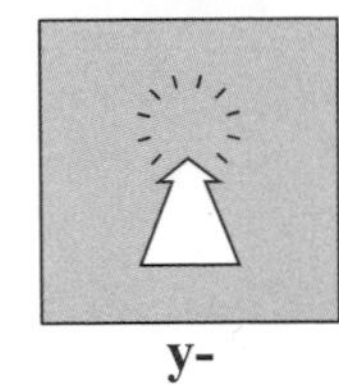

у-

Он ка́ждый день **прихо́дит** домо́й по́здно.
他每天都很晚才回家。
Он ка́ждый день **уходи́л** с рабо́ты в шесть.
他每天六點下班。

完成體的過去時可表示「行為結果留下」（☞ p.195），因此以下例句分別帶有「因為到了，所以現在人在這裡」、「因為離開了，所以現在不在這裡」的語義：

Она́ уже́ **пришла́**. 她已經到了。
Он **ушёл**. 他離開了。

◆под (подо)-「靠近、接近」/ от (ото)-「離開」

под- 表示靠近，但沒碰到；反之，от- 表示離開，但沒接觸到出發點。因此，靠近對象會以〔к＋與格〕表示，離開對象則以〔от＋屬格〕表示（關於前置詞參考☞ p.258）：

Он **подошёл** к ней.

他向她走近。

Он **отошёл** от окнá.

他離開窗邊。

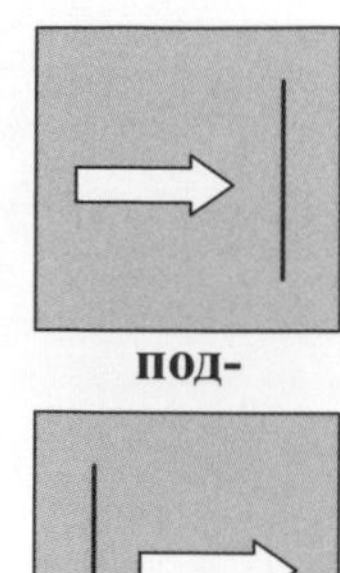

под-

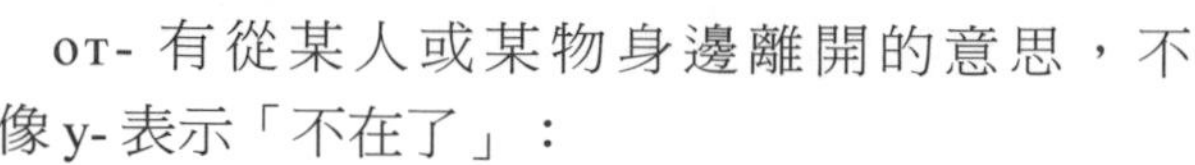

от- 有從某人或某物身邊離開的意思，不像 у- 表示「不在了」：

от-

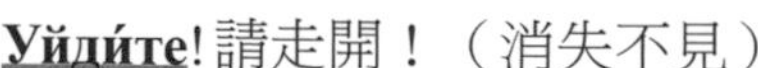

Уйди́те! 請走開！（消失不見）

Отойди́те! 請借過！（路太狹窄，走不過去時）

от- 有「去該去的地方」的意思：

Он **отнёс** нýжные докумéнты в муниципалитéт.

他帶著必需文件去市政府。

Скóрая пóмощь **отвезлá** ребёнка в больни́цу.

救護車送孩子去醫院。

◆про-「通過、穿越、經過」/ пере-「遷移、通過」

про- 表示穿過，但是穿越，還是經過，則會因不同前置詞而有不同解釋：

Он **прошёл** чéрез парк.

他穿越公園。

Он **прошёл** ми́мо пáрка.

他經過公園。

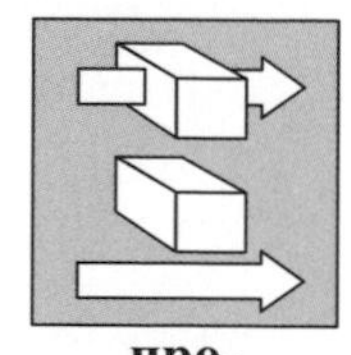

про-

про- 的意思是「通過某處」，пере- 則是「通過、從某個狀態移轉至其他狀態」（沒有前置詞 чéрез，也可以直接以賓格名詞表示通過的對象）：

Он **перешёл** (чéрез) дорóгу.
他穿越馬路。
Онá **перешлá** на другýю стóрону ýлицы.
她走到了路的另一邊。
Мы **переéхали** в Гермáнию.
我們搬去了德國（移居）。

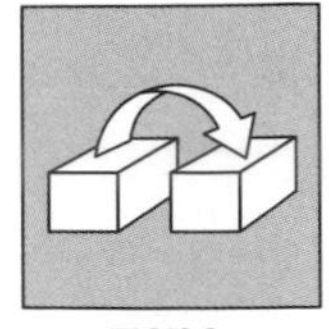
пере-

◆за-「順道經過」
Онá **зашлá** в магазúн.
她順道去了趟店裡。
Мы **зашлú** за вóдкой в супермáркет.
我們繞到超市買了伏特加酒。

за-

◆до-「到達、抵達」
Он **дошёл** до фúниша.
他抵達目的地。
Онú ещё не **долетéли** до Амéрики.
他們尚未抵達美國。
＊目的地以〔до＋屬格〕表示。

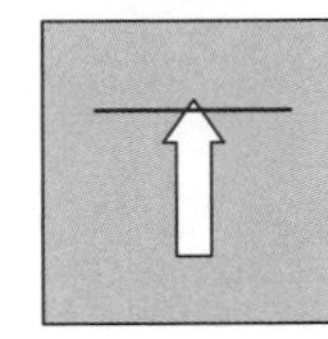
до-

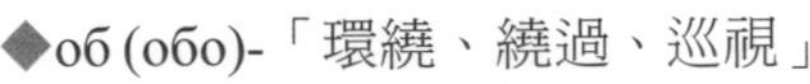
◆об (обо)-「環繞、繞過、巡視」
Я **обошлá** вокрýг дóма.
我繞著家走了一圈。
Мы объéхали прóбку в цéнтре.
我們繞過市中心的塞車區。
Он обошёл нéсколько магазúнов.
他巡視幾間店。

об-

◆вз (взо)-「往上、上升」
Он **взошёл** на трибýну.
他走上講台。
Взошлó сóлнце.

вз-

太陽升起了。

◆с (со)-「降下、（從表面）離開」

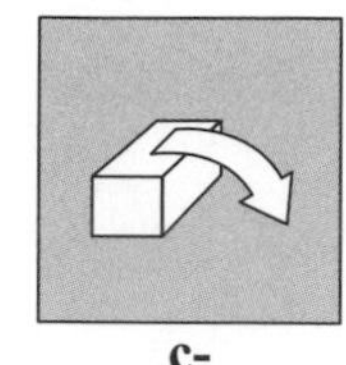

Она́ **сошла́** со сце́ны.

她從舞台上走下來。

Мы **сошли́** с доро́ги в лес.

我們離開大路，走進森林。

補 充

「去去就來」的сходи́ть與съе́здить

這是由不定向動詞 ходи́ть 和 е́здить 加前綴 с- 衍生而來的兩個完成體動詞。不定向動詞 ходи́ть, е́здить 的未來時 бу́ду ходи́ть, бу́ду е́здить 有重複的意涵，表示「常態」，若使用 сходи́ть, съе́здить 的未來時（＝非過去時），則有以下意思：

За́втра я **схожу́** в библиоте́ку. 明天我要去一趟圖書館。
Ле́том он **съе́здит** в Москву́. 他夏天要去一趟莫斯科。

在這個用法中，-ездить 就算加了前綴 с- 也不會變成 -езжать 的形式。這裡的前綴與「下降、（從表面）離開」的 с- 是不一樣的，不要混為一談（下一項的 по- 也一樣）。

◆по-

不論是定向動詞或不定向動詞，接上前綴 по- 都變成完成體。這點與其他的前綴不同。

①「出發」（結合定向動詞）

Дава́й **пое́дем** отдыха́ть на мо́ре!

讓我們去海邊度假吧！

Уже́ по́здно, я **пойду́**.

已經很晚了，我要走了。

②「稍微、暫時」（結合不定向動詞）

Вчера́ я **походи́л** по магази́нам.

昨天我稍微逛了一下街。

Ве́чером я немно́го **пое́здил** по го́роду.

晚上我開車逛了一下城市。

По́сле рабо́ты он **попла́вал** в бассе́йне.

下班後，他在泳池游了一下。

請看②的第二個與第三個例子。這種 по- 的使用方法，並沒有使運動動詞的形式變成 -езжать, -плывать（☞ p.217-218）。與定向動詞的 по- 與結合不定向動詞的 по-，應視為不同類型。

3. 其他應該注意的事項

先記住運動動詞及其附加前綴，便可以推測出以這些字詞為基礎所創造出的各種動詞的意思。不過，也有許多單字必須個別記住。以下就針對「無法推測」的動詞介紹幾個重點。

(1) 最自然的方式表達「去」的現在、過去、未來

俄語會分類使用各種運動動詞與前綴，讓「去」這個行為有各種意思。以「用腳去」為例，在中文裡，現在時會說「（現在）正要去～」、過去時會說「去過～、去～回來了」、未來時的「（預定）去～」，換成俄語則會以下列方法表示。如果能記住這些用法，未來在學習俄語時會更加便利。

◆現在

Я сейча́с **иду́** в библиоте́ку.

我現在正要去圖書館。（идти́ 的現在時）

◆過去

Я вчера́ **ходи́л** в библиоте́ку.

我昨天去了圖書館。（ходи́ть 的過去時）

◆未來

Я за́втра **пойду́** в библиоте́ку.

我明天要去圖書館。（пойти́ 的未來時）

如果使用定向動詞 идти́ 的過去時 шёл，意思會變成「當時去～的路上」；使用未來時 бу́ду идти́，則會變成「（明天那個時候）我應該是在往～的途中」，各自擁有特殊的含意。

如果是「搭乘交通工具前往」的情況，會分別使用 е́хать 的現在時（е́ду）、е́здить 的過去時（е́здил）、пое́хать 的未來時（пое́ду）來表示。

教科書為了方便學習，稱這三個形式為「現在時」、「過去時」、「未來時」。如果能牢記，會非常實用。

（2）運動動詞擁有特殊含意時

部分運動動詞的字義會衍生變化，常常會與原意截然不同。關於這類動詞，只能勤翻字典，一個一個記住。以下介紹幾個特別重要的動詞，當作學習的第一步。

◆「下（雨、雪）」的 идти́

Идёт дождь (снег).

下雨（雪）。

Вчера́ **шёл** снег.

昨天下了雪。

◆「舉行、上演、上映」的 идти́

В э́том кинотеа́тре сейча́с **идёт** но́вый америка́нский фильм.

這家電影院現在上映最新的美國電影。

В Москве́ **идёт** заседа́ние Госду́мы.
國家杜馬（國會）的會議在莫斯科舉行。

◆「適合」的 идти́

Вам о́чень **идёт** бе́лый цвет.
白色非常適合您。

◆「穿戴」的 носи́ть

Он всегда́ **но́сит** очки́ (шля́пу, га́лстук).
他經常戴著眼鏡（帽子、領帶）。

◆「駕駛」的 води́ть

Он лю́бит **води́ть** маши́ну.
他喜歡開車。

◆「進行」的 вести́

Президе́нт **вёл** перегово́ры с Аме́рикой.
總統跟美國進行談判。

◆「舉止、行為」的 вести́ себя́

Он **вёл себя́** прили́чно (адеква́тно, скро́мно).
他的行為端正有禮（得宜地、謙虛地）。

第10章 動詞之四 命令式、假定式、被動態

到前一個章節為止，我們介紹了動詞的形式及意義。本章節將針對其他部分解說，尤其是動詞的式與態方面。

1. 命令式

中文的「給我吃」、「去看書」、「去寫字」、「用走的」等命令式，似乎稍嫌無禮，但在俄語中，就算是禮貌請託，也會很自然使用**命令式**。因為出現頻率高，所以一定要弄清楚。

（1）命令式的構成方法

俄語命令式依說話對象，分為 ты 與 вы 兩種。對 вы 的命令式只需在對 ты 的命令式結尾加上 -те 即可。如下：

рабóтать 工作 ➡ (ты) рабóтай
(вы) рабóтайте
смотрéть 看 ➡ (ты) смотри́
(вы) смотри́те

命令式是以**非過去詞幹**（非過去詞幹，也就是未完成體的現在時與完成體的未來時所使用的詞幹，詳情參考☞ p.169-170）為基礎構成的：

命令式			對 ты	對 вы
非過去詞幹以母音結尾		①	-й	-йте
非過去詞幹以子音結尾	重音在詞尾	②	-и	-ите
	重音在詞幹	③	-ь	-ьте

① **рабо́тать**「工作」：рабо́таю, рабо́таешь... рабо́тают

➡ 非過去詞幹是 работа-（以母音結尾）

➡ **рабо́тай / рабо́тайте**

② **говори́ть**「說話」：говорю́, говори́шь... говоря́т

➡ 非過去詞幹是 говор-（以子音結尾，重音在詞尾）

➡ **говори́ / говори́те**

③ **переста́ть**「停止」：переста́ну, переста́нешь... переста́нут

➡ 非過去詞幹是 перестан-（以子音結尾，重音在詞幹）

➡ **переста́нь / переста́ньте**

> **學習訣竅**
>
> 只要記住命令式有這三種詞尾形態，至少聽讀就沒問題了，而細節部分之後再確認就好。

以下將詳細介紹構成命令式的基本規則：

i) 重音位置依第一人稱單數為準

смотре́ть「看」：смотрю́, смо́тришь... смотря́т

➡ 非過去詞幹是смотр-

（以子音結尾，第一人稱單數的重音在詞尾）

➡ **смотри́ / смотри́те**

сказа́ть「說」：скажу́, ска́жешь... ска́жут

➡ 非過去詞幹是 скаж-

（以子音結尾，第一人稱單數的重音在詞尾）

➡ **скажи́ / скажи́те**

ii) 非過去詞幹發生子音交替時，要配合第三人稱複數變位

отве́тить「回答」：отве́чу, отве́тишь... отве́тят

➡ 非過去詞幹是 ответ-

（採用第三人稱複數詞幹，以子音結尾，重音在語幹）

➡ **отве́ть / отве́тьте**

помо́чь「幫助」：помогу́, помо́жешь... помо́гут

➡ 非過去詞幹是 помог-（採用第三人稱複數詞幹，以子音結尾，第一人稱單數重音在詞尾）

➡ **помоги́ / помоги́те**

iii) 非過去詞幹以連續兩個子音結尾，且重音在詞幹時，則不用 -ь / -тье，而是 -и / -ите

по́мнить「記著」：по́мню, по́мнишь... по́мнят

➡ 非過去時詞幹是 помн-
（以連續兩個子音結尾，重音在詞幹）

➡ **по́мни / по́мните**

iv) 由前綴 вы- 構成的動詞

如果帶前綴 вы- 的動詞非過去詞幹是子音結尾，而且重音在詞幹，根據規則應該要用 -ь / -тье。可是，若原動詞的命令式是 -и / -ите，則隨原動詞形式變位：

вы́брать「選出」：вы́беру... вы́берут

➡ выбер- 是非過去詞幹
（依照規則應該變成 -ь / -ьте）

➡ 因為 брать「拿取」會變成 бери́ / бери́те

➡ 所以 **вы́бери / вы́берите**

其他類似的動詞還有，

вы́нести「搬走」➡ **вы́неси / вы́несите**

вы́бежать「跑出去」➡ **вы́беги / вы́бегите**

補充

就把帶前綴 вы- 的動詞想成是「完成體的重音在前綴上」的特殊狀況吧。若是不帶 вы- 的動詞，則必須考量重音和命令式間的關係。至於未完成體動詞中，會把重音擺在 вы- 上的單字也只有一個而已。

вы́глядеть「看起來」➡ вы́гляди / вы́глядите
cf. глядéть ➡ гляди́

此外，不帶 вы- 的動詞命令式結尾如果是 -ь / -ьте，則加上 вы- 後，命令式一樣維持 -ь / -ьте。這樣的結果是可以依據規則推想而知的。

выбросить「放走，丟掉」➡ вы́брось / вы́бросьте
這是因為 брóсить「丟、投」的命令式是 брось / брóсьте。

v）-авать 動詞

-авать 動詞的變位為 -аю́, -аёшь... -аю́т，命令式照理會變成 -ай / -айте，不過，這類型的動詞命令式詞尾是由不定詞幹（☞ p.169-170）衍生來的，所以要用 -авай / -авайте：

дава́ть「給與」：даю́, даёшь... даю́т
➡ 看似應由 да- 形成命令式
➡ 但實際上卻是 дава́й / дава́йте（由不定詞幹構成）

補充

-авать 動詞和多數動詞不同，非過去詞幹（да-）（☞ p.169-170）僅用於構成非過去時（даю́,даёшь...）和主動形動詞現在時（даю́щий）。（多數動詞的非過去時詞幹還可構成命令式）命令式、未完成體副動詞（дава́я）、被動形動詞現在時（дава́емый）則是由不定式詞幹（дава-）構成。順帶一提，-овать 動詞的命令式按照一般規則變位。

рисова́ть「繪畫」：рису́ю, рису́ешь... рису́ют
➡ рису́й / рису́йте

vi) быть「在、有、是～」的命令式

быть「在、有、是～」的命令式是 будь /будьте。這是由未來時（☞ p.168）бу́ду, бу́дешь... бу́дут 的詞幹衍生而來的，與現在時的 есть 無關。

vii) 其他的不規則命令式

пить「喝」：пью, пьёшь... пьют

➡ 非過去詞幹（☞ p.169-170）是 пь-

➡ 可是命令式是 пей / пе́йте

бить「打」：бью, бьёшь... бьют

➡ 非過去詞幹是 бь-

➡ 可是命令式是 бей / бе́йте

補充

這兩個動詞的詞幹 пе-, бе- 只適用於命令式，屬於非過去詞幹的例外。這些動詞加上前綴構成的衍生動詞也是照原動詞的規則變位：

вы́пить「喝光」➡ вы́пей / вы́пейте
убить「殺」➡ убе́й / убе́йте

學習訣竅

命令式常用在固定用語，如 Извини́те!「對不起！」或 Скажи́те, пожа́луйста!「請問！」。將這樣的用語牢記後，慢慢就會習慣了。

(2) 命令式的意義

a)「來～吧」

請求或要求別人跟自己一起做某事時所用的「來～吧」，稱為「第一人稱命令式」。在俄語中，會用以下句型表示（如果對方是 вы，要加 -те；如果是 ты，則不用）。

<table>
<tr><td rowspan="4">未完成體</td><td>不定式</td><td>①дава́й(те)＋不定式
Дава́йте чита́ть стихи́! 一起來讀詩吧！
Дава́й игра́ть в ша́хматы! 一起來下棋吧！</td></tr>
<tr><td rowspan="3">第一人稱複數形</td><td>②дава́й(те)＋быть 的未來時（第一人稱複數）（p.168）
(Дава́йте) бу́дем друзья́ми! 我們交個朋友吧！
(Дава́й) бу́дем на «ты»! 我們以ты相稱吧！</td></tr>
<tr><td>③дава́й(те)＋быть 的未來時（第一人稱複數）＋不定式（p.168）
(Дава́йте) бу́дем дружи́ть! 我們當朋友吧！
(Дава́й) бу́дем говори́ть серьёзно. 我們認真談吧！</td></tr>
<tr><td>④дава́й(те)＋運動動詞的第一人稱複數
只限定向動詞，而且是一次、單向移動時
(Дава́йте) идём к нему́! 我們去找他吧！
(Дава́й) е́дем обе́дать! 我們（開／坐車）去吃飯吧！
(Дава́й) бежи́м туда́! 我們跑過去吧！</td></tr>
<tr><td colspan="2">完成體</td><td>⑤дава́й(те)＋第一人稱複數
(Дава́йте) погуля́ем! 我們散一下步吧！
(Дава́й) вы́пьем! 喝吧！</td></tr>
</table>

＊除了①之外，②～⑤沒有 дава́й(те) 也行。但省略時，對 вы 的命令式中，第一人稱複數動詞要加上 -те。

例：Бу́демте друзья́ми!

Идёмте к нему́!

Погуля́емте!

b）пусть＋主格主語＋非過去時（＝未完成體現在時、完成體未來時）

這個句型有好幾種含意，可稱之為「第三人稱命令式」（口語中也可以使用 пуска́й 的形式）。

i）指示、命令「請做～」

Пусть (Пуска́й) она́ придёт сюда́. 請讓她來這裡。

ii) 許可「讓做～、可以做～」

Пусть (**Пускáй**) он спит спокóйно. 讓他安靜地睡。

iii) 祈求「希望～、但願～」

Пусть вéчно цветёт нерушúмая дрýжба нарóдов СССР!
但願蘇聯各民族堅定的友誼永遠盛開（不朽）！

補 充

當動詞是 быть 時，不是用現在時 есть，而是未來時的人稱變位（☞ p.168）：

Пусть всегдá **бýдет** сóлнце. 願太陽永在。

基本上這類句型是以第三人稱為主語，但這不表示第一人稱、第二人稱不能當主語。

Пусть я расскажý. 請讓我說。
Пусть ты бýдешь не однá. 願你不會孤單一人。

表示祝願時，也可以使用 да（無重音）。不過，這個字是社會主義時代常用的標語，語氣僵硬且誇大。

Да здрáвствует Россúя!
俄羅斯萬歲（願俄羅斯國運昌隆）！

c）Давай(те)＋命令式

在口語，давáть 的命令式 давáй(те) 加上其他動詞的命令式，會使得催促的意味更強烈：

Давáй, смотрú на менń! 來，看著我！
Давáйте, рабóтайте! 來，開工吧！

d）不定式表示命令

也可以使用不定式表示語氣強烈的命令或要求（詳情請參考不定式句型單元☞ p.390-391）。

Встать! 起立！
Не **кури́ть**. 禁止吸煙。

2. 假 定 式

俄語和英語都有與現實相異的**假定式**。英語的表示方法如下所示：

If I **were** a bird, I **could** fly to ypu.
如果我是鳥，我就能飛到你身邊。

在這個例子中，無論是鳥或飛行，對人類而言都與現實不符。為了表示這種情況，雖然不是過去時態，但動詞 were 和助動詞 could 都使用過去時表示假定。此外，當 I 是主語時，一般說來 be 動詞過去時應該使用 was，這裡卻用 were，這也是因為假定式的關係。就英語文法而言，假定式會使用有別於一般規則的動詞變位形式來表示與現實情況不符的語義。

而俄語的假定式句型如下：

假定式＝бы＋過去時

以下將針對這個句型詳細介紹。

（1）條件與結果

假定式的基本使用原則就是假設與現實不同的事物。這類型的標準句型如下：

Éсли бы＋過去時, (то) бы＋過去時

條件子句「如果～」　　結果子句「就～」

Éсли **бы** у меня́ **бы́ли** де́ньги, (то) я **бы купи́л** свою́ маши́ну.
如果我有錢，我就會買自己的車。

在假定式中，不論是前半部以 éсли 為始的條件子句或後半部以 то 為始的結果子句，都有 бы 及動詞過去時。就算結果子句沒有 то 也沒關係。跟英語 if... then... 的 then 一樣，то 只是為了清楚標示結果子句的起始位置。

如上述所示，бы 一般會放在「第二位置」（éсли 的後面、主語 я 的後面），或如同下例的結果子句，放在動詞後面（отказа́лся 後）：

Éсли **бы** вы предложи́ли мне вы́пить, (то) я отказа́лся **бы**.
如果您提議要我喝酒，我就拒絕。

以下針對條件子句、結果子句的幾個注意事項加以說明：

①請留意假定式與陳述式的差異

非假定式的一般敘述稱為**陳述式**。假定式意指與現實不符，但陳述式則表示有可能會變成現實：

Éсли **бы** он **пришёл**, ты **бы познако́мился** с ним бли́же.
要是他來了，你就可以多了解他一點。

現實不是那樣。＝假定式

Éсли он **придёт**, ты **познако́мишься** с ним бли́же.
如果他等等來了，你就可以多了解他一點。

現實很有可能發生。＝陳述句

②假定式的動詞雖是過去時，但時間未必限於過去

不論是過去、現在或未來的事，假定式一律用過去時，所以

必須從句子脈絡來判斷是在敘述何時的事：

Éсли **бы** зáвтра **был** конéц свéта, что **бы** вы **сдéлали**?
如果明天就是世界末日，您會做什麼？

③ 有時候 бы 會變成 б

Éсли **б** нé было э́той кни́ги, я **б** э́того не узнáл.
如果沒有這本書，我就不會知道這個了。

④ 有時候動詞命令式會取代條件子句

Будь (бы) он тогдá в Москвé, он учáствовал бы в конферéнции.
要是那時候他在莫斯科，他就會參加會議。

Что он сказáл бы, **знай** (бы) он об э́том?
他如果知道這件事，會說什麼呢？

使用命令式時，有沒有 бы 都沒關係。此外，就算主語是複數，命令式也不需要加 -те（☞ p.226）：

Будь (бы) они́ жи́вы сегóдня, стáли бы нáшими члéнами.
如果他們今天還活著的話，就會是我們的一員。

⑤ 沒有條件子句，但在結果子句中以某些形式來表示條件

Он бы не сказáл «Нет».
如果是他，大概不會說「不」吧！

Без вáшей поддéржки мы не смогли́ бы осуществи́ть refóрмы.
沒有您的支持，我們大概就無法落實改革了！

⑥ 沒有結果子句時，常會變成祈願句

Éсли **бы** мы **бы́ли** вмéсте! 真希望我們在一起！

Éсли **бы** я **умéл** игрáть на пиани́но! 真希望我會彈鋼琴！

（2）表示願望的假定式

假定式用來表示願望時，有委婉、謹慎、柔和的意味，就算要表達的願望與現實相反，也可以使用假定式：

Я **хоте́л бы** поговори́ть с ва́ми.
我想跟您說說話。

Нам **хоте́лось бы** узна́ть ва́шу фами́лию.
我們想知道您的姓氏。

Я **хоте́л бы** умере́ть на Ма́рсе.
我想死在火星上。

以下是必須注意的幾個重點：

①有時候並不是直接表示願望

Я **бы пошёл** да́льше.
要是我就再繼續走。

Вы **бы ви́дели**, как она́ рабо́тала!
要是您能看看她是怎麼工作的就好了！

②有時候加上 то́лько「只要～」、е́сли「如果～」可表示願望，這也是祈願句的一種

То́лько **бы** ты **была́** ря́дом!
只要妳在身邊就好了！

Е́сли **бы** он **был** чуть умне́е!
如果他再聰明一點就好了！

③表示願望的假定式往往不是以〔бы＋過去時〕表示，而是以〔бы＋不定式〕表示

Не **е́хать бы** никуда́!
哪裡也不想去！

То́лько **бы добра́ться** до Москвы́!
只要能到莫斯科就好了！

（3）чтóбы 與假定式

連接詞 что 與假定式的 бы 可以結合成 чтóбы（有時候會使用 чтоб 的形式）。以下將介紹這個連接詞的使用方法：

a）表示目的的 чтóбы

連接詞 чтóбы 可用來引導表示「為了～、希望～」的目的子句。чтóбы 目的子句的主語和主要子句的主語不同時，動詞用過去時：

Я пою́, **чтóбы** лю́ди слу́шали.
我唱歌是為了給人聽的。
Мы рабóтаем, **чтóбы** вы отдыха́ли.
我們工作是為了讓你們可以休息。

不過，主要子句的主語與目的子句的主語一樣時，目的子句的主語會省略，動詞則改用不定式：

Мы рабóтаем, **чтóбы отдыха́ть**.
我們是為了（我們）休息而工作。
Я живу́, **чтóбы смея́ться**.
我為了（讓我）笑而活著。

表示「為了～」的 чтóбы 也可以換成 для тогó, чтóбы：

Я пою **для тогó, чтóбы** лю́ди слу́шали.
我唱歌是為了給人聽的。
Мы рабóтаем **для тогó, чтóбы** отдыха́ть.
我們工作是為了休息。

10 動詞之四 命令式、假定式、被動態

補充

在俄語中，不加連接詞直接使用不定式表示「為了～」的句型並不常見。不過，如果主要子句的動詞是運動動詞（☞ p.207），則屬於普遍的用法：

Она **приéхала** в Москвý **учи́ться**.
她來莫斯科念書。
Он **пошёл** **гуля́ть**.
他出門散步去了。
Я **подбежа́л** к ней **поздоро́ваться**.
我跟上前向她打聲招呼。

b）表示欲求、願望的 чтóбы 子句

可以使用 чтóбы 子句引導出欲求或願望。因為是假定式，所以 чтóбы 子句中的動詞必須是過去時：

Я хочý, **чтóбы** ты **вéрила** мне.
我希望你相信我。
Мать сказáла сы́ну, **чтóбы** он **обéдал** оди́н.
母親對兒子說，希望他一個人吃午餐。
Он пи́шет, **чтóбы** я **приéхал** к немý.
他寫信給我，希望我能去找他玩。

補充

當句子的連接詞是 что，而且是陳述式（☞ p.234）時，就不是表示願望，而是單純陳述事實。

Он пи́шет, что скóро приéдет к немý егó внýчка.
他在信中寫道，他的孫女不久就要來找他了。

沒有主要子句，單純使用 чтóб(ы) 子句可表示強烈的願望或請求。這個句型常用來取代命令式。

Чтóб(ы) ты читáл!
看書！（≒Читáй!）
Чтóб(ы) он рабóтал!
他應該要工作！（≒Пусть он рабóтает!）

(4) 讓步「無論～」

以下句型表示讓步：

疑問詞＋бы＋ни＋過去時

疑問詞引導的部分可以代入各種詞彙。雖然長了點，但請當成一個句型牢記。

Что бы он ни говори́л, я ему́ не ве́рю.
不論他說什麼，我都不相信他。

Кто бы ни стал но́вым президе́нтом, он до́лжен занима́ться тру́дными вопро́сами.
不管誰當上新總統，都必須面對難題。

Где бы он ни находи́лся, он ка́ждый день ей звони́л.
他不管身在何處，每天都會打電話給她。

На како́м бы языке́ он ни говори́л, она́ ничего́ не поймёт.
不管他用哪種語言說，她都聽不懂。

3. -ся 動詞的使用方法

-ся 動詞是形成被動態的重要手段，但除此之外，也能表達其他含意。在此先針對 -ся 動詞的使用方法概略說明（-ся 動詞的變位請參考第 7 章 p.186-188）。

原則上，-ся 動詞是沒有賓格補語的不及物動詞，從有賓格補語的及物動詞加上 -ся 演變而來。不過，-ся 動詞與一般不帶 -ся 的及物動詞不同，屬於另一個範疇。要了解「加了 -ся 的動詞與不帶 -ся 的動詞有何差異」就必須個別記住每個動詞。多數情況下，字典會分別標示 -ся 動詞與不帶 -ся 動詞的字義。

可是，-ся 動詞與不帶 -ся 動詞在字義上，有著強烈的關聯。以下是常見的類型，可以當作判斷基準。

a）被動「被～」

這是俄語表示被動態的一種方法（被動態的詳細情形請參考☞ p.242-246）。

◆**писа́ть**「寫」➡ **писа́ться**「被寫」

Э́та кни́га **писа́лась** ра́зными а́вторами.

這本書由許多作家撰寫而成。

Э́та кни́га **писа́лась** на протяже́нии о́коло ста лет.

這本書耗時近一百年才寫成。

◆**стро́ить**「建造」➡ **стро́иться**「被建造」

Э́ти дома́ **стро́ятся** мно́гими зарубе́жными компа́ниями.

這些房子是由很多外國企業合建的。

b）反身「對自己～」

不是別人或別的事物「被～」，而是自己對自己做了某事。

◆**мыть / помы́ть**「洗～」

➡ **мы́ться / помы́ться**「洗自己的身體、手或臉」

Он **мо́ется** мы́лом. 他用肥皂盥洗。

◆**одева́ть / оде́ть**「穿上衣服」

➡ **одева́ться / оде́ться**

「給自己穿上衣服→（自己）穿衣」

Она́ бы́стро одева́лась. 她很快穿上衣服。

c）相互反身「互相、彼此～」

多個行為主體的動作作用在「彼此」身上。

◆**обнима́ть / обня́ть**「擁抱」

➡ **обнима́ться / обня́ться**「互相擁抱」

Мы кре́пко **обня́лись**. 我們緊緊擁抱。

◆**ви́деть / уви́деть**「看～、遇見～」

➡ **ви́деться / уви́деться**「見面、相遇」

В сле́дующий раз мы уви́делись как ста́рые друзья́.

後來我們見面，就像老朋友一樣。

d）自發（及物動詞→不及物動詞）

不是別人對自己，也不是自己對自己，不是彼此互相做了什麼事。以中文為例，「太郎開了門」、「門開了」兩種說法都行。前者「太郎」是主語，「門」是及物動詞的補語；而後一句的「門」則變成不及物動詞的主語。這裡呈現的與上述的「被動」、「反身」、「互相」不一樣，單純只是及物動詞與不及物動詞的轉換。

中文也有這樣的及物動詞與不及物動詞的轉換，例如：「關」、「還」、「壞」、「倒」等動詞。在俄語中，轉換時會在及物動詞後面加上 -ся。

◆**закрыва́ть / закры́ть**「使關上」

➡ **закрыва́ться / закры́ться**「關上」

Осторо́жно, две́ри **закрыва́ются**.

門即將關閉，請小心。（地下鐵的廣播）

◆**возвраща́ть / возврати́ть**「使歸還，使返回」

➡ **возвраща́ться / возврати́ться**「回去、歸返」

Ка́ждый день он **возвраща́ется** домо́й о́чень по́здно.

他每天都很晚才回家。

e）其他

以上所述的 -ся 動詞使用方法只是概略的標準，其實還有許多例外。例如下面這些要一一牢記的動詞沒有不帶 -ся 的形式：

улыба́ться 微笑　сме́яться 笑　боя́ться 害怕

此外，有些動詞的未成體與完成體不一定會同時帶 -ся：

сади́ться / сесть 坐下　ложи́ться / лечь 躺下
станови́ться / стать 成為

4. 被動態

（1）俄語的被動態結構

一般來說，俄語的被動態會因為動詞的體而不同，但是行為主體都是以工具格表示，意指「被（誰）～」（☞ p.63）。

◆未完成體動詞時 ➡ 使用 **-ся** 動詞

-ся 動詞有各種含意（☞ p.239-241），這裡用的是它的被動語義：

Э́та кни́га **чита́ется** мно́гими поколе́ниями.
這本書許多世代都讀過。
Объём статьи́ **определя́ется** а́втором.
論文份量由作者決定。

◆完成體動詞時 ➡ **быть**＋被動形動詞過去時短尾形

換言之，就是以被動形動詞過去時的短尾形，取代英語被動態〔be 動詞＋過去分詞〕中的過去分詞。不過，俄語通常會省略 быть 的現在時（被動形動詞過去時短尾形參考 ☞ p.257-258）：

Его́ портре́т **напи́сан** изве́стным худо́жником.
他的肖像畫是知名畫家畫的。
Но́вое зда́ние **бы́ло постро́ено** япо́нским архите́ктором.
新大樓是日本建築師建造的。
Магази́н **бу́дет откры́т** в суббо́ту.
商店週六開幕。

以下有幾個重點，請注意：

a）быть 過去時＋被動形動詞過去時中 быть 的有無

以下兩個句子都是被動態，意思是「房子蓋好了」。有哪裡不一樣呢？

Дом построéн.
Дом был построéн.

既然是被動形動詞過去時，表示行為已經發生，當然是過去的事；不過，也可以再追加 быть 的過去時：

Дом построéн. ➡ 焦點在於行為結果的現在狀態
Дом **был** построéн. ➡ 焦點在於過去發生的行為或狀態

上列例子的差異較不顯著，下列例子則能明顯看出差異：

Кни́га ужé напи́сана.
書已經寫好了。（現在的狀態）
Кни́га **былá** напи́сана в прóшлом годý.
書是去年寫的。（過去的行為）
Там **бы́ло** напи́сано э́то слóво.
那裡曾經寫了這個字。（過去的狀態）

b）-ся 動詞的使用條件

由未完成體 -ся 動詞構成的被動態句子的主語，原則上是第三人稱的非人物名詞。換言之，以「我」、「你」或「學生」、「少年」、「母親」等為主語的情況並不常見，但也不是沒有：

Герóи награждáются госудáрством.
英雄受到國家表揚。

c）不符合規定的動詞

雖然按規定，未完成體應該用 **-ся** 動詞，而完成體應該用被動形動詞過去時短尾，但也有以下的例外。值得注意的是，這些都只能在有限條件下使用，而且是書面語體。

◆未完成體的被動形動詞現在時短尾

Она́ **люби́ма** всéми. 她受大家疼愛。

◆完成體的 **-ся** 動詞

Егó пóдвиг не **забу́дется** нáми.

他的功績不會被我們遺忘。

d）成為被動態主語

原則上，擁有賓格補語（☞ p.59）的及物動詞才能夠改為被動，主動態句子的賓格補語到了被動態句子裡會變成主格主語。這時候表示「被（誰）～」的工具格名詞（就是以下例子的 Мари́ей）不需要特別提及，可以省略：

Мари́я уби́ла **Ива́на**.瑪麗亞殺了伊凡。（主動態）

➡ **Ива́н** был уби́т (Мари́ей).

伊凡被（瑪麗亞）殺了。（被動態）

不過，部分動詞的接格不是賓格，而是工具格。這時只要把主語賓語的格對調，再加上適合的動詞形式，就可以形成被動態：

Закóны управля́ют **госуда́рством**.

法律治國。（主動態）

➡ **Госуда́рство** управля́ется закóнами.

國家由法律所治。（被動態）

Э́ти лю́ди руково́дят клу́бом.
這些人領導社團。（主動態）

➡ Клуб руково́дится **э́тими людьми́**.
社團由這些人領導。（被動態）

e）沒有被動態的動詞

此外，不知原因為何，有些動詞就是沒有被動態。譬如знать「知道」，不管是用 -ся 動詞或被動形動詞，都無法變為被動態：

✕ В Кана́де зна́ется / зна́ем францу́зский язы́к.
在加拿大會法文。

要表示 знать 的被動態，要採用以下（2）介紹的方法。

（2）取代被動態

俄語被動態句子的構成方法種類繁多，還有許多例外及條件，不像英語那麼簡單，而且俄語有些動詞沒有被動態。

以下列舉幾種可以用來取代被動態的方法。雖然俄語不像英語那麼常用到被動態，但取代被動態的句型使用頻率卻相當高。

a）不定人稱句

特地使用被動態的理由之中是「漠視或忽略行為主體，而把焦點擺在句子的其他部分」。請看以下的句子：

Он был уби́т в Москве́. 他在莫斯科被殺了。

在例子中，的確有人殺了他，但焦點不在於「誰」，所以句子省略了這個部分。和這種不關注行為主體是「誰」的句型極為類似的就是不定人稱句（☞ p.386-387）：

Его́ **уби́ли** в Москве́. 他在莫斯科被殺了。

這個句子是主動態，但因為是不定人稱句，所以沒有主語。換言之，就不需要提到是「誰」。其他例子：

Кошелёк **укра́ли**.
（≒Кошелёк укра́ден.）
皮夾被偷了。

В Кана́де **испо́льзуют** францу́зский язы́к.
（≒В Кана́де испо́льзуется францу́зский язы́к.）
在加拿大使用法文。

總而言之，即使不特地變成被動態，「省略主語，使用（第三人稱）複數動詞」的不定人稱句也能表示被動。因此，不定人稱句也具有「被～」的被動態語義：

b）語序的倒置

「重要的事盡量擺在句子後面」是決定俄語語序的原理之一。由於英文對於語序有嚴格限制，無法隨意變換，所以常會為了「順語序」而使用被動態：

John killed Mary. 約翰殺了瑪麗。
➡ Mary was killed by John. 瑪麗被約翰殺了。

不過，俄語的語序很自由，可以移動字詞來符合「重要的敘述盡量擺後面」的原則，所以不必像英文那樣特別轉換：

Ива́н уби́л Мари́ю. 伊凡殺了瑪麗亞
➡ Мари́ю уби́л Ива́н. 瑪麗亞被伊凡殺了。

總之，俄語不需特地使用被動態，只要改變語序，盡量將重要敘述擺後面，就能夠突顯與被動態相同的含意。

第11章 形動詞與副動詞

形動詞是由動詞衍生的形容詞，在英語中，稱之為分詞。副動詞則是由動詞衍生的副詞。兩者的使用方法略顯複雜，但都屬於書面語體，所以一開始不必要求自己要會說、會寫，先以閱讀時看到這些詞類能看懂意思為優先考量。

1. 形動詞

(1) 四種形動詞

形動詞是由動詞衍生的形容詞。在英語中，就是所謂的分詞。分詞有現在分詞及過去分詞，正如以下例子所示。在俄語中，要以動詞修飾名詞時，就要變成形動詞。

正在跑的男孩　　**running** boy
寫好的短文　　**written** text

這裡的「正在跑的」、「寫好的」，從俄語文法的角度來看，就是形動詞。

此外，因為形動詞是由動詞衍生的形容詞，所以跟形容詞一樣，應配合所修飾對象的性、數、格來變格。形動詞變格請參考形容詞的形式（p.144-148）。

英語的分詞有現在分詞（-ing）與過去分詞（-ed）兩種，俄語的形動詞有以下四種。一般來說，字典不會把形動詞當成獨立詞條，不過形動詞的意思可以從原動詞來判斷。

形動詞	主動形動詞（＝英語的現在分詞）	現在 -щий （正在～的）例：「正在看書的男孩」、「正在游泳的選手」
		過去 -вший / -ший （～了的）例：「看了書的男孩」、「跌倒了的男孩」
	被動形動詞（＝英語的過去分詞）	現在 -мый （正被～的）例：「正被閱讀的書」、「正被疼愛的孩子」
		過去 -нный / -тый （被～了的）例：「被丟棄了的書」、「被罵了的政治家」

學習訣竅

閱讀時，一定要看懂形動詞。為了能分辨出形動詞的類型，請記住各種詞尾。

接下來就開始分別學習四種形動詞的用法。

（2）主動形動詞現在時

a）主動形動詞現在時的含意

意思是「正在～的」，用來修飾名詞：

чита́ющий ма́льчик
正在閱讀的小男孩
де́вочка, **игра́ющая** в па́рке
正在公園玩耍的小女孩

b）主動形動詞現在時的形式

由未完成體動詞第三人稱複數，去掉 -т，加上 -щий（p.190）所形成：

чита́ть 閱讀 ➡ чита́ют ➡ чита́ю- ➡ **чита́ющий**

писа́ть 寫 ➡ пи́шут ➡ пи́шу- ➡ **пи́шущий**

若是 -ся 動詞（☞ p.186-188），最後必須加上 -ся。-ся 就算在母音之後，也不會變成 -сь：

занима́ться ➡ занима́ются ➡ занима́ю-ся ➡ **занима́ющийся**
же́нщина, **занима́ющаяся** спо́ртом 正在運動的女性

變格與形容詞的混合變化 III（☞ p.147-148）一樣。

c）主動形動詞現在時的重音位置

◆第一變位動詞（-ющий / -ущий型）（☞ p.172-173）
與第三人稱複數一樣：

чита́ть 閱讀 ➡ чита́ют ➡ **чита́ющий**
иска́ть 尋找 ➡ и́щут ➡ **и́щущий**

◆第二變位動詞（-ящий / -ащий 型）（☞ p.178-179）
與不定式相同：

смотре́ть 看（➡ смо́трят）➡ **смотря́щий**
кури́ть 抽煙（➡ ку́рят）➡ **куря́щий**

◆第一變位與第二變位動詞的例外
不過，兩者都有例外（尤其是第二變位特別多，字典也會特別標示）：

люби́ть 愛 ➡ лю́бят ➡ **лю́бящий**
дыша́ть 呼吸 ➡ ды́шат ➡ **ды́шащий**

此外，第二變位動詞的正確重音位置不會只固定於一處：

варúть（水）煮 ➡ **вáря́щий**

◆其他的不規則變位動詞（☞ p.179）

хотéть 想要 ➡ **хотя́щий**
есть 吃 ➡ **едя́щий**

接下來再看幾個例句吧！請想想形動詞是修飾哪個名詞，並思考句型結構：

Я знáю инженéра, **рабóтающего** на э́том завóде.
我認識在這間工廠工作的技師。
Онá получúла письмó от сестры́, **живýщей** в Петербýрге.
她收到住在聖彼得堡的姊姊的來信。
У нас есть нéсколько студéнтов, **говоря́щих** по-рýсски.
我們有幾位會說俄語的學生。

補充

以主動形動詞現在時表示「做～的人」
主動形動詞現在時常會名詞化，意思是「做～的人」。

говоря́щий 說話的人、說話者
пúшущий 寫的人、書寫者

（3）主動形動詞過去時

a）主動形動詞過去時的含意

由未完成體（☞ p.195）衍生而來的主動形動詞過去時，有「過去進行」的意思，修飾名詞：

студéнт, **читáвший** там газéту
曾在那裡讀報紙的學生

由完成體（☞ p.195）衍生而來的主動形動詞過去時，則有「過去完成式」的意思：

де́ти, **приéхавшие** из рáзных стран
從各個國家過來了的（來自各國的）孩子們

b）主動形動詞過去時的形式

- 由未完成體動詞、完成體動詞衍生而來。

- 去掉過去時詞尾 -л（-ла, -ло, -ли），若最後是母音，加上 -вший：
  читáть 閱讀 ➡ читáл ➡ чита- ➡ **читáвший**

  若最後是子音，加上 -ший：
  принести́ 拿來 ➡ принёс ➡ **принёсший**

- идти́ 與加了前綴的 -йти 動詞，過去時變成 -шёл，但主動形動詞過去時卻是 -шéдший，屬於例外：
  идти́ 走（➡ шёл）➡ **шéдший**
  прийти́ 來（➡ пришёл）➡ **пришéдший**

- 不定式以 -сти 結尾，且人稱變位的詞幹末尾為 д, т 的動詞，變成 -дший, -тший：
  привести́ 領到 ➡（привёл）/ приведу́ ➡ **привéдший**
  приобрести́ 得到 ➡（приобрёл）/ приобрету́
  ➡ **приобрéтший**

- 若是 -ся 動詞，最後必須再加上 -ся。-ся 即使在母音後面，也不會變成 -сь：
  интересовáться 感興趣 ➡ интересовáлся ➡ интересовá-ся
  ➡ **интересовáвшийся**

жéнщина, в мóлодости **интересовáвшаяся** мýзыкой
年輕時對音樂感興趣的女性

變格與形容詞的混合變化 III（p.147-148）的類型一樣。

c）主動形動詞過去時的重音位置

- 過去時的詞幹以母音結尾（-вший 型）時，重音位置同不定式：

прочитáть 閱讀 ➡ прочитáл ➡ **прочитáвший**
начáть 開始 ➡ нáчал ➡ **начáвший**
продáть 賣 ➡ прóдал ➡ **продáвший**

- 過去時的詞幹以子音結尾（-ший 型）時，重音位置在 -ший前面。多數情況與過去時陽性相同，但也能不同：

нести́ 搬運 ➡ нёс ➡ **нёсший**
помóчь 幫助 ➡ помóг ➡ **помóгший**
умерéть 死 ➡ ýмер ➡ **ýмерший**

接下來再看幾個例句吧！請想想形動詞是修飾哪個名詞，並思考句型結構（動詞體的用法請見第8章p.195-199）：

Студéнт, **прочитáвший** кни́гу, вы́шел из аудитóрии. 完成體
那個看完書的學生從教室走了出來。

Студéнтка, **решáвшая** задáчу, стоя́ла у доски́ и писáла.
解題的女學生站在黑板前寫字。 未完成體

Студéнтка, **реши́вшая** задáчу, сéла и стáла писáть. 完成體
解出答案的女學生坐下來開始寫字。

（4）被動形動詞現在時

a）被動形動詞現在時的含意

意思是「正被～的」，用來修飾名詞：

чита́емая кни́га 正被閱讀的書

наибо́лее **употребля́емые** слова 最常被使用的單字

b）被動形動詞現在時的形式

- 由未完成體動詞（☞ p.190）第一人稱複數變位加上 -ый。
  -ся 動詞沒有被動形動詞現在時的形式：
  чита́ть 閱讀 ➡ чита́ем ➡ **чита́емый**
  изуча́ть 學習 ➡ изуча́ем ➡ **изуча́емый**
  люби́ть 愛 ➡ лю́бим ➡ **люби́мый**

- -авать 動詞第一人稱複數是 -аём，但它的被動形動詞現在時並非 -аёмый，而是 -ава́емый：
  дава́ть 給予（➡ даём）➡ **дава́емый**
  преподава́ть 教導（➡ преподаём）➡ **преподава́емый**

  變格與形容詞的硬變化 I（☞ p.144）相同。

c）被動形動詞現在時的重音位置

- 原則上與不定式相同
  чита́ть 閱讀 ➡ чита́ем ➡ **чита́емый**
  люби́ть 愛 ➡ лю́бим ➡ **люби́мый**

- -овать 動詞與第一人稱複數相同
  рисова́ть 畫畫 ➡ рису́ем ➡ **рису́емый**
  тре́бовать 要求 ➡ тре́буем ➡ **тре́буемый**

接下來再看幾個例句吧！請想想形動詞是修飾哪個名詞，並思考句型結構：

На́ша библиоте́ка получа́ет мно́го газе́т, **издава́емых** в ра́зных страна́х.
我們的圖書館收到在不同國家發行的（＝被發行的）許多報紙。

Смотри́те спи́сок предме́тов, **изуча́емых** на пе́рвом ку́рсе.
請看一年級正在學的（＝正被一年級學生學的）科目列表。

與一般被動式句子（☞ p.242-243）一樣，行為主體使用名詞工具格：

Зада́ча, **реша́емая учёными**, о́чень трудна́.
學者們在解決的（正被學者們解決的）問題非常困難。

Пробле́ма, **изуча́емая специали́стами**, о́чень важна́.
專家們在研究的（正被專家們研究的）問題非常重要。

Кни́га, **чита́емая студе́нтом**, о́чень интере́сна.
那位學生在閱讀的（＝正被那位學生閱讀的）書很有趣。

被動形動詞現在時通常不只是單純表示被動，也包含「可以、能夠」的意思：

В не́бе показа́лся спу́тник, **ви́димый** невооружённым гла́зом.　天空中出現肉眼能看見的衛星。

Как писа́ть легко́ **чита́емый** текст?
該如何撰寫能讓人輕鬆看得懂的文章？

（5）被動形動詞過去時

a）被動形動詞過去時的含意

意思是「（以前）被～的」，用來修飾名詞：

недáвно **пострóенный** дом 不久前蓋好的房子
кни́га, **взя́тая** в библиотéке 在圖書館借的（被借的）書

跟其他的形動詞不同，這類型的短尾形式（☞ p.148-154）使用頻率高。被動形動詞過去時短尾主要用於被動式（被動式請參考☞ p.242-246）：

Дом был пострóен. 房子被蓋好了。

b）被動形動詞過去時的形式與重音位置

- 主要由完成體動詞（☞ p.190）構成。也有可能由未完成體構成，不過仍以完成體為主。此外，-ся 動詞無法構成被動形動詞過去式。

- 形式為 -нный 或 -тый 其中一種。構成規則大致可分為兩大類，但有些細節要特別注意，請牢記：

◆-нный 形

- 不定式為 -ать, -ять 的動詞，在過去時詞幹加 -нный。原則上重音位置與不定式相同，不過不定式重音在詞幹末尾母音上時，會往前一個音節移動：
  сдéлать 做 ➡ сдéлал ➡ **сдéланный**
  написáть 寫 ➡ написáл ➡ **напи́санный**
  потеря́ть 失去 ➡ потеря́л ➡ **потéрянный**

- 不定式為 -ить, -еть 的第二變位動詞，會在第一人稱單數的詞幹加上-енный。重音位置與第二人稱單數相同，但重音在詞尾時，則變成 -ённый。跟第一人稱單數一樣，會有子音交替的現象（☞ p.14-15）：
  встрéтить 遇見
  ➡ встрéчу / встрéтишь ➡ **встрéченный**

получи́ть 接受

➡ получу́ / полу́чишь ➡ **полу́ченный**

купи́ть 買

➡ куплю́ / ку́пишь ➡ **ку́пленный**

просмотре́ть 瀏覽

➡ просмотрю́ / просмо́тришь ➡ **просмо́тренный**

повтори́ть 重複

➡ повторю́ / повтори́шь ➡ **повторённый**

請注意，子音交替也可能跟第一人稱單數不同：

уви́деть 發現 ➡ уви́жу / уви́дишь ➡ **уви́денный**

освободи́ть 解放，釋放

➡ освобожу́ / освободи́шь ➡ **освобождённый**

- 不定式以 -ти, -сть, -чь 結尾的動詞會變成 -ённый：

принести́ 拿來 ➡ **принесённый**

привезти́ 運來 ➡ **привезённый**

不過，也有以下例外：

◆-**тый** 形

- 變成 -**тый** 的動詞可分為好幾種類型，請各別牢記。原則上重音位置跟不定式相同：

-рыть ：закры́ть 關閉 ➡ **закры́тый**

-мыть ：умы́ть 清洗 ➡ **умы́тый**

-нуть ：дости́гнуть 達成 ➡ **дости́гнутый**

-нять ：поня́ть 理解 ➡ **поня́тый**

-шить ：сши́ть 縫合 ➡ **сши́тый**

-бить ：уби́ть 殺 ➡ **уби́тый**

-быть ：забы́ть 忘記 ➡ **забы́тый**

- 以下的例子則要特別注意重音位置

-олоть 動詞的重音變成 -о́лотый：

раскол́оть 敲破 ➡ **раско́лотый**

-нуть 動詞的重音會往前一個音節移動：
согну́ть 彎曲 ➡ **со́гнутый**
подчеркну́ть 強調 ➡ **подчёркнутый**

- 需要另外牢記的動詞還有：
взять 拿 ➡ **взя́тый**
оде́ть 穿上 ➡ **оде́тый**

-нный 形、-тый 形的變格都跟形容詞硬變化 I（☞ p.194）相同。

c）被動形動詞過去時短尾的形式

被動形動詞跟其他形動詞不同，經常以短尾形表示被動式（☞ p.242-246），所以最好先記住短尾的形式。

- 長尾是 -нный 的，短尾減去一個 н；變成 -н, -на, -но, -ны：
сде́лать 做
➡ сде́ланный ➡ **сде́лан / сде́лана / сде́лано / сде́ланы**

- 長尾是 -ённый 的，短尾的重音一定在詞尾：
разреши́ть 允許 ➡ разрешённый
➡ **разрешён / резрешена́ / разнерешено́ / разрешены́**

> **學習訣竅**
> 被動形動詞的規則複雜，且有許多例外，需要多加注意。字典通常會標示每個形式，請一一確認並牢記。

再舉幾個例子。在此只舉修飾名詞的例句（短尾的被動式例句請參考☞ p.242-243）：

Он слу́шал свой го́лос, **запи́санный** на CD.
他聽了自己錄在 CD 裡的聲音。

В магази́не, **откры́том** неда́вно на на́шей у́лице, есть мно́го книг.　我們街上新開的店裡有許多書。

Из письма́, **полу́ченного** вчера́, я узна́л, что ма́ма ско́ро прие́дет в Япо́нию.

從昨天收到的（＝被收到的）信中，我得知媽媽不久就要來日本了。

跟被動形動詞現在時一樣，行為主體以工具格表示（☞ p.63）：

Статья́, **напи́санная** мои́м бра́том, всем понра́вилась.

我哥哥寫的論文大家都喜歡。

Ве́чер, **организо́ванный** на́шими студе́нтами, прошёл хорошо́.　我們學生舉辦的派對進行得很順利。

На не́бе, **покры́том** облака́ми, не́ было ви́дно луны́.

被雲覆蓋的天空看不到月亮。

（6）形動詞與關係代詞的差異

形動詞與關係代詞（☞ p.125-129）兩者功能相似，不過也有許多細微的差異，因此事先瞭解彼此的差異非常重要。

a）變格

形動詞屬於形容詞，變格需與所修飾的名詞一致，但關係代詞 кото́рый 會依關係子句中的功能變格。

請看以下例子，這裡修飾的名詞是 друг ：

Мне звонил друг **, читающий** много книг. 讀了許多書的朋友打電話給我。 Я позвонил другу **, читающему** много книг. 我打電話給讀了許多書的朋友。 Я встретил друга **, читающего** много книг. 我跟讀了許多書的朋友見面。 Я разговаривал с другом **, читающим** много книг. 我跟讀了許多書的朋友交談。 Я вам говорю о друге **, читающем** много книг. 我告訴您關於讀了許多書的朋友的事。	**, который** читает много книг.

因此，形動詞就是修飾 друг 的形容詞，性、數、格都要與 друг「朋友」一致。不過，用關係代詞表示「讀了許多書的」時，則一律用主格，因為不論前面子句的狀況如何，關係代詞 котóрый 在後面子句中，動詞謂語 читáет 的主語（但是 котóрый 使用陽性單數，是配合先行詞 друг 來的）。

另外，形動詞在這裡雖然代表後面子句的主語（即 друг 在後面子句的角色），但它的變格還是跟前一句中所修飾的名詞一樣，而關係代詞隨著在關係子句中的功能不同，而使用不同的格。

Мне звони́л друг, **котóрому** я писáл.（писáл 的間接補語）
我給寫信的朋友打電話給我。

Мне звони́л друг, **котóрому** я помогáл.（помогáл 的間接補語） 我幫過忙的朋友打電話給我。

Мне звони́л друг, **о котóром** я говори́л.（前置詞 о 的補語）
我說過的那個朋友打電話給我。

Я ви́дел инженéра, **котóрому** вчерá онá звони́ла.
（звони́ла 的間接補語） 我看到了她昨天致電的工程師。

Там рабóтает жéнщина, **с котóрой** он живёт.（前置詞 с 的補語） 跟他一起住的女人在那裡工作。

Э́то тот человéк, и́мя **котóрого** знáют все.（имя 的所有者）
這位是大家都知道他名字的人。

b）語序

關係子句一定擺在修飾的名詞後面：

ю́ноша, **кото́рый чита́ет** 正在閱讀的青年
ю́ноша, **кото́рый чита́ет газе́ту** 正在看報紙的青年

但是形動詞可以放在修飾的名詞之前或之後：

чита́ющий ю́ноша 正在閱讀的青年
ю́ноша, **чита́ющий газе́ту** 正在看報紙的青年

英語也是一樣，如以下例句所示，分詞可以擺在修飾的名詞之前或之後：

a **running** boy 正在跑的男孩
a boy **running very fast** 跑得非常快的男孩

不過，如果按照英語的文法，若只有分詞一個字的話，就同第一個例子，擺在名詞前面；如果有兩個字以上時，就同第二個例子，擺在名詞後面。但俄語形動詞就算是兩個字以上，還是可以如以下的例子，擺到名詞前面：

чита́ющий газе́ту ю́ноша 正在看報紙的青年

補充

形動詞子句與逗號

請留意逗號（,）的標示方法。形動詞在名詞前面時，不需要逗號；可是形動詞在名詞後面時，要標注逗號，以區隔形動詞子句：

Реши́вший зада́чу учени́к подошёл к учи́телю.
Учени́к, **реши́вший** зада́чу, подошёл к учи́телю.
解完習題的學生朝老師走去。

Идёт не **прекраща́ющийся** в тече́ние двух су́ток дождь.
Идёт дождь, не **прекраща́ющийся** в тече́ние двух су́ток.
雨連下了兩天。

2. 副動詞

（1）兩種副動詞

如字面所言，**副動詞**是由動詞衍生的副詞，表示在某個動作發生之際，又有別的動作發生。可類比為英語分詞構句的現在分詞：

Listening to the radio, he was reading a book.
Having read the book, he went away.

在俄語中，這些句子的 Listening 或 Having read 會使用副動詞。副動詞有**未完成體副動詞**與**完成體副動詞**兩種。因為副動詞在閱讀時常常出現，所以請先記住詞尾的形式，便能迅速辨別出來。

字典一般並不會標示副動詞，所以要從原來的動詞推測含意。通常從詞尾形態就能判別是哪種副動詞，所以請把詞尾記起來。

副動詞	未完成體動詞 （＝副動詞現在時、英語的-ing）	現在時「邊～邊～」 例：「邊看書」、「邊走路」、「邊吃飯」等	-я -а
	完成體副動詞 （＝副動詞過去時、英語的having-ed）	過去時「～後」 例：「吃飯以後」、「看完書後」等	-в -вши -ши

未完成體與完成體的使用方法請參考第8章（☞ p.195-199）。

（2）未完成體副動詞（副動詞現在時）

接下來介紹兩種副動詞的使用方法與句型結構。副動詞一定要加上逗號和主要子句區隔。

a）未完成體副動詞的含意

意思是「邊～邊～」，表示跟主要子句的主詞同時做這兩個動作，相當於英語的-ing：

Игра́я в ша́хматы, они́ слу́шали ра́дио.
他們一邊下棋，一邊聽廣播。

Гуля́я в па́рке, ма́тери говоря́т о свои́х де́тях.
母親們一邊在公園散步，一邊聊著自己孩子的事。

b）未完成體副動詞的形式

◆構成方式

由未完成體動詞（☞ p.190）衍生而來。去掉非過去時（☞ p.172）的第三人稱複數（☞ p.182-186）詞尾 -ют, -ут, -ят, -ат，加上 -я 所構成。但根據正字法（☞ p.12-13）的規則，ж, ч, ш, щ 後面不能是 я，所以要換成 -а：

чита́ть 閱讀 ➡ чита́ют ➡ чита- ➡ **чита́я**
говори́ть 說話 ➡ говоря́т ➡ говор- ➡ **говоря́**
слы́шать 聽到 ➡ слы́шат ➡ слыш- ➡ **слы́ша**

-ся 動詞則依上述規則，除去 -ся 做變位，最後再加上 -ся：

занимáться 做、從事
➡ занимáются ➡ занимá-ся ➡ **занимáясь**

在母音後面變成 -сь。

補充

-авать 動詞第三人稱複數是 -аю́т，但副動詞是 -авáя。與被動形動詞的現在時一樣，屬於例外（☞ p.253-254）：
давáть 給予（➡ даю́т）➡ **давáя**
вставáть 起來（➡ встаю́т）➡ **вставáя**

быть 的副動詞也是例外，變成 **будучи**。

◆重音位置

原則上重音位置跟第一人稱單數一樣：

читáть 閱讀 ➡ читáю / читáют ➡ **читáя**
смотрéть 看 ➡ смотрю́ / смóтрят ➡ **смотря́**
голосовáть 投票 ➡ голосу́ю / голосу́ют ➡ **голосу́я**
ви́деть 看見 ➡ ви́жу / ви́дят ➡ **ви́дя**
проси́ть 請託 ➡ прошу́ / прóсят ➡ **прося́**

不過，重音位置有很多例外，請個別記住：

стоя́ть 站著 ➡ стоя́т（стою́）➡ **стóя**
сидéть 坐著 ➡ сидя́т（сижу́）➡ **си́дя**
лежáть 躺著 ➡ лежáт（лежу́）➡ **лёжа**

舉一些例子參考。原則上未完成體副動詞表示同時發生的動作：

Я сижу́ у окнá, **читáя** кни́гу. 我坐在窗邊看書。

Идя́ домóй, он встрéтил своегó учи́теля.
他在回家途中，遇見自己的老師。

Зáвтра, **возвращáясь** с прогу́лки, я зайду́ к Ивáну Ивáновичу.
明天散步回家時，我要順便去找伊凡·伊凡諾維奇。

11 形動詞與副動詞

（3）完成體副動詞（副動詞過去時）

a）完成體副動詞的含意

意思是「～後」，表示主語在做主要子句的動作之前，先做了副動詞的動作。相當於英語 having, -ed：

Поу́жинав, я пое́хал в теа́тр.

吃過晚餐後，我出發去劇場。

Око́нчив университе́т, он бу́дет инжене́ром.

大學畢業後，他將成為工程師。

b）完成體副動詞的構成方式

◆形式與重音位置

原則上這類副動詞由完成體動詞（☞ p.189）構成，有時也會使用未完成體副動詞的詞尾，用來表示過去的事件。不過，後者在現代俄語屬於少數，大部分構成方式是去掉過去時詞尾 -л，再視末尾音加上下列詞尾：

- 末尾是母音

加上 -в 或 -вши。-в 或 -вши 都可以使用，但是 -в 在現代俄語較常見。重音位置跟不定式相同：

прочита́ть 閱讀 ➡ прочита́л ➡ прочита- ➡ **прочита́в(ши)**

сказа́ть 說 ➡ сказа́л ➡ сказа- ➡ **сказа́в(ши)**

зако́нчить 結束 ➡ зако́нчил ➡ закончи- ➡ **зако́нчив(ши)**

- 末尾是子音

加上 -ши。重音位置跟陽性過去時一樣：

принести́ 拿來 ➡ принёс ➡ **принёсши**

помо́чь 幫助 ➡ помо́г ➡ **помо́гши**

запере́ть 關閉 ➡ за́пер ➡ **за́перши**

- -ся 動詞

-ся 動詞得變成 -вшись（母音之後）或 -шись（子音之後）：

верну́ться 回來 ➡ верну́лся ➡ верну-ся ➡ **верну́вшись**
обже́чься 燒傷 ➡ обжёгся ➡ **обжёгшись**

◆形式或重音位置是例外的副動詞

不過，也有許多的例外。例如 идти́「走」加前綴所形成的完成體副動詞用 -ше́дши 當詞尾：

прийти́ 來 ➡（пришёл）➡ **прише́дши**（舊式用法）

-сти 結尾的不定式動詞中，非過去時（☞ p.172）д 或 т 的部分會變成 -дши, -тши：

привести́ 帶來 ➡ привёл（приведу́）➡ **приве́дши**（舊式用法）
зацвести́ 開始開花 ➡ зацвёл（зацвету́）➡ **зацве́тши**

◆使用未完成體副動詞的結構

即使是完成體副動詞，但也可能使用未完成體副動詞的形式 -я / -а。請務必記住這是完成體副動詞。

- идти́「（用腳）走、去」、нести́「手持、抱、徒手搬運」、вести́「帶著、扶著」、везти́「利用交通工具搬運」加前綴所形成的完成體動詞
  принести́ 拿去 ➡ принёс ➡ **принеся́ / принёсши**
  прийти́ 來 ➡（пришёл）➡ **придя́ / прише́дши**
  перевести́ 移動 ➡（перевёл）➡ **переведя́ / переве́дши**
  увезти́ 搬去 ➡ увёз ➡ **увезя́ / увёзши**

- 其他幾個動詞
  уви́деть 看見 ➡ уви́дел ➡ **уви́дя / уви́дев**
  встре́титься 見面 ➡ встре́тился ➡ **встре́тясь**（舊式用法）/ **встре́тившись**

услы́шать 聽 ➡ услы́шал ➡ **услы́ша**（舊式用法）/ **услышав**

每種形式都有可能，在現代 **-я** / **-а** 的形式較常見。

再舉幾個例子供參考。原則上，只要副動詞所表示的動作發生在主要子句的動作之前，就使用完成體副動詞：

Зако́нчив рабо́ту, мы бу́дем отдыха́ть.

工作結束後，我們要休息。

Прочита́в газе́ту, я лёг спать.

看完報紙後，我上床睡覺。

Верну́вшись домо́й, я заста́л у себя́ госте́й.

我回到家後，正巧碰上客人來訪。

> **學習訣竅**
>
> 完成體副動詞與主動形動詞過去時在重音位置及不規則變化這兩方面（構成方式參考 ☞ p.250-252）極為相似，請一併記住。

（4）副動詞的注意事項

a）副動詞的含意

副動詞子句是附屬子句，一定要用逗號與主要子句區隔開來。使用未完成體副動詞時，表示「副動詞與主要子句的動作同時發生」：

Возвраща́ясь домо́й, он купи́л кни́гу.

他在回家途中買了書。

使用完成體副動詞時，表示「副動詞的動作發生在主要子句的動作之前」：

Верну́вшись домо́й, он посмотре́л кинофи́льм.

他回到家後看了電影。

使用俄語時，基本上可以這樣解釋，但如果翻成中文，則需要辨別副動詞子句與主要子句之間的邏輯關係，比如理由、條件、轉折等，這比時間關係更為重要。

Не зна́я его́ а́дреса, я не мог посла́ть ему́ кни́гу.
因為不知道他的地址，所以我無法寄書給他。（理由）

Зна́я э́ти слова́, вы могли́ бы всё перевести́.
如果你懂這些字，就能翻譯全部的東西了。（條件）

Живя́ в Аме́рике, я не счита́ю себя́ америка́нцем.
雖然住在美國，但我不認為自己是美國人。（轉折）

b）副動詞的主語

副動詞子句並不會標示主語，但一定跟主要子句的主語一致：

Чита́я кни́гу, **он** слу́шает ра́дио.
他邊看書，邊聽廣播。

看書和聽廣播的主語都是「他」。

不過，在部分慣用句中，也有可能兩個子句的主詞是不同的。尤其是這裡舉的「～говоря́」句型，不只形式多樣，使用頻率也高：

Открове́нно говоря́, **она́** вас не понима́ет.
說真的，她不懂你說的話。

說的主語是「發言者」，聽不懂的主語是「她」。

Он зна́ет кита́йский язы́к, **не говоря́ уже́ о** ру́сском.
他會說中文，更不用說（也會）俄文了。

懂中文的主語是「他」，沒有標示出來的主語是「發言者」。

第12章 副詞與狀語

包括俄語在內的許多語言中，副詞的種類不僅比名詞、形容詞、動詞更為繁雜，與其他詞類的界線也曖昧不清。因此，本章節不會聚焦於「副詞的定義」，而是將重點擺在能做狀語（句中表示狀態的成分）的字詞上，加以整理並解釋各個用法。

1. 狀語

從縝密的歷史角度來看，俄語的副詞全是由名詞或動詞等其他詞類衍生而來。確實也有почти́「幾乎」、так「像這樣」這類乍看之下與其他詞類無關的副詞，不過如果多少懂點俄語，就會知道多數副詞和其他詞類間的關聯。譬如хорошо́「好」明顯與形容詞的хоро́ший有關，ве́чером「在晚上」是由名詞ве́чер衍生而來，ле́том「在夏天」是由名詞ле́то變化而來。

這些單字究竟是副詞、形容詞還是名詞，眾說紛云。不過，本章節一律把這些單字視為**狀語**（☞ p.349-350）來介紹，不論是修飾動詞、形容詞、其他副詞或整個句子，全部列為說明對象。此外，像в суббо́ту「在星期六」或пе́рвого апре́ля「在4月1日」這種由不同詞類合成的詞組（前者是〔前置詞＋名詞賓格〕、後者是〔序數詞的屬格＋月份的屬格〕），因為具備副詞（譬如тогда́）的功能，所以視為狀語，都是本章節解說的對象。

2. 各種副詞與狀語

以下依用法分類整理各種狀語：

（1）狀態

修飾行為、動作的副詞是狀語的一種。光是主要的狀語就有好幾個種類：

Самолёты лета́ют **бы́стро**. 飛機快速飛行。

Он **хорошо́** у́чится. 他書念得很好。

Она́ поёт **по-америка́нски**. 她正以美語唱歌。

a）對應的指示詞與疑問詞

i）指示詞 так（таки́м о́бразом）「如此、就像這樣」

指示詞 так 表示「如此、就像這樣」，並未具體指明狀態：

Так рабо́тает наш компью́тер.
我們的電腦是這樣運作的。

也有 таки́м о́бразом「如此、就像這樣」的說法：

Конфере́нция проводи́лась **таки́м о́бразом**.
會議如此進行。

ii）疑問詞 как（каки́м о́бразом）「如何地」

用疑問詞 как「如何」的問題，與 так 相對應的問句通常會：

Как она учится?
她書讀得如何呢？

也有 каки́м о́бразом「如何」的說法：

Каки́м о́бразом произошло́ всё э́то?
這一切是如何發生的？

b）從形容詞衍生而來

多數的俄語狀態副詞是從形容詞衍生而來。可以利用以下例子認識主要類型：

i）短尾形容詞中性形

直接以性質形容詞（☞ p.133-134）短尾中性形當狀態副詞使用。這類副詞在俄語中佔大多數：

бы́стрый ➡ бы́стро 快速地　ме́дленный ➡ ме́дленно 慢慢地
гро́мкий ➡ гро́мко 大聲地　ти́хий ➡ ти́хо 小聲地
хоро́ший ➡ хорошо́ 好地　плохо́й ➡ пло́хо 不好地
горя́чий ➡ горячо́ 熱烈地　могу́чий ➡ могу́че 強力地

中性短尾形式的構成方法請參考☞ p.148-149（也請參考☞ p.142）：

Он **пло́хо** говори́т по-ру́сски. 他俄語說得不好。
Он **горячо́** лю́бит своего́ сы́на. 他熱愛兒子。

如果狀態副詞是由性質形容詞衍生而來，則比較級和形容詞的單一比較級（☞ p.156-159）一樣：

Он говори́т **быстре́е**. 他話說得更快。
Говори́ **гро́мче**. 說大聲一點。

有一部分副詞雖然是由形動詞（第 11 章☞ p.247-261）衍生而來，但這類形動詞多半都已經形容詞化，所以這個類型的副詞應視為是從形容詞衍生而來才對。字典通常會以形容詞的形式作為詞條：

торже́ствующе 得意洋洋地 ➡ торже́ствующий
умоля́юще 懇求地 ➡ умоля́ющий

неожи́данно 意想不到地 ➡ неожи́данный

ii) -ски 形

由於 -ский 形的關係形容詞（☞ p.143）無法生成短尾形態，所以它們的副詞變成 -ски 形：

экономи́ческий ➡ экономи́чески 經濟上
логи́ческий ➡ логи́чески 邏輯上
теорети́ческий ➡ теорети́чески 理論上
практи́ческий ➡ практи́чески 事實上

此外，用來比喻人或民族、國民、市民，表示「像～的、～風格的、～形式的」的形容詞，可以在字首加上 по-，構成副詞 по- ... -ски (-цки)。這種副詞也可用來修飾名詞：

Они́ живу́т **по-челове́чески**. 他們活得像個人。
Они́ веду́т себя́ **по-де́тски**. 他們的行為表現像孩子一般。
Он рабо́тает **по-сове́тски**. 他工作的方式很蘇聯（指工作態度散漫）。
десе́рт **по-токи́йски** 東京風的甜點。
Рождество́ **по-неме́цки** 德式聖誕節

也可以由 -ий 型的物主形容詞（☞ p.164-166）構成這類副詞：

по-медве́жьи 像熊似地　　по-соба́чьи 像狗似地

iii) по＋與格

無法利用以上方法構成副詞的關係形容詞，只要在陽性與中性的與格前面加上 по-，就可形成副詞：

другóй ➡ по-другóму 以別的方法
зи́мний ➡ по-зи́мнему 照冬天那樣
пре́жний ➡ по-пре́жнему 像以前那樣
рáзный ➡ по-рáзному 不同地
воéнный ➡ по-воéнному 軍隊式地
дорóжный ➡ по-дорóжному 行旅地、旅行用地

也可以用第一人稱和第二人稱的物主代詞（p.106-110）構成這類副詞：

по-мóему 以我的方法　　по-твóему 以你的方法
по-нáшему 以我們的方法　　по-вáшему 以你們的方法
по-свóему 以自己的方法

＊和一般與格（моемý, твоемý, своемý）的重音位置不同，請多留意。

（2）時間

和時間有關的狀語可以分成下列幾個類型：

a）表示時間的狀語

表示行為或動作所發生的時間。用來回答 когдá 的問題：

i）以「現在」為基準的副詞

тогдá 那時候　　сейчáс 現在　　тепéрь 現在、現下
покá 目前（還）　　потóм 後來

сейчáс, тепéрь, покá 都是意指「現在」的時間副詞。тепéрь 表示「從過去到現在經歷的變化，也就是跟以前不一樣」，常翻譯為「現在、現下」。покá 則表示「從現在到未來會有的變化，也就是將來可能和現在不一樣」，多翻譯為「目前（還）、當前」。相對而

言，сейча́с 的意思就很單純，沒有任何變化的含意，可以說是無色透明的「現在」：

Тепе́рь он изве́стный писа́тель.
他現在是知名作家。（和以前不同）

Пока́ я пло́хо понима́ю по-ру́сски.
現在我還不是很懂俄語。（將來應該會懂吧！）

Сейча́с я рабо́таю в То́кио.
現在我在東京工作。（與過去和將來都無關）

補充

表示處所的副詞（☞ p.281）中，有像 сюда́「來這裡」或 отту́да「從那裡到」等表示目的地、到達地點或起點的單字，但並沒有能夠表示時間起訖的副詞，因此可用以下各種詞組來表示：

с ны́нешнего вре́мени 從現在開始　**с тех пор** 從那時開始
до сих пор 到目前為止　**до того́ вре́мени** 到那時候為止

ii) 以「今天」為基準的副詞

сего́дня 今天　вчера́ 昨天　за́втра 明天
позавчера́ 前天　послеза́втра 後天

補充

以上這些單字都不是名詞，所以需要「今天、昨天、明天」等名詞時，就把這些字的形容詞拿來修飾 день「日」，變成 сего́дняшний день, вчера́шний день, за́втрашний день：

На́до ду́мать о за́втрашнем дне.
關於明天的事需要好好思考。

iii) ра́но「早」、по́здно「晚」

Он пришёл **ра́но**. 他很早就來了。

它們都與 ра́нний, по́здний 的短尾中性形相似，不過還是有細微差異。這兩個字的中性短尾形是ра́нне, по́здне。

iv) 時間

這類狀語用來表示行為或動作發生的時間，相應的疑問詞是 во ско́лько 或 когда́。表示時間時，例如「兩點十分」，可用定量數詞 два часа́ де́сять мину́т（p.334-345）和順序數詞 де́сять мину́т тре́тьего（p.372-373）。兩種方法都屬於狀語，但說法上略有差異，在此特別整理說明。

◆使用基數詞表示時間

〔в＋時（賓格）＋分（賓格）〕

「時」與「分」都使用賓格：

－**Во ско́лько (Когда́)** вы встаёте?「您幾點起床？」

－Я встаю́ **в семь часо́в три́дцать мину́т**.

「我 7 點 30 分起床」

雖然接的是賓格，但因為是數詞，所以只有 одна́ мину́та「一分鐘」有明顯變格（數詞的變格請參考第 15 章p.314-344）：

Он прие́хал **в пять часо́в одну́ мину́ту**.

他在 5 點 1 分到達。

若提到「早上的」、「晚上的」等特定時段，以屬格修飾前面的時間：

в шесть часо́в **утра́ / ве́чера** 早上／傍晚 6 點

в двена́дцать часо́в **дня / но́чи** 中午／凌晨 12 點

◆使用序數詞表示時間

〔в＋分（賓格）＋時（屬格序數詞）〕

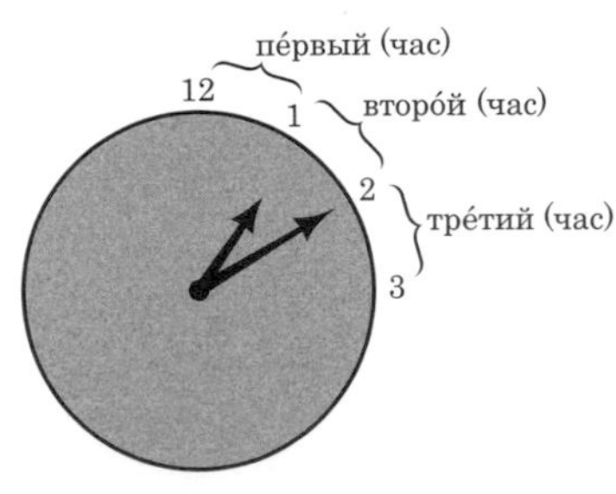

「分」使用賓格，「時」則用屬格。以序數詞表示時間的方法：0 時～1 時的 0 點時段用 пéрвый「第一個（小時）」，1 時～2 時的 1 點時段的說法用 вторóй「第二個（小時）」，序數詞會比所表示的時間晚一小時，請務必留意：

в трúдцать минýт девя́того
8 點 30 分
в однý минýту шестóго
5 點 1 分

половúна「半、30 分」（☞ p.378-379）在表示時間時，要用 в половúне（前置格），但 чéтверть「15 分（四分之一）」（☞ p.378-379）則用 в чéтверть（賓格）：

в **половúне** пéрвого　12 點半
в **чéтверть** пéрвого　12 點 15 分

不過，雖然同樣都表示「半」，但如果是 пол-（另外參考☞ p.379）與序數詞的合成字，則使用屬格：

в **полдеся́того** 9 點半　　в **полдвенáдцатого** 11 點半

〔в＋序數詞（前置格）＋часý〕表示「過了～點」。часý 是 час「時」的第二前置格（☞ p.71-72）：

в пéрвом часý 過了 12 點　　**в пя́том часý** 過了 4 點

v）星期

這類狀語用來表示行為或動作發生在星期幾，相應的疑問詞為 в какóй день недéли 和 когдá。

◆в＋星期（賓格）

－**В какóй день недéли (Когдá)** вы приéхали в Тóкио?
「您是星期幾到東京的？」

－**Во втóрник. / В срéду**.
「星期二／星期三」

vi）日期

這類狀語用來表示行為或動作發生的日期，相應的疑問詞為 какóго числá 或 когдá。

◆日期（屬格）

表示日期的序數詞要用屬格。

－**Когдá (Какóго числá)** роди́лся ваш сын?
「您的兒子是哪天出生的？」

－Он роди́лся **пéрвого октября́ две ты́сячи деся́того гóда**.　「他是 2010 年 10 月 1 日出生的」

如果後面還有月份或年份，請使用屬格。日期的屬格帶有副詞的含意，表示「在～日」；月份和年份的屬格用來修飾前面的「日」表示「～年～月的（何日）」（屬格用法請參考☞ p.38-47）。

沒有日期，單純表示「在～月」、「在～年」時，句型是〔в＋年／月（前置格）〕：

в **январé** (двухты́сячного гóда)（2000 年的）1 月

в ты́сяча девятьсо́т девяно́сто пя́том **году́** 1995 年

vii） 一天中的時段

表示一天各個時段的副詞，請和它們原來的名詞一起記起來：

у́тро ➡ у́тром （在）早上
день ➡ днём （在）中午
ве́чер ➡ ве́чером （在）傍晚、晚上
ночь ➡ но́чью （在）夜裡、深夜

У́тром я не открыва́л окна́.
早上我沒有開窗。
Но́чью он мно́го пьёт.
他在夜裡喝了許多酒。

這些狀語雖是採用名詞工具格的形式，不過字典通常會將它們視為副詞，列為獨立詞條，與原本的名詞區分開來（工具格請參考 p.61-69）。另外，也可能加入其他狀語來進一步限定時間範圍：

Вчера́ ве́чером он пришёл домо́й вме́сте с дру́гом.
他昨晚跟朋友一起回家。
В воскресе́нье у́тром я вста́ла по́здно.
我星期日早上起床起得晚。
У́тром **пе́рвого января́** никто́ не рабо́тает.
1 月 1 日早上大家都不上班。
Он пришёл домо́й **по́здно** ве́чером.
他晚上很晚才回到家。

有時候也會像名詞那樣，以形容詞來修飾或限定：

Ле́тним у́тром мы гуля́ли по пля́жу.
夏日早晨，我們在海邊散步。

viii）季節

以下是表示季節的副詞，最好和它們原本的名詞一起記住。這些狀語雖然都是名詞工具格，不過字典常將它們視為副詞，列為獨立詞條，與原本的名詞區分開來：

весна́ ➡ весно́й 春天（時）
ле́то ➡ ле́том 夏天（時）
о́сень ➡ о́сенью 秋天（時）
зима́ ➡ зимо́й 冬天（時）

В Япо́нии учёбный год начина́ется **весно́й**.
在日本，學年在春天開始。
Ле́том 1991 го́да произошёл переворо́т.
1991 年夏天發生了政變。

b）時間的長度

這類狀語用來表示行為或動作持續時間長度。詢問時間長度的疑問詞是 как до́лго或 ско́лько вре́мени 等：

Как до́лго (**Ско́лько вре́мени**) вы жи́ли там?
你在那裡住了多久的時間呢？

i）до́лго「長時間」、давно́「許久」

до́лго 單純表示很長的時間，давно́ 則意指行為時間持續到現在（或持續到過去的某個時間點）：

Я вчера́ **до́лго** рабо́тал.
我昨天工作了很長一段時間。
Я здесь **давно́** рабо́таю.
我在這裡工作很久了。

Я там **давно́** рабо́тал.
我曾在那裡工作了很久。

Я **давно́** не курю́.
我很久沒抽菸了。

和上面「抽菸」的例子相比，如果 давно́ 是用在過去時否定句，則意指「雖然很久沒抽菸，但是又再次抽了菸」或「可能再開始抽菸」：

Я **давно́** не кури́л.
我很久沒抽菸了。

若搭配完成體動詞過去時，有「行為結果歷經很長的時間，一直留存到現在」的含意：

Она́ уже́ **давно́** прие́хала в Москву́.
她到莫斯科來已經很久了。

Он **давно́** у́мер.
他去世很久了。

давно́ 看起來像是 **да́вний** 的短尾中性形，但其實短尾中性形應該是 **да́вне**，兩者仍有細微差異。

ii) 以賓格表示時間長度的狀語

這類狀語使用名詞賓格表示具體的時間長度，通常會搭配數詞或 **весь**「全部的」、**це́лый**「整個的」等單字（數詞的變格請參考數詞章節☞ p.345-350）：

Я жил в Москве́ **два го́да**.
我在莫斯科住了兩年。

Он сиде́л там **пять часо́в**.
他在那裡坐了五個小時。

Подожди́те **одну́ мину́ту**.
請稍等一分鐘（＝一下子）。
Я не спал **всю ночь**.
我整晚沒睡。
Она́ рабо́тала **це́лый день**.
她工作了一整天。

iii) за＋賓格「～之間、在～內（做好了）」

這類狀語會搭配完成體動詞使用，表示在某個時間長度中完成動作：

－**За ско́лько вре́мени** (**За ско́лько мину́т**) она́ пригото́вила обе́д?
「她花了多久時間（幾分鐘）煮好午餐？」
－**За де́сять мину́т** (**За час** / **За одну́ мину́ту**).
「十分鐘內（1 小時內／1 分鐘內）」

c）頻率

用來表示行為或動作的頻率及次數，相應的疑問詞是 как ча́сто：

Как ча́сто он слу́шает му́зыку?
他多久聽一次音樂？

i）頻率的副詞

以下是表示頻率的副詞：

всегда́ 總是	обы́чно 通常	ча́сто 常常
иногда́ 有時候	ре́дко 很少	

Он в маши́не **всегда́** / **обы́чно** / **ча́сто** / **иногда́** слу́шает му́зыку.　他總是／通常／常常／有時候在車上聽音樂。

ре́дко 帶有否定的意味，以否定句翻譯，更能突顯語意：

Он в маши́не **ре́дко** слу́шает му́зыку.
他幾乎不在車上聽音樂。

ii）以賓格表示頻率、次數的狀語

表示頻率、次數的狀語中，最常見到下面這兩種賓格形式（數詞的變格請參考數詞章節☞ p.345-350）。

◆**раз**「次」

表示「每（隔多久）～次」的句型是〔в＋賓格〕：

Она́ звони́т мне два ра́за в день.
她每天打兩次電話給我。
Он е́здит в Росси́ю раз в год.
他一年去一次俄羅斯。

◆**ка́ждый**「每～」

Она́ рабо́тает почти́ ка́ждый день.
她幾乎每天工作。
В Япо́нии са́кура цветёт ка́ждую весну́.
在日本每年春天櫻花都開花。

（3）處所

以下是表示處所的狀語。請特別注意前置詞的使用方法。

a）場所、目的地、方向、出發點

處所有三個主要面向──「場所」、「目的地、方向」、「出發點」，整理如下：

	場所「在～」	目的地、方向「往～」	出發點「從～」	基本意義
疑問詞	Где?	Кудá?	Откýда?	
這裡	здесь	сюдá	отсю́да	
那裡	там	тудá	оттýда	
類型 A	в＋前置格	в＋賓格	из＋屬格	在～、去～、從～
類型 B	на＋前置格	на＋賓格	с＋屬格	在～上、朝～去、從～離開
類型 C	у＋屬格	к＋與格	от＋屬格	在～旁邊、朝～靠近、從～離開

請留意 A、B、C 三個類型的使用方法。三者在意思上有「裡面」、「上面（或表面）」、「旁邊」的差異，如下面例子所示：

в столé 在桌子裡面（抽屜裡面等）　на столé 在桌上
у столá 在桌子旁邊

換作其他類型時，以〔в＋賓格〕表示 в стол「朝桌子裡去」，以〔с＋屬格〕表示 со столá「從桌子上」，以〔к＋與格〕表示 к столý「朝桌子靠近」。

只要不是「進到裡面」或「擺在上面」，就可以表示「旁邊」的類型 C。人、動物或單一個點在這個類型中都相當常見：

Онá рабóтает **у негó**.
她在他那裡工作。
Онá подошлá **к немý**.
她朝他走近。
Онá приéхала **от негó**.
她從他那裡離開。

除此之外，桌子或盒子等器物，很明顯有「在裡面」和「在上面」的區別，但如果是「莫斯科」和「學校」呢？碰到這些名詞往往無法輕易決定是在裡面或在上面。無法區分是「在裡面」或「在上面」的空間時，大多是依名詞來決定使用ABC 哪個類型的前置詞，所以只要記住名詞就可以了（前置詞分類的問題請參考第 13 章 ☞ p.304-306）。

處所類型是固定不變的，譬如 Москвá「莫斯科」屬於類型 A，則所有方向皆以類型 A 的句式來表示：в Москвé, в Москвý, из Москвы́；пóчта「郵局」屬於類型 B，則所有方向皆以類型 B 表示，不可能用別的類型：на пóчте, на пóчту, с пóчты。因此，三個前置詞的使用方法，不要分開記，最好整個系列一起記比較好。

b）上下、左右、前後

下表以「場所」、「目的地、方向」、「出發點」三個類型，整理出表示「上下」、「左右」、「前後」的副詞：

	場所「在～」	目的地、方向「往～」	出發點「從～」
疑問詞	Где?	Кудá?	Откýда?
上	наверхý / вверхý	навéрх / ввéрх	сверхý
下	внизý	вниз	снѝзу
左	слéва	налéво / влéво	слéва
右	спрáва	напрáво / впрáво	спрáва
前	впередѝ	вперёд	спéреди
後	позадѝ / сзáди	назáд	сзáди

c）通過、穿越

表示移動時，穿過或經過某地的狀語。

◆чéрез＋賓格「穿過／越～」

Он прошёл **чéрез магазѝн**.

他穿過商店。

Он перешёл **че́рез у́лицу**.
他穿越街道。

◆ми́мо＋屬格「從～旁邊經過」
Он прошёл **ми́мо магази́на**.
他從商店旁邊經過。

че́рез 表示穿越某個點。че́рез доро́гу 意指「穿越道路」。

d）表示路線的工具格

以工具格表示移動（走過）的路線：

Они́ шли́ **по́лем**.
他們在草原漫步。
Он идёт **тру́дной доро́гой**.
他走在一條艱難的路上。
Он е́дет **други́м маршру́том**.
他走別的路徑。
Мы е́хали **моско́вскими у́лицами**.
我們走在莫斯科的街道上。

以工具格表示移動路線時，主要應用在寬廣的空間，譬如 по́ле「原野」、лес「森林」、пусты́ня「荒漠」等。而如果是 магази́н「商店」之類的小空間，即使路過，也不使用這個句型，而是使用 че́рез。

〔по＋與格〕也可以用來表示移動路線：
Они́ шли́ **по э́той у́лице**.
他們沿著這條路前進。

不過，這個句型也有「在～裡面走來走去」的意思，可用來表示移動範圍：

Мы ходи́ли **по па́рку**.
我們在公園內散步。

e）移動方法

表示移動方法、交通方式等。

i）交通方式

搭乘車輛或交通工具移動的表示方法如下。相應的疑問詞除了 на чём, в чём 外，也會使用 как。

◆на＋前置格

Я е́ду **на велосипе́де** за поку́пками.
我騎腳踏車去買東西。

◆в＋前置格

Сейча́с я е́ду **в маши́не**.
我此時正開著車。

◆工具格

Он прие́хал **по́ездом** из Петербу́рга.
他從聖彼得堡搭火車來。

在上述例子中，使用頻率最高的是 на。腳踏車、馬、摩托車等無法坐在裡面的交通工具，基本上不能使用 в 這個前置詞。

如果交通工具是表示某個行為發生的場所，而不是表示交通方式時，則使用 в 這個前置詞：

Мы спа́ли **в авто́бусе**.
我們在巴士裡面睡覺。

ii）表示移動方法的幾個副詞

表示移動方法的副詞都長得有點像，請一併記住。

◆**пешко́м**「徒步、步行」

Он хо́дит **пешко́м** по всей стране́.

他徒步走遍全國。

◆**верхо́м**「騎馬」

Я люблю́ е́здить **верхо́м**.

我喜歡騎馬行動。

◆**бего́м**「用跑的」

Она́ к нам прибежа́ла **бего́м**.

她朝著我們跑過來。

補充

- идти́ / ходи́ть 雖然原本就是「走」，但就算再加上 пешко́м 也不奇怪。
- бежа́ть / бе́гать 原本就是「跑」，但就算再加上 бего́м 也不奇怪。
- верхо́м 和 бего́м 雖然看起來像 верх「上面」和 бег「跑」的工具格，但這兩個名詞的工具格分別是 ве́рхом 和 бе́гом，重音位置不同。

Он занима́ется **бе́гом**. 他練習跑步。（工具格）

（4）強調

以下介紹幾個用來強調形容詞等各種詞類的副詞：

a）о́чень

用來強調程度，但與英語的 very 不同，這個單字也可以修飾動詞：

Он **óчень** ýмный человéк.
他是非常聰明的人。

Онá **óчень** вéжлива.
她非常有禮貌。

Онá **óчень** чáсто хóдит в э́тот ресторáн.
她很常光顧這間餐廳。

Я **óчень** люблю́ свою́ семью́.
我很愛我的家人。

Он **óчень** боúтся рáзных болéзней.
他非常害怕各種疾病。

не óчень 是「不太～」的意思：

Я **не óчень** интересýюсь шáхматами.
我對下棋不是很感興趣。

跟英語的 very 一樣，這個字不能用來強調比較級（強調比較級的方法請參考比較級單元☞ p.161）。

b）мнóго

óчень 強調程度，而 мнóго 強調數量。但 мнóго 作副詞時，只用來修飾動詞：

Он хóчет **мнóго** кури́ть. 〈強調 кури́ть 的量很大〉
他想抽很多菸。

Он **óчень** хóчет кури́ть. 〈強調想抽菸的欲望程度〉
他非常想抽菸。

第一個例子的 мнóго 乍看之下，像是 кури́ть 的補語，但其實不及物動詞也可以與 мнóго 連用：

Он **мнóго** рабóтает. 他做了很多工作。

Я **мно́го** гуля́ю. 我散了很多步。

相反地，如果是量少的情況，則可用 немно́го 表示「不多」，或使用 ма́ло 表示「少」：

Он сего́дня **немно́го** поза́втракал.
他今天早餐吃得不多。

Я **ма́ло** хожу́ в туале́т.
我很少去上廁所。

c）сли́шком

意思是「太過～、過度～」，可修飾形容詞、副詞，有時也能修飾動詞：

Твоё мне́ние **сли́шком** субъекти́вное.
你的意見太過主觀了。

Он **сли́шком** бы́стро говори́т.
他講得太快了。

Она́ **сли́шком** спеши́ла.
她太急了。

d）почти́

意思是「將近、幾乎」，表示接近極限或 100% 的程度，可以修飾數詞、形容詞、副詞、動詞等各種詞類：

Почти́ сто лет наза́д здесь роди́лся мой праде́душка.
將近一百年前，我的曾祖父在這裡出生。

Кни́га была́ **почти́** непоня́тна.
這本書幾乎難以理解。

Она́ опа́здывает **почти́** всегда́.
她幾乎總是遲到。

Я рабо́таю **почти́** ка́ждый день.
我幾乎每天工作。

Он уже́ **почти́** привы́к.
他幾乎已經習慣了。

（5）插入語

目前為止介紹的狀語都是用來修飾動詞、形容詞、副詞、名詞等特定的單字，但狀語中還有所謂的插入語，可用來修飾整個句子。插入語可以擺在句首、句中、句尾等不同位置，因而得名。但不論位置在那裡，都要以「,」區隔：

Коне́чно, он счастли́в.
Он, **коне́чно**, счастли́в.
Он счастли́в, **коне́чно**.
｝當然，他很幸福。

◆表示可能性

безусло́вно 毫無疑問
есте́ственно 自然
вероя́тно 想必
наве́рное 可能
ка́жется 似乎、好像……
коне́чно 當然
должно́ быть 應該是
по-ви́димому 看來
мо́жет быть 或許

◆表示情報來源

по-мо́ему 依我的看法
по слова́м＋屬格 根據～的話
по сообще́нию＋屬格 根據～的通知
говоря́т 聽說、大家都說……

◆ 表示說話者的感情、心理狀態

к сча́стью 幸運地、幸虧
к сожале́нию 遺憾地
к ра́дости 開心地……

◆ 表示理論過程

значит 總之

тем не менее 然而

во-вторы́х 其次、第二

с одно́й стороны́ 一方面

с друго́й стороны́ 另一方面

одни́м слово́м 一言以蔽之

други́ми слова́ми 換句話說

ина́че 否則

коро́че говоря́ 簡而言之

открове́нно говоря́ 坦白說

сле́довательно 因此……

одна́ко 可是

во-пе́рвых 首先、第一

впро́чем 不過

◆喚起聽者的注意

понима́ете （您）理解嗎

зна́ешь （你）知道嗎

извини́те 不好意思……

3. 謂語副詞

（1）何謂謂語副詞

俄語中有無人稱句（☞ p.387-390）。這種句子除了無人稱動詞會變位之外（☞ p.387-390），其他謂語都不會有變化。無人稱句沒有主格的主語。在俄語文法中，用在無人稱句的謂語通常是副詞，如下列例句中，由形容詞衍生的單字 хо́лодно「寒冷」。不過，這類副詞的使用方法與一般副詞明顯不同，為了加以區分，將它們稱為謂語副詞。

使用謂語副詞的無人稱句，過去時要加上 бы́ло，未來時要加上 бу́дет（一般省略 быть 的現在時），除此之外不會有其他變化。在此舉幾個例句供參考：

Нам **на́до** мно́го чита́ть.
我們必須多看書。
Сего́дня **бы́ло** **хо́лодно**.
今天天氣冷。
Ско́ро **бу́дет** **тепло́**.
不久就會變暖。

意義上的主語，也就是下面例句中的感覺主體，會用與格或〔для＋屬格〕的形式來表示「～是、對～而言」的意思：

Нам о́чень **хо́лодно** на Хокка́йдо.
對我們而言，北海道很寒冷。
Для меня́ здесь сли́шком **ти́хо**.
對我而言，這裡太安靜了。

除了 быть，也可使用 станови́ться / стать「成為～」、оказа́ться「原來是～」等其他動詞：

В ко́мнате **стано́вится** **тепло́**.
房間正在變暖。
Мне **ста́ло** **ве́село**.
我變開心了。
Чита́ть по-ру́сски **оказа́лось** **трудне́е**.
以俄語閱讀原來更難。

＊謂語副詞加上動詞不定式的例子，請參考以下的b）單元。

（2）謂語副詞類型

謂語副詞有以下幾種類型：

a）天候、環境

形容詞的短尾中性形當作謂語副詞：

В То́кио **ду́шно**.
東京很悶熱。
У́тром бы́ло **прохла́дно**.
早上很涼爽。
Но́чью в ко́мнате бу́дет **темно́**.
半夜房間裡會暗暗的。

b）心理狀態

這個類型跟天候、環境相同多半使用形容詞的短尾中性形作謂語副詞：

Мне **стра́шно**.
我害怕（對我來說很可怕）。
Для него́ бы́ло **прия́тно**.
對他而言是愉快的。

加上動詞不定式有「做～是～」的意思：

Вам **интере́сно** чита́ть?
您覺得閱讀有趣嗎？
Мне **тру́дно** изуча́ть ру́сский язы́к.
對我而言，學習俄語很難。

жаль「可惜、遺憾」雖不是形容詞短尾中性形，但在此歸到這個類型：

Мне **жаль** плати́ть таки́е де́ньги.
我捨不得付這筆錢。
Жаль, что она́ сего́дня не придёт.
可惜她今天不會來。

（3）可行性、必要性、義務等

雖然也能以形容詞短尾中性形作謂語副詞，但一般會使用其他形式。這類單字通常與動詞不定式連用（不定式的體會影響句意，請參考☞ p.202-205）。

a）可行性

表示行為的可行或不可行：

мóжно 可以　　　　нельзя́ 不可以、不行
возмóжно 可能　　　　невозмóжно 不可能

－**Мóжно** смотрéть?
「可以看嗎？」
－Нет, **нельзя́**.
「不，不可以。」
Для нас **невозмóжно** остáться друзья́ми.
我們不可能繼續當朋友。

補充

мóжно 的否定式是 нельзя́，不可以說成 не мóжно。

b）必要性、義務

表示行為的必要或義務：

нáдо 必須　　　　нýжно 需要
необходи́мо 不可或缺、必須　　　　порá 是～的時候

Нам **нáдо** идти́.
我們必須要去。
Нýжно бы́ло подýмать.
（之前、當初）需要再想一想。

Нам **необходи́мо** реша́ть э́ти пробле́мы.
我們必須解決這些問題。
Уже́ **пора́** включа́ть свет.
已經是開燈的時間了。

пора́ 雖然看似陰性名詞，但其實是無人稱謂語。過去時為бы́ло пора́，時態要使用中性表示動詞：

Бы́ло пора́ ложи́ться спать. 該是上床就寢的時間了。

不過，如果 пора́ 不是作為無人稱句的謂語，句中的動詞謂語就不會使用中性，而是陰性。以下的例句不是無人稱句，пора́ 不是無人稱謂語，而是主格的陰性名詞，是動詞наступи́ла的主語：

Наступи́ла пора́ сказа́ть пра́вду. 說實話的時候到了。

4. 一致性狀語

原則上，狀語不會變格，只有少數要配合主語。下面例子中的狀語用來修飾動詞，性、數皆與主語一致。

◆**оди́н**「一個人、只在～」（變格參考☞ p.341）

Он живёт **оди́н**.
他一個人住。
Она́ была́ там **одна́**.
她一個人待在那裡。
Они́ верну́лись **одни́**.
只有他們回來。

◆**сам**「自己、本身、自主～」（變格參考 p.115）

Я всё сде́лаю **сам**.

全部都我自己做的。

Она́ **сама́** не пришла́.

她沒親自過來。

Они́ у́чатся **са́ми**.

他們自己讀書。

◆長尾形容詞的狀語用法

通常表示狀態的狀語會使用形容詞的短尾中性形（p.269-272），不過長尾形容詞也可當作狀語，表示「（主語是）在～的狀態下」。這時候便需要配合主語的性、數，而格可能是主格或工具格：

Он танцу́ет **го́лый** / **го́лым**.

他裸體跳舞。

Она пришла́ домо́й **пья́ная** / **пья́ной**.

她喝醉酒回家。

Лю́ди шли **уста́лые** / **уста́лыми**.

人們疲倦地走著。

第13章 前置詞

前置詞多與名詞連用，是附屬字。前置詞與名詞構成的詞組可以在句子中發揮不同功能。

1. 各種前置詞

前置詞與名詞形成的詞組（**前置詞詞組**），可在句中扮演各種角色：

Я рабо́таю **на заво́де**.
我在工廠工作。（場所）
За́втра он придёт **к нам**.
明天他會來找我們。（目的地）
В воскресе́нье магази́н не рабо́тает.
星期天商店沒有營業。（時間）
Я живу́ **с бра́том**.
我跟哥哥（或弟弟）住在一起。（共同行為的對象）
Он рабо́тает **для семьи́**.
他為了家人工作。（受益者）

本章節會解釋幾個與前置詞相關的問題。

（1）從語源說明前置詞

前置詞種類繁多。首先，前置詞有**原始前置詞**與**派生前置詞**。原始前置詞不是由其他單字衍生而來，而是原本就存在的前置詞（至少現代俄語是如此定義）。派生前置詞則是由其他詞類衍生或數個單字複合而成。

多數原始前置詞不只有一個意思，接格也不只一種。以下皆為原始前置詞，且列出最具代表性的字義。至於是否還有其他意思，請務必查字典確認：

原始前置詞		
	接格	意思
без	屬格	沒有～
в	賓格、前置格	往～、在～
для	屬格	為了～
до	屬格	到～（為止）
за	賓格、工具格	到～的另一邊、在～的另一邊、贊成
из	屬格	從～（的裡面）
к	與格	朝～去
кро́ме	屬格	除～外
ме́жду	工具格	在～之間
на	賓格、前置格	往～（的表面）、在～上
над	工具格	在～的上面（上空）
о	賓格、前置格	與～碰撞、關於～
от	屬格	從～（的旁邊、表面）
пе́ред	工具格	在～前
по	與格、賓格、前置格	在～（移動範圍）、沿著～、每～、直到～、在～之後
под	賓格、工具格	往～的下面、在～的下面
при	前置格	在～的時候
про	賓格	關於～
ра́ди	屬格	為了～
с	屬格、賓格、工具格	從～的表面、大約～、與～
у	屬格	在～的旁邊
че́рез	賓格	穿越～（空間）、經過～（時間）

由其他字複合衍生而來的派生前置詞，幾乎都只有一種接格與意思。因為無法全數列舉，所以這裡僅列出較重要的派生前置詞：

派生前置詞		
	接格	意思
вблизи́	屬格	靠近～
вме́сто	屬格	代替～
внутри́	屬格	在～裡面
вокру́г	屬格	在～四周
впереди́	屬格	在～前面
вsле́дствие	屬格	因為～
исключа́я	屬格／賓格	除了～
каса́тельно	屬格	關於～
ми́мо	屬格	經過～的旁邊
напро́тив	屬格	在～對面
насчёт	屬格	關於～
о́коло	屬格	靠近～
относи́тельно	屬格	關於～
по́сле	屬格	在～之後
посре́дством	屬格	藉由～
про́тив	屬格	正對著～、反對～
путём	屬格	藉助於～、以～方法
благодаря́	與格	因為～、託～之福
вопреки́	與格	與～相反
наперекóр	與格	與～相反、違背～
подо́бно	與格	同～
согла́сно	與格	依照～
спустя́	賓格	經過～（時間）

派生前置詞有一個特徵，就是大多接屬格。此外，前置詞形成方法多樣，可由名詞的變格衍生（посре́дством, путём...）、由〔前置詞＋名詞〕複合而成（вме́сто, вокру́г...）、由副詞衍生而來（относи́тельно, подо́бно...）和由副動詞衍生（благодаря́, спустя́...）等等。換句話說，путём 是名詞 путь 的工具格；вме́сто 是由前置詞 в 與賓格名詞 ме́сто 所組成（當然，沒有一定程度，就不會察覺這個組合形式）。

也有由數個單字形成的**合成前置詞**。以下介紹幾個例子：

合成前置詞		
	接格	**意思**
вмéсте с	工具格	與～一起
незави́симо от	屬格	不論～
ря́дом с	工具格	在～旁邊、與～並列
соглáсно с	工具格	依據～
в сравнéнии с	工具格	與～比較
по отношéнию к	與格	對於～
несмотря́ на	賓格	不管～

以上例子與慣用語間的界線，其實曖昧不明。譬如下面的例子：

Он рабóтает у брáта дрýга. 他在朋友的哥哥那裡工作。

在這個例子中，要求屬格，意思為「在～哥哥那邊」的 у брáта 也不能說不是合成前置詞。換言之，前置詞與其它詞類的界線模糊不清，難以明確區分。

派生前置詞雖和合成前置詞不同，但與其他詞類的界線也一樣模糊不清。譬如，〔путём＋屬格〕「藉助於～、以～方法」除了可視為接名詞屬格的前置詞，也可解釋為名詞 путь「途徑、方法」的工具格（表示「道具、手段」）接屬格名詞（意即「以～的方法」）。

在前置詞這個類別中，還有一看就知道是「典型」前置詞的原始前置詞，但也有許多讓人質疑「這到底是不是前置詞」的單字。

（2）前置詞特徵

這裡介紹幾個前置詞特徵，並列出與前置詞相關的規則：

①沒有重音

в Москвé 在莫斯科　　　　на завóде 在工廠

обо мнé 關於我…

②第三人稱代詞與前置詞連用時，前接子音 н-（☞ p.105）

к **н**емý 朝他（過去）　　　　о **н**ей 關於她

с **н**ими 跟他們…

③前置詞與相互代詞 друг дрýга（☞ p.116）連用時，置於 друг 與 дрýга 之間

друг **о** дрýге 關於彼此　　　　друг **с** дрýгом 互相

друг **к** дрýгу 朝彼此…

④當數詞與名詞倒置，表示概數「大約、大概」時（概數請參考☞ p.374），前置詞放在名詞與數詞之間

минýт **чéрез** пять 約五分鐘後　　　　часóв **в** дéсять 十點左右

жéнщин **у** десятú 大約十名左右的女性…

以上規則僅適用於「典型」前置詞。隨著前置詞的不同，常常會出現不一樣的情況。

譬如，①前置詞沒有重音，可是вблизú「靠近～」、óколо「在～附近」、благодарá「託～之福」等派生前置詞一般都有重音。而原始前置詞 чéрез「經過～（時間）」、пéред「在～前」等單字，有的字典會標示重音，有的則不會；也可能指出重音，但標的卻是次重音（弱化重音）。本書不特別標原始前置詞的次重音，但為了免除「如果有重音，重音位置在哪？」的疑慮，通常會標上重音記號。

此外，不同於②，派生前置詞後面的第三人稱代詞通常不加 н-。像 благодарá「託～之福」、подóбно「同～」、соглáсно「依照～」、спустá「經過～（時間）」等，後面不加н-反而是普遍現象。

③與相互代詞連用，或④把數詞與名詞倒置，表示「大約、

大概」時，也同樣有多種可能。原始前置詞通常會放在 друг 與 дру́га 之間、數詞與名詞之間，但如果不是原始前置詞，情況就不一樣了。譬如使用上述的благодаря́ 等派生前置詞時，反而是 **благодаря́** друг дру́гу「託彼此的福」或 **спустя́** минут де́сять「大約過了十分鐘」的表現方式比較普遍。

一般來說，原始前置詞比派生前置詞更為「典型」，而字數愈少，愈可能是「典型」前置詞。不過，並沒有能明確區分各種前置詞的標準，因此只能概略判定。各位務必要記住，前置詞絕對無法一概而論。

（3）務必記住的前置詞使用方法

這裡將說明各種前置詞使用上必須特別注意的重點：

a）表示「每～」的〔по＋數詞＋名詞〕

по 是用法多樣的前置詞（建議參考字典），其中最複雜的用法就是接〔數詞＋名詞〕，也就是與數詞詞組（☞ p.345）連用，表示「每～」，例如「每一個」或「每五人」。

i）關於接格

表示「每～」的по 是接哪一格，由數詞決定：

◆數詞「1」用與格

Мы получи́ли **по одному́ (по два́дцать одному́) до́ллару**. 我們各收到了一美元（21美元）。

如果是合成數詞（☞ p.336），個位數的「1」會變成與格，два́дцать 不變。此外，只有「1」時，數詞可以省略：

Мы получи́ли **по до́ллару**. 我們各收到了一美元。

但若是合成數詞，如 двáдцть одномý，одномý 當然不能省略。

◆數詞「2」以上用賓格（數詞詞組的變格請參考 p.345-350）

Онú спáли **по два часá**.

他們各睡了兩個小時。

В кáждую кóмнату вошлú **по пять мáльчиков**.

每個房間各進入了五個小男孩。

Студéнты получúли **по сто рублéй**.

學生們各收到了一百盧布。

補充

通常〔2、3、4＋動物性名詞〕是賓格時，在下列例子中會全部使用屬格（p.346-347）：

Онú пригласúли **трёх жéнщин**. 他們邀請了三名女性。

可是，若數詞詞組與 по 連用，即使是動物性名詞，也不會變成屬格：

Онú пригласúли **по три жéнщины**. 他們各邀請了三名女性。

◆數詞「千」以上，數詞用與格，名詞用複數屬格

Он зарабáтывает **по тысяче (миллиóну) иéн** в мéсяц.

他每個月賺一千（一百萬）日圓。

若是像「2千」或「5百萬」這種前有數字（2、5）修飾 тысяча 或 миллиóн 的數詞時，變格同原本數詞：

Он зарабáтывает **по две тысячи (по пять миллóнов) иéн** в мéсяц.

因為各是2和5，所以是賓格。

他每個月賺兩千（五百萬）日圓。

ii）當作主語、賓格補語

〔по＋數詞＋名詞〕從結構上來看是前置詞詞組，可以

當成主語。這時候，謂語若是過去時，就要使用中性形或複數形；如果動詞是現在時、未來時，就使用第三人稱單數或第三人稱複數：

В конфере́нциях уча́ствовало / уча́ствовали **по два студе́нта**. 每場會議各有兩名學生參與。

На э́тих заво́дах рабо́та**ет** / рабо́тают **по во́семь маши́н**.
在這些工廠中各有八台機器在運作。

此外，也能以賓格作直接補語（☞ p.59-60、☞ p.383）：

Они́ изуча́ют **по три языка́**.
他們各學三種語言。

不過，只有當主格主語和賓格直接補語時才可以這樣使用，若是其他格的補語則不行。上述例子中的изуча́ть「學」，補語是賓格，但下面例子中的занима́ться「學、讀書」，必須接工具格，所以不能把「по～」當作補語：

×Они́ занима́ются **по три языка́**.
他們各學三種語言。

b）區分 в 與 на

基本上，表示場所的前置詞〔в＋前置格〕與〔на＋前置格〕兩者差異在於「在裡面」與「在上面、在表面」（☞ p.281-283），但實際上選擇用 в 或 на 並非由「裡面」或「上面」等關係決定，而是視名詞而定（☞ p.283）。要判斷使用 в 或 на，最好的方法就是各別記住。以下的表格可以當成參考依據，但這不能百分之百依賴它。

此外，使用〔в＋前置格〕表示「在～（場所）」的名詞，會用〔в＋賓格〕表示「方向／目的地」，用〔из＋屬格〕表示「出發點」；如果是〔на＋前置格〕，則其它狀況分別使用〔на＋賓格〕、〔с＋屬格〕。以上規則固定不變（請同時參考第12章「副詞與狀語」☞ p.281）：

使用 в 的名詞		
國家、都市、行政區域等	страна́ 國家	госуда́рство 政府
	Росси́я 俄羅斯	Япо́ния 日本
	Москва́ 莫斯科	Санкт-Петербу́рг 聖彼得堡
	То́кио 東京	дере́вня 村子
	райо́н 地區	о́бласть 州、省
	край 地方、邊緣	Сиби́рь 西伯利亞
	Евро́па 歐洲	А́зия 亞洲……
建築物、設施等	дом 房子	кварти́ра 公寓
	больни́ца 醫院	шко́ла 學校
	университе́т 大學	ко́мната 房間
	аудито́рия 教室	зал 聽
	гости́ница 飯店	магази́н 商店
	музе́й 博物館	общежи́тие 宿舍
	банк 銀行	посо́льство 大使館……
自然環境或氣候帶等	пусты́ня 沙漠	степь 草原
	тайга́ 泰加林（針葉林）	А́рктика 北極
	Анта́рктика 南極……	
山岳地帶（複數）	А́льпы 阿爾卑斯山	Карпа́ты 喀爾巴阡山
	Пирене́и 庇里牛斯山……	

使用 на 的名詞		
部分國家、都市、行政區域等	ро́дина 祖國、故鄉	Украи́на*1 烏克蘭
	Кавка́з*3 高加索地區	Да́льний восто́к*2 遠東區
	Хокка́йдо*3 北海道地區	Филиппи́ны*3 菲律賓
	Аля́ска*3 阿拉斯加……	
	＊1「烏克蘭」近年來也可以使用 в。 ＊2 因為是方位，所以用 на ＊3 因為是山或島、半島，所以用 на	
部分的建築物、設施等	по́чта 郵局	заво́д （重）工廠
	фа́брика （輕）工廠	факульте́т 院系
	ры́нок 市場	вокза́л （火車等）車站
	ста́нция （地鐵等）車站	остано́вка （公車）站……
有人或物品存在於上的平面場所	пло́щадь 廣場	у́лица 路、街道
	проспе́кт 大道	шоссе́ 公路
	доро́га 路	эта́ж 樓層
	балко́н 陽台	стадио́н 體育場
	земля́ 大地	сце́на 舞台……
島、半島等	о́стров 島	полуо́стров 半島
	матери́к 大陸	контине́нт 洲
	Хокка́йдо 北海道島	Сахали́н 庫頁島
	Гава́йи 夏威夷	Яма́йка 牙買加
	Камча́тка 堪察加半島……	
山岳地帶（單數）	Ура́л 烏拉山	Пами́р 帕米爾高原
	Алта́й 阿爾泰山……	
方位	восто́к 東 за́пад 西 юг 南 се́вер 北	
事件、活動、行為等	ле́кция 演講、（大學）課程	заня́тие 課
	уро́к 課	конце́рт 演唱會、音樂會
	экза́мен 考試	ми́тинг 集會遊行
	конфере́нция 會議、研討會	заседа́ние （議會、法庭）會議
	собра́ние 會議、集會	ко́нкурс 比賽
	экску́рсия 參觀、旅遊	курс 大學的年級
	рабо́та 工作、班……	

補充

若是海、河、湖等名詞，在岸邊，使用 на；在這些名詞裡面，使用 в。不過，實際使用上未必區分得如此嚴謹。

отдыха́ть **на** Чёрном мо́ре 在黑海（畔）休息
купа́ться **в** Чёрном мо́ре 在黑海（裡）游泳

c）表示「關於～」的 о, про, по

相較於其他前置詞，〔о＋前置格〕比較普通，語體比較中性，使用的頻率最高。相對地，〔про＋賓格〕比較口語化，常用於會話中：

－**О чём** / **Про что** ты ду́маешь? 「你在想什麼？」
－Я ду́маю **о тебе́** / **про тебя́**. 「我在想你」

〔по＋與格〕多會加上學科、領域，來修飾名詞：

ле́кция **по эконо́мике** 經濟學的課程
уче́бник **по ру́сской исто́рии** 俄羅斯歷史的課本
специали́ст **по таки́м вопро́сам** 這類問題的專家

d）表示「～之前」的 до, пе́ред, (тому́) наза́д

〔до＋屬格〕的意思是「在～之前、到～前的期間」，〔пе́ред＋工具格〕的意思則是「～之前的時間點」，也可表示「前夕」的意思：

До войны́ мы с ним ча́сто е́здили в Ленингра́д.
戰前我常和他去列寧格勒。（戰前時代）
Пе́ред войно́й мы с ним е́здили в Ленингра́д.
戰爭前我跟他去過列寧格勒。（戰爭前的某個時間點）
До обе́да я всегда́ у себя́ в ко́мнате.
午餐前（≒上午）我總是待在自己房間。

Пéред обéдом я обы́чно пью кóфе.
午餐前我通常會喝咖啡。

〔賓格＋(томý) назáд〕常會搭配表示時間長度的詞語，意指「到現在的一段時間之前」，томý 可有可無：

Два гóда томý назáд мы купи́ли кварти́ру.
兩年前我買了公寓。
Минýту назáд я ничегó не знал.
一分鐘前我什麼都不知道。

此外，就文法而言，назáд 是副詞。

e）表示「～之後」的 пóсле, чéрез

〔пóсле＋屬格〕是「事件之後」的意思，〔чéрез＋賓格〕則是「經過一定時間之後」的意思：

Пóсле войны́ мы вернýлись домóй.
戰後我們回了家。
Что ты бýдешь дéлать **пóсле обéда**?
午餐後（≒下午）你要做什麼？
Он придёт **чéрез пять минýт**.
他五分鐘後會到。
Что бýдет **чéрез дéсять лет**?
十年後會發生什麼事？

同樣地，也可以結合這兩種詞組一起使用：

Чéрез три́дцать минýт пóсле еды́ он дóлжен принимáть таблéтки.　飯後半小時他必須服用藥片。

f）表示「通過、經過」的 че́рез, сквозь, ми́мо

〔че́рез＋賓格〕是「～穿越」的意思，〔ми́мо＋屬格〕則是「經過～旁邊」的意思（也請參考第 12 章副詞與狀語 ☞ p.260）：

Он прошёл че́рез магази́н. 他穿過商店。

Он прошёл ми́мо магази́на. 他走過商店（門前）。

〔сквозь＋賓格〕也可表示「通過～」，另外還有「克服困難或障礙」的意思：

Он пробра́лся сквозь толпу́ к ней.
他穿越人群，朝她走去。

Сквозь кры́шу растёт де́рево.
樹貫穿屋頂成長。

g）что за～「什麼樣的」

что за～是固定的詞組，意思是「什麼樣的」（≒ како́й～ ☞ p.118-119）。這時候與前置詞 за 連用的名詞要使用主格：

Что э́то за челове́к / же́нщина? 這是什麼樣的人／女性？

原則上，與前置詞連用的名詞不會是主格，這或許可說是唯一的例外。

2. 前置詞形態改變時

前置詞的形式也會改變。這跟名詞變格或動詞變位不同，基本上只是配合發音改變形式，但也可能因為其他理由而變化。總整理如下。

（1） 加上 o

子音結尾的原始前置詞（в, к, с, без, из, над, от, пéред, под, чéрез，詳情參考 ☞ p.296-297）常會額外加上母音 о。其中又以 в, с , к 最為普遍。相反的，чéрез 則是最少出現這個情況的。

以下將會具體說明，但並非每個都是百分百照著這個規則的。不同的單字，會有不同的狀況，不一定完全按照規則變化。

①前置詞 в 在以下狀況要加 о

字首是｛в, ф｝＋子音的單字，用 во：

во Владивостóке 在海參威
во Фрáнции 在法國
во втóрник 在星期二
во вторóй мировóй войнé 在第二次世界大戰時

②前置詞 с 在以下狀況要加 о

字首是｛с, з, ш｝＋子音的單字，用 со：

со скóростью звýка 以音速
со своúми друзья́ми 跟自己的朋友們
со звýком оркéстра 伴隨管弦樂隊的樂音
со шпиóном 跟間諜（一起）

③隱現母音消失後，單音節字彙前，前置詞要加 о（尤其是 в, к, с）

во льдý 在冰裡（＜лёд）
во ртý 在嘴裡（＜рот）
во снé 在夢中（＜сон）
со льдóм 加冰
со ртá 從嘴裡
со снóм 隨著夢

ко льдý 朝冰靠近
ко ртý 朝嘴靠近
ко снý 朝夢中
безо льдá 去冰
надо лбóм 在額頭上（＜лоб）

這些規則會因名詞而異，譬如與 лёд「冰」連用的前置詞比較常加 о，而同樣含有隱現母音的名詞 день「（一）天」就沒有這個狀況。

④ мно́гий, весь 的前置詞加 о（尤其是 в, к, с）

во мно́гих слу́чаях 多數情況

ко мно́гим веща́м 對多數物品

со мно́гими друзья́ми 跟多位朋友

во всём ми́ре 在全世界

ко всем ма́льчикам 對所有的小男孩們

со все́ми това́рищами 跟所有的同事

⑤ 人稱代詞 я「我」的變格中，凡是以 мн- 為首的，前置詞要加 о

во мне́ 在我身／心裡

ко мне́ 朝向我

со мно́й 跟我一起

надо мно́й 在我上面

передо мно́й 在我前面

подо мно́й 在我下面

⑥ 與 что（чего́, чему́ 等其他變格除外）連用的，前置詞要加 о

尤其是 во что́ 最常見。

⑦ 有些慣用語也會加 о

во-пе́рвых 首先、第一

во и́мя 以～之名、為了～

изо дня́ в день 每天

（2）о/об/обо

只有 о「關於～」有 о / об / обо 三種形式。

母音 а, и, у, э, о 前面要用 об：

об Аме́рике 關於美國

об Ита́лии 關於義大利

об уро́ке 關於課程

об э́том 關於這件事

об О́саке 關於大阪

而且，и 以外的軟母音（я, ю, е, ё）前面可搭配 о / об 兩種形式。現在使用 о 的頻率較高，請盡量選擇這個形式：

о / **об** Япо́нии 關於日本　　**о** / **об** ёлке 關於聖誕樹

о 會變成 обо，只限於 **обо** мне́, **обо** всё, **обо** что́。若是 **о** / **обо** всём, **о** / **обо** все́й, **о** / **обо** все́х，則會有 о / обо 兩種形式。

3. 前置詞的重音位移

典型的原始前置詞沒有重音（☞ p.297），所以在前置詞與名詞組成的詞組（前置詞詞組）中，通常重音只落在名詞上，而非前置詞。

不過有時重音會移至前置詞上，形成名詞沒有重音的情況（以下例子中，若前置詞有重音記號，表示名詞沒有重音）。

（1）特定慣用語的重音位移

只能一一記住：

бо́к о́ бок 並肩
зу́б на́ зуб не попада́ет （因害怕或寒冷）直打牙顫
за́ городом 在郊外
до́ смерти 要命
на́ дом 往家裡、帶回家……

（2）за、на、по 的重音位移

за, на, по 比其他前置詞更常出現重音，但名詞字首必須是〔子音＋母音〕，且名詞前不得有修飾語。

以下舉幾個例子供大家參考。不過，除了慣用語之外，這個

規則不一定適用於所有情況，也可能受其他因素（例如說話者的不同），而出現不同的結構。

a）за＋賓格

◆「朝～的方向、在後面」

уйти́ **за́ гору** 朝山的方向走去

положи́ть ру́ку **за́ спину** 將手置於背後

◆施力點

держа́ть **за́ руку** 握住手

схвати́ться **за́ голову** 抱著頭

◆「在～間（做完了～）」

сде́лать **за́ год** 一年內做完

прочита́ть всё **за́ день** 一天內全部讀完

b）на＋賓格

◆～的表面

спусти́ть **на́ воду** （將船）下水（＝讓船進入水裡）

смотре́ть **на́ пол** 看向地板

◆支撐身體

встать **на́ ноги** 用腳站立

лечь **на́ спину** 仰躺

◆期間

запасти́сь **на́ год** 儲存一年的份量

растяну́ть **на́ день** 延長一天

◆差

моло́же **на́ год** 年輕一歲

по́зже **на́ час** 晚一個小時

c）по＋與格

◆移動的範圍

идти́ **по́ полю** 在草原走著

ходи́ть **по́ морю** （船等）在海面航行

рассыпа́ться **по́ полу** 散落一地

d）數詞

與數詞連用時，不論用法或字義，重音都落在前置詞上：

разделить **на́ два** 除以 2

不過，若是сто оди́н「101」、со́рок семь「47」等合成數詞（☞ p.336），或表示概數的два-три「2 或 3」等數詞，一般重音不會移到前置詞上。

第14章 連接詞與子句結構

連接詞是連結句子與句子、詞組與詞組、單字與單字的詞類，譬如：**и, и́ли, но, что, хотя́, когда́, е́сли** 等。本章節將介紹各種連接詞，及相關的句型結構。

1. 兩種連接詞

連接詞大致分為**並列連接詞**與**主從連接詞**兩種。

並列連接詞可連接兩個（或以上）關係平等的句子成分；譬如**и**「和」、**и́ли**「或」就是這種連接詞：

Она́ прости́ла его́, и **он прости́л её**.
她原諒了他，他也原諒了她。

Я чита́ю **Толсто́го** и **Достое́вского**.
我在看托爾斯泰和杜斯妥也夫斯基（的作品）。

這些例子中，兩個子句、兩個補語以連接詞 **и** 並列，屬同等關係。

主從連接詞也可以連結兩個（或以上的）子句。從這一點來看，功能跟並列連接詞一樣，但不同處在於子句間具有從屬關係：

[Я зна́ю, **что он чита́ет по-япо́нски**].
我知道他會讀日文。

[**Когда́ он был в То́кио**, он всегда́ обе́дал в рестора́не].
以前他在東京的時候，一定會在餐廳吃午餐。

上面例子畫底線的地方（即**從屬子句**）是以[ ]框起來的整體句子的一部分。

2. 並列連接詞

（1）同等並列連接詞組

並列連接詞負責將兩個（或以上）同等關係的句子成分，以同連結在一起，稱為**同等並列連接詞組**（以下例句中用[ ]圍起來的部分）。並列連接詞可以連結各種成分：

Я чита́ю [**газе́ту** и **журна́л**].
我正在讀報紙和雜誌。（賓格補語）
Вы [**рабо́таете** и́ли **у́читесь**]?
您在工作，還是在念書？（動詞謂語）
[**молодо́й**, но **у́мный**] па́рень
年輕但聰明的青年（形容詞定語）
е́хать [**бы́стро**, но **безопа́сно**]
開得快，但安全（狀語）
[**Мы рабо́таем**, а **де́ти у́чатся**].
我們在工作，而孩子們在念書。（句子）

並列連接詞的位置與主從連接詞不同，一律放在兩個成分之間，變成[…連接詞…]的結構。以下的語序不正確：

×**Журна́л** я чита́ю газе́ту и.（← Я чита́ю [газе́ту и **журна́л**].）
×**И́ли у́читесь** вы рабо́таете?（← Вы [рабо́таете **и́ли у́читесь**]?）

俄語是語序比較自由的語言（☞ p.393），但是語序在同等並列連接的詞組中，仍有嚴格限制。

（2）並列連接詞的種類

並列連接詞在使用上有幾種不同的邏輯關係。以下依照關係類型，分別介紹主要的並列連接詞。

a）и「～和～」（並列）

只要是句中同等的成分，就可以用 и 連接，是連接的成分最多元的並列連接詞：

Он **читáет** и **пи́шет**.
他邊讀邊寫。（謂語）

Пришли́ **мáльчик** и **дéвочка**.
來了男孩和女孩。（主格主語）
＊主語與謂語的一致請參考 p.399-400 。

высóкая и **краси́вая** жéнщина
又高挑又美麗的女人（形容詞定語）

сын **Сáши** и **Мáши**
薩沙和瑪莎的兒子（屬格名詞定語）

Росси́я большáя странá, и **Амéрика тóже большáя странá**.　俄羅斯是個大國，美國也是個大國。（句子）

одноврéменно рабóтать **на заво́де** и **на ры́нке**
同時在工廠和市場工作（表示處所狀語）

連接前置詞詞組時，如果是同樣的前置詞，只要留一個就好：

... на заво́де и ры́нке 在工廠和市場

若與前置詞連用的是人稱代詞，最好重複前置詞：

о нём и **о тебé** 關於他和你
у тебя́ и **у неё** 在你和她那邊

下列例子連接的是兩個句子，不過這兩個句子共用同一個直接補語 нóвый ромáн：

Он пи́шет, и **онá читáет** нóвый ромáн.
他正在寫新的小說，而她正在讀它（這本新小說）。

即使疑問詞在句子中的功能不同，也可以用並列連接詞連接起來：

Кто и **когда́** его́ разби́л?
是誰什麼時候把它弄壞了？（主語與時間狀語）
Я не зна́ю, **где** и **что** купи́ть.
我不知道該在哪裡買，也不知道買什麼好。（處所狀語與直接補語）

有時會將 и 放在每個成分之間，如 и..., и...，表示「～，也～」。這麼做是在列舉事物，而不是連接它們：

Он лю́бит **и Че́хова**, **и Го́голя**.
他喜歡契訶夫，也喜歡果戈里。
Он зна́ет **и ру́сский**, **и украи́нский** языки́.
他懂俄語，也懂烏克蘭語。
Его́ хорошо́ зна́ют **и в Росси́и**, **и в Аме́рике**, **и в Кита́е**.
他在俄羅斯、美國、中國都很出名。

補充

否定句列舉時，則使用 ни..., ни...：
Он не чита́ет **ни Достое́вского**, **ни Пу́шкина**.
他沒讀過杜斯妥也夫斯基，也沒讀過普希金的作品。
Она́ не рабо́тает **ни в То́кио**, **ни на ро́дине**.
她不是在東京工作，也不是在故鄉工作。

b）и́ли「～或～」（選擇）

и́ли 跟 и 一樣，可以連結句子裡相同的成分：

За́втра я бу́ду до́ма **смотре́ть DVD** и́ли **слу́шать CD**.
明天我要在家裡看 DVD 或聽 CD。（動詞與補語）
За́втра к вам придёт **Ма́ша** и́ли **Та́ня**?
明天要來您家的人是瑪莎還是塔妮亞？（主語）

Ле́том мы бу́дем **в Ло́ндоне** и́ли **в Пари́же**.
我們夏天會去倫敦或巴黎。（處所狀語）
＊就像 и 一樣，前後連接的前置詞若是同一個，可以重複，例如 в **Ло́ндоне** и́ли в **Пари́же**。

и́ли 也跟 и 一樣，可用 и́ли..., и́ли... 的形式列舉事物，表示「～，或～」：

Я де́тям куплю́ **и́ли игру́шки**, **и́ли велосипе́д**, **и́ли кни́ги**.
我要給孩子們買玩具、腳踏車或書。

補充

ли́бо 也和 и́ли 一樣，有「～或～」的意思，可用來連接或列舉：
Мы пойдём в теа́тр **в суббо́ту** ли́бо **в воскресе́нье**.
我們會在週六或週日去劇院。
За́втра я бу́ду **ли́бо на рабо́те**, **ли́бо до́ма**.
明天我可能在公司或在家吧。

但只有 и́ли 有「也就是、換言之」的意思：
Э́то **гиппопота́м**, и́ли **бегемо́т**.
這是Hippopotamus，也就是河馬。

c）но「～，可是～、～，但是～」（對立）

用來連接前後內容對立的句子。與表示轉折、主題轉換的連接詞 a 不同，請多加注意：

Она япо́нка, но **в Япо́нии её никто́ не зна́ет**.
她（雖然）是日本人，可是在日本沒人認識她。
Он миллионе́р, но **не сча́стлив**.
他（雖然）是億萬富翁，但是並不幸福。
Он **до́брый челове́к**, но **ничего́ не зна́ет**.
他是善良的人，但什麼都不知道。
Он **до́брый**, но **неу́мный** человек.
他是個善良但不聰明的人。

補充

однáко 也可表示對立關係，但與其說是連接詞，不如說是插入語（☞ p.289-290）更貼切。因此，不一定要擺在後面句子的句首：

Онá япóнка. Её дочь, **однáко**, родилáсь в Москвé.
她是日本人。然而，她的女兒卻出生於莫斯科。

此外，若對立的不是整個句子，而是句子的一部分時，不能使用 однáко，這跟 но 不同：

Я читáю трýдную, **но** интерéсную кнúгу.
我正在閱讀艱澀但有趣的書。
➡✕Я читáю трýдную, **однáко**, интерéсную кнúгу.

d）表示轉折、主題轉換的連接詞 а

i）連接詞 а 的功能

а 有時會被視為對立連接詞，嚴格說起來，是對比、對照兩個（或以上的）成分，或是要轉換主題時，會用到的連接詞。這點與前面說明的對立連接詞 но 不一樣，請務必留意：

Виктóрия рýсская, а **Сатоко** япóнка.
維多利亞是俄羅斯人，但里子是日本人。

這裡是在對比、對照維多利亞與里子兩個人物。換言之，前半句的主題是維多利亞，後半句是里子，因此也算是「主題轉換」。這時候使用 а 比 но 更為貼切：

У негó мнóго дéнег, а **у меня́** их óчень мáло.
他錢很多，但我的錢很少。

前半部的主題是「他」，後半部則是「我」，也就是拿「他」和「我」對比。不過，若是以下的例子，就不能使用 a 連接：

Он англича́нин, **но** он не говори́т по-англи́йски.
他是英國人，卻不會說英語。
➡✕Он англича́нин, **а** он не говори́т по-англи́йски.

這時使用 a 的話，就變成 он 和 он 在對比，句意不通。

根據情況的不同，有時 a 跟 и 一樣，有並列的功能，有時跟 но 一樣，是對立連接詞：

Он спит, а **она́** то́лько смо́трит на него́.
他睡了，而她只是凝視著他。（≒ и）
Он лю́бит её, а **она́** лю́бит друго́го.
他愛她，可是她卻愛別人。（≒ но）

這兩個例子都是在對比前半部的主題 он，以及後半部的 она́。至於兩者是並列或對立，則會因文章脈絡而有所不同。

ii）疑問句

表示主題轉換的連接詞 a，也能用於以下疑問句中：

А кто вы?
那您是誰？
А где вы роди́лись?
那您是在哪裡出生的？
А вы?
那您呢？

這些句子的主題原本是別人，後來變成了「您」。

iii) 與否定詞連用

連接詞 a 可以與否定詞 не 連用，構成以下句型：

◆не..., а...「不是～，而是～」

Она́ родила́сь **не** в То́кио, **а** в Са́ппоро.

她不是在東京，而是在札幌出生的。

Вчера́ к вам приходи́л **не** Са́ша, **а** То́ля.

昨天找您的不是薩沙，而是托列亞。

◆..., а не...「是～，不是～」

Она родила́сь в То́кио, **а не** в Са́ппоро.

她是在東京出生的，不是在札幌。

Вчера́ к вам приходи́л Са́ша, **а не** То́ля.

昨天找您的是薩沙，不是托列亞。

3. 主從連接詞

並列連接詞是用來連接兩個同等成分的連接詞，而**主從連接詞**則是用來結合一個子句與另一個子句。

(1) 主要子句與從屬子句

以下例子都是將畫底線的子句結合到以[ ]框起來的句子中：

① [Он зна́ет, **что** она́ прие́хала из Аме́рики].

他知道她是從美國來的。

② [Мы опозда́ли, **так как** он не пришёл].

因為他沒來，（所以）我們遲到了。

③ [Оте́ц рабо́тал на заво́де, **когда́** мы бы́ли в Ирку́тске].

我們住在伊爾庫次克時，父親在工廠工作。

決定句子整體結構的子句稱為**主要子句**（[ ]中沒畫底線的部

分），附屬於主要子句的子句則稱為**從屬子句**（畫底線的部分）。這類由主要子句與從屬子句構成的句子，稱為**複合句**。

例子①中，從屬子句是主要子句動詞 зна́ет「知道」的補語；在例子②中，從屬子句是表示理由的狀語；在例子③中，從屬子句是表示時間的狀語。帶出從屬子句的連接詞稱為**主從連接詞**。如以上例子所示，有的主從連接詞像 что 或 когда́ 是單一個字，有的則像 так как，由數個單字組成。

（2）從屬子句與語序

以並列連接詞構成的同等並列句型，對語序有嚴格限制（☞ p.315），但複合句對於語序則不會，只要不把從屬子句與主從連接詞拆開就好：

[Он хорошо́ говори́т по-япо́нски, **хотя́** он не япо́нец].
他不是日本人，可是日語說得很流利。
➡ [**Хотя́** он не япо́нец, он хорошо́ говори́т по-япо́нски].

[Мы должны́ рабо́тать мно́го, **что́бы** де́ти бы́ли сча́стливы].
為了讓孩子們過得幸福，我們一定要努力工作。
➡ [**Что́бы** де́ти бы́ли сча́стливы, мы должны́ рабо́тать мно́го].

有時候也可根據文章脈絡省略主要子句，只保留從屬子句：

Потому́ что он не пришёл.
因為他沒來。
Е́сли бы у нас бы́ли де́ньги!
如果我們有錢就好了！

（3）主從連接詞的種類

主從連接詞種類不少，以下介紹幾個主要類型：

a）用來說明的連接詞 что「是～、所謂～」

i） что 的基本用法

這就是英語 that 子句的「that」。這個連接詞是用來具體說明言語、思考、理解、知覺等內容的從屬子句：

[Он зна́ет, **что** я роди́лся в То́кио].
他知道我是在東京出生的。
[Я ду́маю, **что** э́то о́чень хоро́ший план].
我認為這是非常好的計畫。
[Бы́ло ука́зано, **что** в гости́ницу соба́ки не принима́ются].
這裡標示著飯店禁止狗入內。

連接詞 что 與疑問詞的 что 不同，請多注意：

Он зна́ет, **что** она́ сказа́ла.
他知道她說過什麼。
Я не по́мню, **что** он мне показа́л.
我不記得他給我看過什麼。

上面兩個例句的 что 都是表示「什麼」的疑問詞，並以此組成間接疑問句（☞ p.123-124）。這裡的疑問詞 что 是動詞 сказа́ла, показа́л 的賓格補語（☞ p.383），所以如果沒有疑問詞就無法形成從屬子句。相對地，上面三個帶有連接詞 что 的例子就算沒有連接詞 что，я роди́лся в То́кио「我在東京出生」、э́то о́чень хоро́ший план「這是非常優秀的計畫」、в гости́ницу соба́ки не принима́ются「飯店禁止狗入內」這些句子也是完整的。

ii） то, что...

連接詞 что 也可以換成 то, что：

Он сказáл, **что** онá родилáсь в Москвé.
他說，她是在莫斯科出生的。
＝Он сказáл **то, что** онá родилáсь в Москвé.

что 本身只是一般的連接詞，無法有變格，所以用 что 來表示從屬子句的格。上列的從屬子句是 сказáл 的直接補語，所以 то 是賓格（то 的變格請參考 ☞ p.111）。若 то 可是賓格的話，通常可省略。上面的第二個例句加了 то，書面語的感覺比較強烈。

① Онá удивилась **тому́, что** он пришёл.
他的到來讓她大吃一驚。（與格）
② Я интересу́юсь **тем, что** онá интересу́ется ру́сской литерату́рой.
她對俄羅斯文學感興趣讓我覺得很有意思。
（工具格）

連接詞 что 常見於各種慣用語中，同時也是組成其他的合成連接詞的字。

補充

что 也可能是關係代詞，請仔細分辨：
（詳情參考 ☞ p.132-133）

Я интересу́юсь **тем, что** он сказáл.
我對他說過的話感興趣。

在這個例句中，что 不是連接詞，而是先行詞 тем (то) 的關係代詞，也是動詞 сказáл 的賓格補語。從屬子句沒有 что 就不完整。然而在上述的 ①② 例句中，① 的 он пришёл「他來了」和 ② 的она интересу́ется ру́сской литерату́рой「她對俄羅斯文學感興趣」，就算沒有連接詞 что 也是完整的句子。

b）與 что 不同的連接詞

i） как

如果表示的是關於察覺、認識的「～的樣子」時，連接詞不用 что，而是用〔как＋表示察覺的動詞或謂語副詞（☞ p.290-294）〕的句型。和 как 搭配的動詞有 слы́шать「聽到、聽說」、слу́шать「聽」、смотре́ть「看」、ви́деть「看見」、чу́вствовать「感覺」、заме́тить「察覺」等；可搭配的謂語副詞則有 слы́шно「聽得到」、ви́дно「看得見」、заме́тно「感受得到」等：

Мы слу́шаем, **как** ве́тер во́ет.
我們聽著風聲呼嘯。

Я ви́дел, **как** ма́ма це́ловала Санта-Кла́уса.
我看見媽媽親吻了聖誕老人。

Она́ чу́вствовала, **как** ребёнок шевели́тся в животе́.
她感覺肚裡的胎兒在動。

Слы́шно, **как** пою́т пти́цы.
聽得見鳥在唱歌。

如果不是與表示察覺的謂語連用，則 как 是疑問詞，表示「如何、怎麼樣」，用以形成間接疑問句（☞ p.123-124）：

Я покажу́, **как** он рабо́тает.
我給（大家）看看他是怎麼工作的。

ii） что́бы

表示願望或請託時，使用 что́бы。這是由 что 加上 бы 組成的字，主要子句和從屬子句的主語不同時，動詞必須使用過去時（詳情參考☞ p.237-238）：

Он веле́л, **что́бы** она́ верну́лась домо́й че́рез час.
他命令她一個小時後回家。

iii) бу́дто

對內容有疑問時，不是使用 что，而是 бу́дто「好像～一樣」表示。請注意以下兩個例子的不同處：

Он сказа́л, **бу́дто** она́ придёт. 他說得好像她要來一樣。

Он сказа́л, **что** она́ придёт. 他說她會來。

c）理由、原因

i） потому́ что「因為～」

這個連接詞用來引導說明理由的從屬子句。一般而言，表示理由的從屬子句擺在句子後半部：

Он опозда́л, **потому́ что** он по́здно встал.

他遲到了，因為太晚起來了。

Он отли́чно владе́ет ру́сским языко́м, **потому́ что** он роди́лся в Москве́.

他精通俄語，因為他出生於莫斯科。

ii） поэ́тому「所以～」

句子的前半部為理由、原因，поэ́тому 引導的後半部則是結果。表示理由、原因的子句及結果子句的語序正好與 потому́ что 的句型相反。請留意兩者的差異（嚴格說來，поэ́тому 不能算是連接詞，應該是副詞才對）：

Он не пришёл, поэ́тому **я отпра́вил ему́ e-mail**.

因為他沒來，所以我寄了電子郵件給他。

〔原因〕　〔結果〕

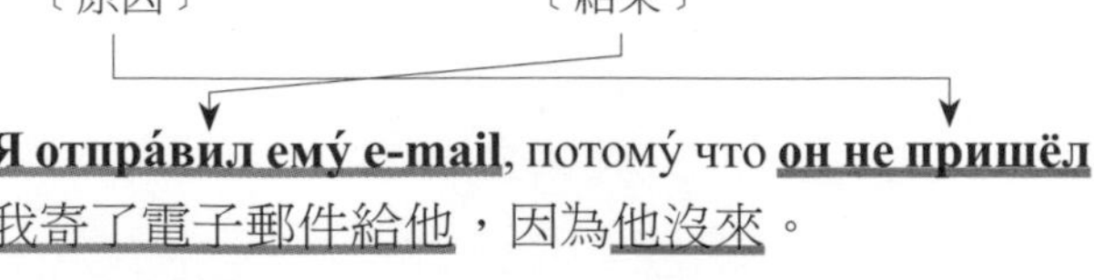

Я отпра́вил ему́ e-mail, потому́ что **он не пришёл**.

我寄了電子郵件給他，因為他沒來。

〔結果〕　〔原因〕

iii）так как「因為～」

Он не пришёл, **так как** у него́ родила́сь до́чка.
他沒來，因為他女兒出生了。

這是一個常用來替換 потому́ что 的連接詞。跟 потому́ что 不同的地方在於，以 так как 為首的從屬子句可以擺在句子的前半部：

Так как у него́ родила́сь до́чка, он не пришёл.

iv）благодаря́ тому́, что「託～之福」

是由前置詞 благорадря́「託～之福」與 то, что（p.323-324）所組成的連接詞。用來表示好結果的理由、原因，屬於書面語：

Он сдал экза́мен **благодаря́ тому́, что** она́ помога́ла ему́.
因為有她幫忙，（所以）他考試過了。

v）из-за того́, что「因為做了～」

由表示理由的前置詞 из-за 與 то, что（p.323-324）所組成的連接詞。通常用來表示不好結果的理由、原因，屬於書面語：

Мы попа́ли в ава́рию **из-за того́, что** муж усну́л за рулём.
因為（我）先生開車時睡著了，（所以）我們才出車禍。

vi）от того́, что「為了～、因為～之故」

由表示原因的前置詞 от 與 то, что（p.323-324）所組成的連接詞。通常用來表示無法憑個人力量扭轉情勢的自然現象原因：

Мы несчáстны **от тогó, что** у нас нет свобóды.
我們因為沒有自由而不幸。
Мне грýстно **от тогó, что** дождь идёт.
（因為）下雨讓我覺得感傷。

vii）поскóльку「因為～、就為了～、因為是～」

Поскóльку вы соглáсны, я не возражáю.
因為你贊成（在你贊成的情況下），所以我不反對。

viii）ведь「因為」

用來引導語氣沒那麼強硬的理由，比較口語：

Я с тобóй расстáться не хочý. **Ведь** я тебя́ люблю́!
我不想跟你分開。因為我愛你！

d）表示目的，意為「為了～」的連接詞 чтóбы

主要子句的主語與從屬子句的主語不同時，從屬子句（чтóбы 子句）若有主格主語，動詞用過去時；若從屬子句沒有主語，動詞就用不定式。會用過去時是因為假定式的關係（詳情參考第 10 章☞ p.237-238）：

Он рабóтает, **чтóбы** семья́ не нуждáлась в деньгáх.
他工作是為了讓家人不缺錢。
Я читáю **чтóбы** быть ýмной.
我讀書是為了變聰明。

e）條件

i）éсли「如果～」

連接詞 éсли 帶出的從屬子句用來說明主要子句中的（可能）發生條件。還可以在表示結果和結論的主要子句句首加上 то，以明確表示結果子句從哪裡開始，讓句子結構更明確：

Éсли зáвтра бýдет хорóшая погóда, (то) я поéду к мáме.
如果明天天氣好，我就去探望母親。

這個類型的條件子句與結果子句，經常會與假定式並用（假定式請參考☞ p.233-239）。

ii）дáже éсли (＝éсли дáже)「即使～」

Дáже éсли ты забýдешь обо мнé, я бýду с тобóй навсегдá.
即使你把我忘了，我也會永遠與你同在。

可以與假定式並用，表示與現實相反的想像：

Дáже éсли бы я стал президéнтом, э́то ничегó бы не изменíло.　就算我當了總統，這也不會改變什麼。

iii）раз「既然～、如果是～」

Раз обещáл, то вы́полни.
既然答應了，就要做到（實踐約定）。
Что ты дéлал в шкóле, **раз** не знáешь такíх вещéй?
如果你連這些事也不知道，那你在學校做什麼？

f） 對立

i） хотя́「雖然～可是～」

но 是並列連接詞（☞ p.318-319），但 хотя́ 是主從連接詞，所以語序不是那麼嚴格：

Он о Россíи ничегó не знáет, **хотя́ он рýсский**.
他雖是俄羅斯人，卻對俄羅斯一無所知。
➡ **Хотя́** он рýсский, он ничегó не знáет о Россíи.

ii） несмотря́ на то, что「儘管～、雖然～」

Несмотря́ на то, что он ужé два гóда живёт в Амéрике, он хóчет вернýться домóй.

雖然他已經在美國住了兩年，可是他還是想回故鄉。

g）比喻、比較

i）как的用法①「像～」

как 連接的名詞（詞組、句子等）與比喻對象應使用相同的格或前置詞：

Онá поëт, как **птúца**. 她的歌聲像鳥鳴。

都是主格

Я вéрю **тебé**, как **роднóму отцý**. 我把你當成親生父親般信賴。

都是與格

Онá смóтрит **на меня́**, как **на незнакóмого**. 她像在看陌生人般地看著我。

都是〔на＋賓格〕

как 連接的其實是完整子句，以上的例子如果不省略從屬子句，會變成這樣：

Онá поëт, **как** птúца поëт.

Я вéрю тебé, **как** я вéрю роднóму отцý.

Онá смóтрит на меня́, **как** онá смóтрит на незнакóмого.

補充

可表示比喻、比較的連接詞有слóвно「好像～、似乎～」、как бýдто「好似～」、так же, как「跟～一樣」等：

Моя́ машúна стáрая, но онá рабóтает, **слóвно** вчерá купúли.
我的車子雖舊，但就好像昨天買的那樣運作著。

Он говорúт, **как бýдто** у негó болúт головá.
他說話的樣子像是頭在痛。

Звýки нельзя́ записáть на бумáге **так же, как** мы запúсываем бýквы. 聲音無法像我們寫字母那樣記錄在紙上。

как 可以用來修飾名詞，意思是「像～的樣子」。這時 как 連接的名詞會用主格。不過，當修飾的名詞和比喻對象不同時，要配合比喻的對象變格：

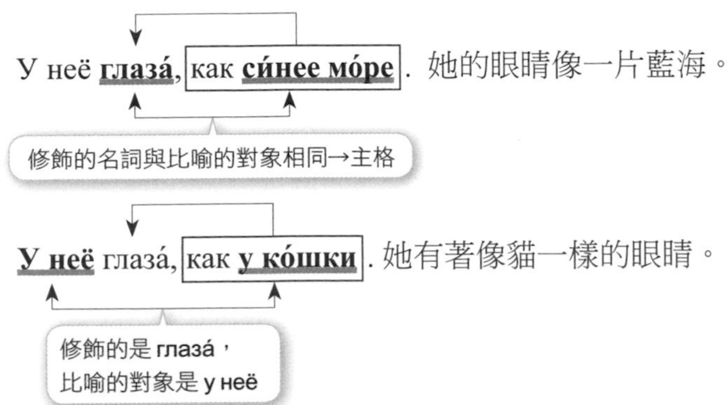
У неё **глазá**, как **сúнее мóре**. 她的眼睛像一片藍海。
修飾的名詞與比喻的對象相同→主格
У неё глазá, как **у кóшки**. 她有著像貓一樣的眼睛。
修飾的是 глазá，
比喻的對象是 у неё

ii）как 的用法②「視為～」

как 連接的名詞（詞組、句子等）的格同比喻對象：

Я уважáю **егó** как **человéка**. 我把他當人一樣尊重。

都是賓格

Я живý в Москвé как **эмигрáнт**. 我以移民身分住在莫斯科。

都是主格

此外，經常在比喻對象前面加上такóй：

Онá хóчет имéть **такóго** ученикá, как **он**.
她想要有個像他那樣的學生。

h）時間

i）когдá「～的時候」

當動作並行或同時發生，或某動作途中發生某事時，以〔когдá＋未完成體〕表示：

Когда́ учи́тель **объясня́л**, я спал.
當老師在說明時，我在睡覺。 未完成體
Когда́ мы **у́жинали**, вдруг она́ пришла́.
我們吃晚餐時，她突然來了。 未完成體

在一個動作之後，有另一個動作或另一個狀態發生時，以〔когда́＋完成體〕表示：

Когда́ я включи́л компью́тер, разда́лся незнако́мый звук.
我打開電腦後，傳來一陣沒聽過的聲響。 完成體
Когда́ я вы́ключил компью́тер, зву́ка уже́ не́ было.
我關掉電腦後，聲音就沒了。 完成體

ii）пе́ред тем, как / пре́жде чем「在～之前」
從屬子句的動詞可使用不定式：

Пе́ред тем, как я умру́, я хочу́ рассказа́ть тебе́ об э́том.
在我死之前，我想告訴你這件事。
Пе́ред тем, как чита́ть да́льше, посмотри́те слова́рь.
在繼續閱讀前，請先查字典。
Пре́жде чем обе́дать, я не молю́сь.
用餐前我不禱告。

iii）по́сле того́, как「在～之後」
По́сле того́, как распа́лся СССР, ста́ло жить лу́чше?
蘇聯瓦解後，生活變好了嗎？

iv）с тех пор「從～時候開始」
Семна́дцать лет прошло́ **с тех пор, как** он мне э́то сказа́л.
從他告訴我這件事情起，至今已經過了十七年。

v）до того́, как「在～之前、在～前」

Она́ умерла́, **до того́, как** я роди́лся.
在我出生前，她就死了。

vi）как то́лько「一～就～」

Как то́лько вы́ключили газ, над кастрю́лей появи́лся бе́лый пар. 一關掉瓦斯，鍋子上就冒出白色蒸氣。

vii）пока́「（正當）～的時候」

Пока́ шёл дождь, я одна́ сиде́ла до́ма.
下雨的時候，我一個人待在家。

viii）пока́ не「在～之前、到～為止」

通常使用完成體動詞（☞ p.189）：

Ты не мо́жешь быть геро́ем, **пока́ не умрёшь**.
在你死之前（到你死為止），是無法成為英雄的。

i）修飾名詞的主從連接詞（＝關係詞）

關係詞也可以視為修飾名詞的某種主從連接詞（詳情參考☞ p.124-136）：

Там идёт па́рень, **кото́рый** прие́хал из Петербу́рга.
那裡走著一個來自聖彼得堡的青年。

數詞

數詞是表示物品數目、數量，或是與「數字」有關的詞。本章節將整理介紹種類多又複雜的數詞。

1. 各種數詞

說明物品數目或數量的詞泛稱為**數詞**，其中包含 мно́го「很多」、ма́ло「很少」等表示概略數量的詞（不定量數詞），以及 оди́н「1」、два「2」、три「3」等表示數字的詞（定量數詞、集合數詞）。**пе́рвый**「第一個的」、**второ́й**「第二個的」、**тре́тий**「第三個的」等表示順序的詞（順序數詞）雖跟數字有關，卻不是表示物品數目或數量的詞。因此，順序數詞應與數詞區分開來，況且它們的文法性質也大不相同。

不過，從「與數字有關」這點來看，順序數詞和定量數詞、集合數詞一樣，常常統稱為**數詞**。мно́го「很多」或 ма́ло「很少」雖然能表示量，卻與數字無關，通常稱為不定量數詞。

（1）定量數詞

以英語來解釋，**定量數詞**就好比 one、two、three、four、five 等表示人或物數量的基本用詞。

a）定量數詞一覽

從形式區分，定量數詞可分為簡單（定量）數詞、複合（定量）數詞和合成（定量）數詞。

i）簡單（定量）數詞與複合（定量）數詞

定量數詞有一個字的**簡單（定量）數詞**，以及數個字組成的**合成（定量）數詞**。首先介紹簡單數詞：

簡單（定量）數詞			
0	нуль/ноль	30	три́дцать
1	оди́н	40	со́рок
2	два	50	пятьдеся́т
3	три	60	шестьдеся́т
4	четы́ре	70	се́мьдесят
5	пять	80	во́семьдесят
6	шесть	90	девяно́сто
7	семь	100	сто
8	во́семь	200	две́сти
9	де́вять	300	три́ста
10	де́сять	400	четы́реста
11	оди́ннадцать	500	пятьсо́т
12	двена́дцать	600	шестьсо́т
13	трина́дцать	700	семьсо́т
14	четы́рнадцать	800	восемьсо́т
15	пятна́дцать	900	девятьсо́т
16	шестна́дцать	1,000	ты́сяча
17	семна́дцать	1百萬	миллио́н
18	восемна́дцать	10億	миллиа́рд
19	девятна́дцать	1兆	триллио́н
20	два́дцать	1千兆	квадриллио́н

＊「0」有 нуль 和 ноль 兩種說法。

оди́ннадцать（＝оди́н＋надцать）「11」、два́дцать（＝два＋дцать）「20」、пятьдеся́т（＝пять＋десят）「50」、четы́реста（＝четы́ре＋ста）「400」等定量數詞，都是一個字，但內含多個詞根。這類數詞稱為**複合（定量）數詞**，應加以區分（上表的「11」～「30」、「50」～「90」、「200」～「900」）。

ii) 合成（定量）數詞

два́дцать「20」是簡單數詞，但下一個數詞比它（20）大，且個位數字大於 0。因此，必須藉由組合簡單數詞，創造出合成數詞才行。

比ты́сяча「千」大的簡單數詞全部視為普通名詞，譬如 2000，就是「兩個千」，500 萬就是「五個百萬」，以此類推。性與格的規則都比照普通名詞（與數詞連用時的名詞變格參考☞ p.337-340）：

2,000＝2×1,000　　　две ты́сячи

ты́сяча 是陰性名詞，所以 два 變成 две。因為接在 2 後面，所以用單數屬格。

5,000,000＝5×1,000,000　　пять миллио́нов

миллио́н 是陽性名詞。因為接在 5 後面，所以用複數屬格。

再多舉一些例子。請各位想想為何變成這樣的形式：

8,743	во́семь ты́сяч семьсо́т со́рок три
2,104,551	два миллио́на сто четы́ре ты́сячи пятьсо́т пятьдеся́т оди́н
38,615,876	три́дцать во́семь миллио́нов шестьсо́т пятна́дцать ты́сяч восемьсо́т се́мьдесят шесть

學習訣竅

在中文裡，「萬」（10,000）、「億」（100,000,000）、「兆」（1,000,000,000,000）、「京」（10,000,000,000,000,000）是每四位數換一個數詞，但在俄語中，ты́сяча（1,000）、миллио́н（1,000,000）、миллиа́рд（1,000,000,000），則是每三位數就換。如果平常習慣使用三進位數的話，學俄語的數詞會相當輕鬆。

b）定量數詞與名詞的基本組合

英語的數詞與名詞組合在一起時，如果是「一個男孩」，就是 one boy，「兩個男孩」就是 two boys，「五個男孩」就是 five boys，只要留意名詞 boy 的單複數就好，但是俄語可沒這麼簡單。

i）簡單（定量）數詞與名詞連用

◆名詞的變格

以簡單數詞修飾的名詞，由數詞決定接格（合成數詞的情形請參考☞ p.339-340）：

1＋單數主格		2～4＋單數屬格		5～20＋複數屬格	
один	ма́льчик това́рищ стол	два три четы́ре	ма́льчика това́рища стола́	пять шесть : два́дцать	ма́льчиков това́рищей столо́в

＊這是指主格的情況。其他格的情況請參考☞ p.345-350。

- три́дцать「30」以上，個位數是 0 的數詞，所接的名詞都得用複數屬格，нуль / ноль「0」也是：

три́дцать студе́нтов　三十位學生
сто преподава́телей　一百位老師

нуль / ноль「0」也一樣使用複數屬格：

нуль часо́в　零點

- 不過，два「2」、три「3」、четы́ре「4」所接的單數屬格，形式和重音通常都稍微有些不同，例如 час「時間」、ряд「列」等陽性名詞：

два часа́　兩個小時（前有 два, три, четы́ре 時的單數屬格）

о́коло ча́са　約一個小時（因為與前置詞 о́коло 連用，所以一般的單數屬格）

- 「2～4」修飾形容詞形式的名詞時，使用複數屬格形：

два учёных 兩名學者　　три ру́сских 三個俄羅斯人

此外，當有修飾名詞的形容詞時，在數詞之後使用複數屬格，在數詞之前則用複數主格。5 以上的數詞也適用這個規則（詳情參考數詞詞組的變格☞ p.345-350）：

два до́брых студе́нта　兩名善良的大學生

因為在數詞之後，所以用複數屬格

остальны́е два студе́нта　剩下的兩名大學生

因為在數詞前面，所以用複數主格

остальны́е пять япо́нских студе́нтов　剩下的五名日本大學生

因為在數詞前面，所以用複數主格，因為在數詞後面，所以用複數屬格

- 不過，若「2～4」修飾的是陰性名詞時，數詞與名詞之間的形容詞也有可能使用複數主格：

две до́брые студе́нтки　兩名善良的女大學生

因為是陰性名詞，所以也可用複數主格

- 數詞「2」、「3」、「4」要求所接的名詞使用單數屬格，因此不能接只有複數形的名詞（☞ p.28）。這個時候就要使用只能接名詞複數屬格的集合數詞 дво́е、тро́е、че́тверо，（☞ p.362-364），或把其他名詞當成計算單位，加在數字後面來計數：

двóе часóв 兩個時鐘　　трóе сýток 三個晝夜
две пáры часóв 兩個時鐘（＜兩組的時鐘）

- 偶爾也可看到只有被數詞修飾時會使用的名詞特殊複數屬格：

пять **человéк** 五個人

單數主格是 человéк，通常複數屬格是 людéй。

сто **лет** 一百年

單數主格是 год，通常複數屬格是 годóв。

◆依照性改變的數詞

數詞「1」和「2」要配合名詞的性變化：

1	2	
оди́н＋陽性	два＋ 陽性／中性	оди́н мáльчик, два мáльчика
однó＋中性		однó письмó, два письмá
однá＋陰性	две＋陰性	однá кни́га, две кни́ги

◆「1」的複數 одни́

「1」也有複數形式。因為是「1」，有複數難免令人覺得奇怪；不過，修飾只有複數的名詞（☞ p.28）時，就必須使用複數形：

одни́ ｛ сáни 一台雪橇
　　　 часы́ 一個時鐘
　　　 брю́ки 一件褲子

ii）合成（定量）數詞與名詞連用

以合成數詞修飾名詞時，名詞形由末尾的數詞決定：

двáдцать оди́н **мáльчик** 二十一個小男孩

因為在 оди́н「1」後面，所以用單數主格。

сто три **ма́льчика** 一百零三個小男孩

因為在 три「3」後面，所以用單數屬格。

ты́сяча две́сти во́семь **ма́льчиков** 一千兩百零八個小男孩

因為在 во́семь「8」後面，所以用複數屬格。

две ты́сячи пятьсо́т **ма́льчиков** 二千五百個小男孩

因為在 пятьсо́т「500」，也就是最後一個數字是0後面，所以用複數屬格。

- 請留意以下的情況。不要以數字概念來思考，而要遵循俄語文法的邏輯：

две́сти трина́дцать **ма́льчиков** 兩百一十三個小男孩

因為是在 трина́дцать「13」，而不是在「3」後面，所以用複數屬格。

две ты́сячи оди́ннадцать **ма́льчиков** 兩千零一十一個小男孩

因為是在 оди́ннадцать「11」，而不是在「1」後面，所以用複數屬格。

- 合成數詞末尾是 оди́н「1」、два「2」的話，跟簡單數詞一樣，要隨所修飾名詞的性變化：

сто **одна́** де́вочка 一百零一個小女孩

因為 де́вочка「少女」是陰性名詞，所以用 одна́。

со́рок **две** де́вочки 四十二個小女孩

因為 де́вочка「少女」是陰性名詞，所以用 две。

c）定量數詞的變格

前面單元提到，極少數的定量數詞會因單複數而使用不同形式。至於變格，定量數詞也會隨一般的名詞或形容詞變格，不過，還是有不同之處，整理如下，請各位牢記。

i）簡單數詞

◆「1」的變格

除了主格，「1」的變格幾乎跟長尾形容詞一樣（☞ p.144-148），而且也有複數形式。在陽性和複數的情況下，賓格會因動物性名詞或非動物性名詞的不同，變成與屬格同形或與主格同形（因動物性名詞、非動物性名詞導致賓格不同，參考☞ p.53）：

1					
陽性		單數			複數
		中性	陰性		
主格		оди́н	одно́	одна́	одни́
屬格		одного́		одно́й	одни́х
與格		одному́		одно́й	одни́м
賓格	動物性名詞	одного́		одну́	одни́х
	非動物性名詞	оди́н			одни́
工具格		одни́м		одно́й	одни́ми
前置格		одно́м		одно́й	одни́х

◆「2」、「3」、「4」的變格

「2」、「3」、「4」沒有單複數之分，但會因為所接名詞的動物性及非動物性而有分別。只有「2」的主格與非動物性名詞的賓格有陰性形，也就是說，有部分需要區分性別：

		2			3	4
		陽性	中性	陰性		
主格		два		две	три	четы́ре
屬格		двух			трёх	четырёх
與格		двум			трём	четырём
賓格	動物性名詞	двух			трёх	четырёх
	非動物性名詞	два		две	три	четы́ре
工具格		двумя́			тремя́	четырьмя́
前置格		двух			трёх	четырёх

◆「5」以上且以 -ь 結尾的簡單數詞變格

пять「5」到 **два́дцать**「20」、**три́дцать**「30」，有些定量數詞是以 **-ь** 結尾。這些數詞與以 **-ь** 結尾的陰性名詞變格一致，屬於第三變格法名詞（☞ p.74-75）：

	5	8	11
主格	пять	во́семь	оди́ннадцать
屬格	пяти́	восьми́	оди́ннадцати
與格	пяти́	восьми́	оди́ннадцати
賓格	пять	во́семь	оди́ннадцать
工具格	пятью́	восемью́ восьмью́	оди́ннадцатью
前置格	пяти́	восьми́	оди́ннадцати

＊**во́семь**「8」有 **е** 變成 **ь** 的微妙差異，務必留意。此外，工具格有 **восемью́** 與 **восьмью́** 兩種形式。

這類數詞的變格都跟以 **-ь** 結尾的陰性名詞（第三變格法名詞）相同。不過，變格沒有複數形，也不受性或動物性名詞、非動物性名詞影響。

「5」（**пять**）～「10」（**де́сять**），以及「20」（**два́дцать**）和「30」（**три́дцать**），在變格時，重音會移至詞尾；「11」（**оди́ннадцать**）～「19」 （девятна́дцать）的重音則不移動。

◆「40」「90」「100」的變格

со́рок「40」、девяно́сто「90」、сто「100」變格特殊，和名詞和形容詞不同。因為三者彼此相似，所以整理成圖表方便記憶：

	40	90	100
主格	со́рок	девяно́сто	сто
屬格	сорока́	девяно́ста	ста
與格	сорока́	девяно́ста	ста
賓格	со́рок	девяно́сто	сто
工具格	сорока́	девяно́ста	ста
前置格	сорока́	девяно́ста	ста

◆複合數詞「50」「60」「70」「80」的變格

通常俄語單字只有在最後面被稱為「詞尾」的部分，但是這些數詞在中間和最後面都要變格。譬如 пятьдеся́т「50」，除了主格與同形的賓格外，пять 和 десять 都要變格。шестьдеся́т「60」、се́мьдесят「70」、во́семьдесят「80」也一樣：

	50	60	70	80
主格	пятьдеся́т	шестьдеся́т	се́мьдесят	во́семьдесят
屬格	пяти́десяти	шести́десяти	семи́десяти	восьми́десяти
與格	пяти́десяти	шести́десяти	семи́десяти	восьми́десяти
賓格	пятьдеся́т	шестьдеся́т	се́мьдесят	во́семьдесят
工具格	пятью́десятью	шестью́десятью	семью́десятью	восемью́десятью восьмью́десятью
前置格	пяти́десяти	шести́десяти	семи́десяти	восьми́десяти

＊每個字的後半部，除了主格與賓格外，皆與 десять「10」的變格相同。

＊во́семьдесят 的工具格有 восемью́десятью 與 восьмью́десятью 兩種。

＊во́семьдесят 前半部的 восемь- 有母音 е 與 ь 交替，數詞 во́семь「8」也是這樣。

◆三位數的複合數詞變格

三位數的複合數詞從 двéсти「200」一直到 девятьсóт「900」，單字中間與詞尾兩個部分都會變格。也就是說，除了主格與賓格，два、три 等前半部的數詞與後半部的 сто 都會各自變格：

	200	300	500	800
主格	двéсти	трúста	пятьсóт	восемьсóт
屬格	двухсóт	трёхсот	пятисóт	восьмисóт
與格	двумстáм	трёмстáм	пятистáм	восьмистáм
賓格	двéсти	трúста	пятьсóт	восемьсóт
工具格	двумястáми	тремястáми	пятьюстáми	восемьюстáми восьмьюстáми
前置格	двухстáх	трёхстáх	пятистáх	восьмистáх

＊後半部分除了主格與賓格，都是 сто 的複數。在現代俄語中，сто 沒有複數。這裡看到的只是殘留下來的形式而已。

＊通常 ё 沒有重音的話，會變成 е。可是，трёхсóт, трёмстáм, трёхстáх 的 ё 為第二重音（☞ p.11），所以不會變成 е。

＊восемьсóт 跟 вóсемь 或 вóсемьдесят 一樣，在變格時，е 與 ь 會交替。此外，工具格也同樣有 восьмьюстáми 和 восемьюстáми 兩種形式。

◆「千」以上簡單數詞的變格

ты́сяча「千」、миллиóн「百萬」以上的數詞，變格通常像名詞一樣。換言之，ты́сяча 被視為 -а 結尾的陰性名詞（第二變格法名詞☞ p.74）；миллиóн 則被視為子音結尾的陽性名詞（第一變格法名詞☞ p.73）。跟一般名詞一樣，也會有「數千」或「數百萬」等複數形式。此外，這種定量數詞本身屬於非動物性名詞，所以不論所修飾的名詞是動物性名詞或非動物性名詞，對於數詞的賓格並沒有影響。

還有，ты́сяча 的單數工具格照規則（☞ p.61-62）會變成 ты́сячей，但同時也存在 ты́сячью 的形式。

ii）合成數詞

若是合成數詞的話，原則上所有數詞個別變格。譬如

шестьсóт сéмьдесят вóсемь「678」的工具格是：

шестьюстáми семьюдесятью восемью́

所有數詞都應變成工具格。不過，在口語中，則可能只有最後一個數詞變格：

шестьсóт сéмьдесят **восемью́**

有時候則只有中間不變格：

шестьюстáми сéмьдесят **восемью́**

d）數詞詞組的變格

數詞詞組由數詞與名詞組成。請留意數詞詞組的變格，部分與一般名詞詞組不同。以下所有變格表都是依照下列結構整理出來的：

（定語）＋數詞＋定語＋名詞

這兩個**定語**（p.384-385）都是要依修飾對象性、數、格變格的形容詞、指示代詞、物主代詞。定量數詞前面通常不會另外加定語，有的話，多半要有強調意味，而第二個定語多半是形容詞。

除了數詞的形式，也要留意數詞前後定語和名詞的形式。數詞前的定語通常與數詞詞組整體的格（＝數詞的格）一致。

i）оди́н「1」

數詞是оди́н「1」的話，不會有特殊的變格狀況，與一般名詞詞組的變格無異。оди́н就跟形容詞一樣，會因後面名詞的性、數、格與動物性名詞、非動物性名詞的差別

15 數詞

而變成不同形式，所以數詞、數詞前後的定語、名詞變格都一致。在此舉最具代表性的陽性名詞為例（數詞оди́н本身的變格☞ p.341）：

		一位優秀的大學生	一本有趣的雜誌
主格		оди́н хоро́ший студе́нт	оди́н интере́сный журна́л
屬格		одного́ хоро́шего студе́нта	одного́ интере́сного журна́ла
與格		одному́ хоро́шему студе́нту	одному́ интере́сному журна́лу
賓格	動物性	одного́ хоро́шего студе́нта	
	非動物性		оди́н интере́сный журна́л
工具格		одни́м хоро́шим студе́нтом	одни́м интере́сным журна́лом
前置格		одно́м хоро́шем студе́нте	одно́м интере́сном журна́ле

ii) два「2」、три「3」、четы́ре「4」

若是數詞два「2」～четы́ре「4」，請注意以下幾個重點：

- 數詞前後的定語都用複數
- 數詞前面的定語跟數詞詞組的格（＝數詞的格）一致，數詞後面的定語跟名詞在主格與賓格時，要用屬格，在其他格時，都同詞組的格。
- 不過，在主格與賓格時，數詞後面的定語用複數屬格，名詞則用單數屬格。
- 若是動物性名詞，賓格同屬格；若是非動物性名詞，賓格同主格。請注意，這裡賓格的動物性名詞要用複數屬格。

剛剛提過，數詞「2～4」後的，名詞使用單數屬格（☞ p.337）。然而，如下表所示，使用單數的只有畫底線的部分，使用單數反而變成特殊情況。但再仔細想想，兩個～四個的物品，使用複數本來就比較自然：

		這兩位優秀的大學生	這兩本有趣的雜誌
主格		э́ти два хоро́ших студе́нта	э́ти два интере́сных журна́ла
屬格		э́тих двух хоро́ших студе́нтов	э́тих двух интере́сных журна́лов
與格		э́тим двум хоро́шим студе́нтам	э́тим двум интере́сным журна́лам
賓格	動物性	э́тих двух хоро́ших студе́нтов	
	非動物性		э́ти два интере́сных журна́ла
工具格		э́тими двумя́ хоро́шими студе́нтами	э́тими двумя́ интере́сными журна́лами
前置格		э́тих двух хоро́ших студе́нтах	э́тих двух интере́сных журна́лах

若是陰性名詞，且主格、賓格同形時，數詞後面的定語可以用複數主格，而非複數屬格。現代俄語更偏愛主格：

		這兩位優秀的女大學生	這兩本有趣的書
主格		э́ти две хоро́ших студе́нтки э́ти две хоро́шие студе́нтки	э́ти две интере́сных кни́ги э́ти две интересные кни́ги
屬格		э́тих двух хоро́ших студе́нток	э́тих двух интере́сных книг
與格		э́тим двум хоро́шим студе́нткам	э́тим двум интере́сным кни́гам
賓格	動物性	э́тих двух хоро́ших студе́нток	
	非動物性		э́ти две интере́сных кни́ги э́ти две интере́сные кни́ги
工具格		э́тими двумя́ хоро́шими студе́нтками	э́тими двумя́ интере́сными кни́гами
前置格		э́тих двух хоро́ших студе́нтках	э́тих двух интере́сных кни́гах

iii) пять「5」～сто「100」

數詞 пять「5」～сто「100」的變格，跟「2～4」幾乎一樣。不過有一點不同——數詞、後面的定語及名詞，不論動物性與非動物性名詞，其賓格形式都是一樣的，只有數詞前面的定語會受影響——動物性名詞使用屬格，非動物性名詞則同主格：

	這五位優秀的大學生	這五本有趣的雜誌
主格	э́ти пять хоро́ших студе́нтов	э́ти пять интере́сных журна́лов
屬格	э́тих пяти́ хоро́ших студе́нтов	э́тих пяти́ интере́сных журна́лов
與格	э́тим пяти́ хоро́шим студе́нтам	э́тим пяти́ интере́сным журна́лам
賓格 動物性	э́тих пять хоро́ших студе́нтов	
賓格 非動物性		э́ти пять интере́сных журна́лов
工具格	э́тими пятью́ хоро́шими студе́нтами	э́тими пятью́ интере́сными журна́лами
前置格	э́тих пяти́ хоро́ших студе́нтах	э́тих пяти́ интере́сных журна́лах

iv) ты́сяча「千」

數詞 ты́сяча「千」後接的定語及名詞有兩種形式。一種是當數詞詞組為主格或賓格時，定語及名詞變格皆用屬格，而詞組整體是其他格時，定語及名詞的格要與整體的格一致（跟 пять「5」等一樣，即下頁的表①）；另一種是全部用屬格（下頁的表②）。此外，ты́сяча 的工具格有 ты́сячью 和 ты́сячей 兩種。當工具格是 ты́сячей 時，後面接的定語與名詞只用屬格，不用工具格。

此外，如果是「千」以上（含）的數字，原則上數詞前面的定語變格同數詞（也就是說，ты́сяча 前面定語的性、數、格和 ты́сяча 一致），不受後面名詞的性、動物性或非動物性名詞性質影響：

①只有主格、賓格同屬格，其他格時與整體格一致			
		前一千名優秀的大學生	整整一千本有趣的雜誌
主格		пе́рвая ты́сяча хоро́ших студе́нтов	це́лая ты́сяча интере́сных журна́лов
屬格		пе́рвой ты́сячи хоро́ших студе́нтов	це́лой ты́сячи интере́сных журна́лов
與格		пе́рвой ты́сяче хоро́шим студе́нтам	це́лой ты́сяче интере́сным журна́лам
賓格	動物性	пе́рвую ты́сячу хоро́ших студе́нтов	
	非動物性		це́лую ты́сячу интере́сных журна́лов
工具格		пе́рвой ты́сячью хоро́шими студе́нтами	це́лой ты́сячью интере́сными журна́лами
前置格		пе́рвой ты́сяче хоро́ших студе́нтах	це́лой ты́сяче интере́сных журна́лах

②全部都用屬格			
		前一千名優秀的大學生	整整一千本有趣的雜誌
主格		пе́рвая ты́сяча хоро́ших студе́нтов	це́лая ты́сяча интере́сных журна́лов
屬格		пе́рвой ты́сячи хоро́ших студе́нтов	це́лой ты́сячи интере́сных журна́лов
與格		пе́рвой ты́сяче хоро́ших студе́нтов	це́лой ты́сяче интере́сных журна́лов
賓格	動物性	пе́рвую ты́сячу хоро́ших студе́нтов	
	非動物性		це́лую ты́сячу интере́сных журна́лов
工具格		пе́рвой ты́сячью / ты́сячей хоро́ших студе́нтов	це́лой ты́сячью / ты́сячей интере́сных журна́лов
前置格		пе́рвой ты́сяче хоро́ших студе́нтов	це́лой ты́сяче интере́сных журна́лов

v）миллио́н「百萬」

миллио́н「百萬」後面接的定語和名詞，不論詞組整體的格是哪一個，全部用屬格，而且不受名詞的性或動物性、非動物性影響，前面的定語則與миллио́н「百萬」一致：

		每一百萬名優秀的學生	整整一百萬本有趣的雜誌
主格		ка́ждый миллио́н хоро́ших студе́нтов	це́лый миллио́н интере́сных журна́лов
屬格		ка́ждого миллио́на хоро́ших студе́нтов	це́лого миллио́на интере́сных журна́лов
與格		ка́ждому миллио́ну хоро́ших студе́нтов	це́лому миллио́ну интере́сных журна́лов
賓格	動物性	ка́ждый миллио́н хоро́ших студе́нтов	
	非動物性		це́лый миллио́н интере́сных журна́лов
工具格		ка́ждым миллио́ном хоро́ших студе́нтов	це́лым миллио́ном интере́сных журна́лов
前置格		ка́ждом миллио́не хоро́ших студе́нтов	це́лом миллио́не интере́сных журна́лов

補充

原則上，數詞前面定語的格會與數詞詞組整體的格一致。以下列出強調「整整、足足、大約、不到」等意思的定語，這些定語會放到數詞詞組前面：

це́лых три́дцать свобо́дных дней 整整三十天的空閒日子
до́брых де́сять больши́х буты́лок 整整十個大瓶子
до́лгих де́сять лет 漫長的十年
каки́х-нибудь три́дцать мину́т 大約三十分鐘的時間
непо́лных два го́да 不足兩年的時間

e）「～有幾個」

我們強調物品數目時，會說「～有幾個」。這時，〔數詞＋名詞〕句型中的名詞會挪到句首：

Преподава́телей у нас три́дцать. 老師我們有三十位。

Студе́нтов бы́ло то́лько пять. 大學生只有五位。

這些句子最前面的名詞（преподава́телей, студе́нтов），因為接在 **три́дцать, пять** 後面，所以變成複數屬格。換言之，本來的語序應如下所示（句子以數詞詞組為主語時的謂語形式請參考p.402-405）：

У нас три́дцать **преподава́телей**.

Бы́ло то́лько пять **студе́нтов**.

確實，「30」或「5」後面的名詞要使用複數屬格，不過當這個類型的句子的數詞是「2～4」，原本應該接名詞單數屬格，也可能使用名詞複數屬格（當然還是可以使用單數屬格）：

Дач у него́ две. 別墅他有兩棟。

Пассажи́ров оста́лось три. 乘客剩下三名。

如果名詞是人物，更常使用這樣的句型，但多半會使用集合數詞（p.362-364），有時也會加入單位名詞 **челове́к**「人」：

Студе́нтов у нас **че́тверо**. 大學生我們有四名。

Преподава́телей у нас три́дцать **челове́к**.

教師我們有三十位。

有時候，即使數詞是「1」，句首名詞也可能會用複數屬格（不過，許多人不認同這樣的用法，使用頻率很低）：

Враче́й там бы́ло то́лько оди́н.

醫生在那裡只有一位。

因此，以下的說法是沒有問題的：

Врач там был то́лько оди́н.

單數主格

Враче́й там бы́ло то́лько оди́н **челове́к**.

維持複數屬格，один 的後面加 челове́к

被記數的對象常以人稱代詞表示，此時語序便不能是 два их。還有，就算沒有 челове́к 也沒關係，但有的話比較自然：

Их два (челове́ка). 他們是兩個人。

f）從形容詞到名詞的數詞一致：定量數詞整理

俄語的定量數詞使用方法非常複雜，不像英語那麼簡潔。本單元將盡可能整理這些複雜多樣的定量數詞。

首先，請看以下兩個類型的結構：

〔形容詞＋名詞〕
ру́сский ма́льчик 俄羅斯小男孩
интере́сный фильм 有趣的電影

〔名詞＋屬格名詞〕
велосипе́д студе́нта 大學生的腳踏車
монито́р компью́тера 電腦的螢幕

請留意畫底線的形容詞與名詞。數詞的存在就介於形容詞與名詞之間，有時候性質跟形容詞一樣，有時候則跟名詞一樣。而且，數字愈小愈具形容詞性質，數字愈大愈具名詞性質。到底是什麼情況呢？接下來會透過具體例子介紹。

i) 數的一致

首先，〔形容詞＋名詞〕中的形容詞會依後面名詞的單複數而使用不同形式。也就是說，形容詞與名詞的數是一致的：

ру́сские ма́льчики 俄羅斯小男孩（複數）
интере́сные фи́льмы 有趣的電影（複數）

定量數詞的性、數、格是否與所修飾的名詞一致？數詞 оди́н「1」須配合所修飾名詞的數，但 1 以上的數詞就不是這樣了：

оди́н стол 一個桌子
одни́ са́ни 一台雪橇
＊са́ни「雪橇」是只有複數形式的名詞☞ p.28。

換言之，數詞 оди́н「1」就跟上面的形容詞 ру́сские 或 интере́сные 一樣，隨所修飾名詞的數一起改變。два「2」以上的數詞則不會這樣，反而類似〔名詞＋屬格〕裡的名詞。

1	2,3,4,5… →
形容詞性質	名詞性質 →

ii) 所有的格一致

〔形容詞＋名詞〕中，形容詞的格會與名詞的格一致：

〔俄羅斯小男孩〕
ру́сский ма́льчик（主格）
ру́сского ма́льчика（屬格）
ру́сскому ма́льчику（與格）
ру́сского ма́льчика（賓格）
ру́сским ма́льчиком（工具格）

15 數詞

ру́сском ма́льчике（前置格）

名詞 ма́льчик 變格時，形容詞也做相同的變格，達到格的一致；而〔名詞＋屬格名詞〕中，兩者的格，不用說當然是不一樣的。

現在，從所有成分的格都與名詞的格一致這一點來看數詞。оди́н「1」跟形容詞一樣，格與名詞一致，可是два「2」以後的數詞，就不是如此：當數詞與數詞詞組整體是主格和賓格時，名詞使用屬格，格並不一致（數詞詞組整體的變格請參考 ☞ p.345-350）：

〔一張桌子〕

оди́н стол（主格）　　　одного́ стола́（屬格）
одному́ столу́（與格）　　　оди́н стол（賓格）
одни́м столо́м（工具格）　　　одно́м столе́（前置格）

〔兩張桌子〕

два **стола́**（主格＋屬格）　　　двух столо́в（屬格）
двум стола́м（與格）　　　два **стола́**（賓格＋屬格）
двумя́ стола́ми（工具格）　　　двух стола́х（前置格）

數字愈大，名詞愈常使用屬格，總之，跟形容詞一樣，所有的格都跟名詞一致的只有 оди́н「1」，два「2」以上的數詞則不一致。

1	2,3,4,5… ⟶
形容詞性質	名詞性質 ⟶

iii) 性的一致

〔形容詞＋名詞〕中，形容詞的性與名詞的性一致：

〔俄羅斯小男孩、俄羅斯小女孩、俄羅斯的湖泊〕

ру́сский ма́льчик（陽性）

ру́сская де́вочка（陰性）

ру́сское о́зеро（中性）

相對於此，在〔名詞＋屬格名詞〕中，名詞的性與屬格名詞的性無關。

在性的一致上，оди́н「1」和形容詞一樣，而且數、格也一致。два「2」則只有陰性會變成 две（☞ p.339），部分的性一致。три「3」以上類似〔名詞＋屬格名詞〕中的名詞，不必與後面屬格名詞的性一致：

оди́н стол 一張桌子（陽性）

одно́ окно́ 一扇窗戶（中性）

одна́ кни́га 一本書（陰性）

два стола́ / окна́ 兩張桌子（陽性）／兩扇窗戶（中性）

две кни́ги 兩本書（陰性）

три стола́ / окна́ / кни́ги 三張桌子（陽性）／三扇窗戶（中性）／三本書（陰性）

因此，оди́н「1」跟形容詞一樣，與名詞的性一致。два「2」部分與形容詞同性質，所以部分一致。три「3」以上則和〔名詞＋屬格名詞〕的名詞一樣，與後面屬格名詞的性完全不一致。

1	2	3,4,5…→
←形容詞性質		名詞性質 →

iv) 動物性名詞、非動物性名詞的一致

陽性動物性名詞的賓格與屬格同形，而非動物性名詞的賓格則與主格同形。就這一點來看，在〔形容詞＋名詞〕中，若名詞的賓格同屬格，則形容詞的賓格也同屬格；名詞賓格同主格的話，形容詞賓格也會同主格（詳情參考☞ p.53-59）：

〔俄羅斯小男孩〕

ру́сский ма́льчик ➡ **ру́сского** ма́льчика

與屬格同形的賓格

〔有趣的電影〕

интере́сный фильм ➡ **интере́сный** фильм

與主格同形的賓格

換言之，不管名詞是動物性還是非動物性，形容詞都與名詞一致。

定量數詞中，若是оди́н「1」到четы́ре「4」，不管名詞是動物性還是非動物性，數量都與所修飾的名詞一致。也就是說，數詞「1」～「4」數詞修飾動物性名詞時，賓格也會跟屬格一樣，可是пять「5」以上就不是這樣（定量數詞的變格☞ p.341-345，數詞詞組的變格☞ p.345-350）：

четы́ре студе́нта 四名大學生（主格）

➡ **четырёх** студе́нтов

因為是動物性名詞，賓格同屬格

пять студе́нтов 五名大學生（主格）

➡ **пять** студе́нтов

雖是動物性名詞，並不會變成屬格

換言之，數詞為оди́н「1」～четы́ре「4」時，動物性名詞的賓格與修飾的名詞一致，皆為屬格；非動物性名詞的賓格則同主格。пять「5」以上的話，就不會有這樣的情況。

1	2	3,4,	5,6…100,…千… ⟶
⟵ 形容詞性質			名詞性質 ⟶

補充

不過，數詞前面的定語就算搭配「5」以上的數字，也應與屬格同形（☞ p.348）。

э́ти пять студе́нтов 這五位大學生（主格）
➡ **э́тих пять** студе́нтов（賓格）

名詞 студе́нтов 雖是動物性名詞，但 пять 不論是賓格或主格都同形。不過，э́тих 與屬格同形，也與名詞的動物性、非動物性一致。當數字為 ты́сяча「千」以上的大數詞，且名詞是動物性名詞時，數詞前的定語賓格不與屬格同形。（數詞詞組的變格☞ p.345-350）。

v）名詞本身的複數

這裡的重點是〔名詞＋屬格名詞〕中的名詞。這個名詞的單複數跟接續的屬格名詞無關，而是依照名詞本身的數改變：

велосипе́д студе́нта ➡ **велосипе́ды** студе́нта 學生的腳踏車

腳踏車是複數，學生是單數

монито́р компью́тера ➡ **монито́ры** компью́тера 電腦的螢幕

螢幕是複數，電腦是單數

總之，〔名詞＋屬格名詞〕的名詞有自己的複數，而〔形容詞＋名詞〕中，形容詞的複數並不是本身的複數，而是為了與名詞一致。

那麼，數詞又會是什麼情形呢？оди́н「1」確實如 i）所述，擁有複數形。不過，這並不是數詞本身的複數，而是因為修飾的名詞是複數所致。此外，若是 два「2」到 сто「100」，便如數詞變格表所示（☞ p.342-344），原本就不具有單複數的形式。可是，ты́сяча「千」或

15 數詞

миллио́н「百萬」等的大數詞跟名詞一樣，本身擁有複數形，像是 ты́сячи 或 миллио́ны 就是大數詞本身的複數形，可用來表示「數千」、「數百萬」（p.344）。

因此，只有「千」以上的數詞，才會跟名詞一樣，擁有本身的複數形。

不過，сто「100」雖然在某些詞組中看起來像是有複數形式，但其實只是殘留下來的形式而已：

не́сколько **сот** лет наза́д 數百年前

сот 是數詞 сто 變格表以外的形式，看起來像是 сто 的複數屬格，部分性質與名詞相同。

1	2	3,4	5,6,… 100	千,百萬 →
← 形容詞性質				名詞性質 →

vi) 與數詞一致的定語

〔名詞＋屬格名詞〕中的名詞擁有與其一致的定語：

э́тот велосипе́д студе́нта 學生的這輛腳踏車
хоро́ший монито́р компью́тера 電腦的好螢幕

另一方面，在〔形容詞＋名詞〕的形容詞前面加上別的定語，修飾的也不是形容詞，而是名詞：

э́тот **ру́сский** ма́льчик 這個俄羅斯小男孩

ты́сяча「千」以上的大數詞跟名詞一樣，由前面的定語直接修飾，並且維持一致：

це́лая ты́сяча студе́нтов 整整一千名學生
це́лый миллио́н студе́нтов 整整一百萬名學生

在這個例子中，表示「整整」的 це́лая 和 це́лый 看起來很像在修飾студе́нтов「學生」，可是並非如此。це́лая是陰性形式，所以是修飾陰性的 ты́сяча；це́лый 是陽性形式，所以是修飾陽性的миллио́н。

再看看小於「千」的例子：

э́ти сто студе́нтов 這一百名學生

例子中的 э́ти 並不是修飾數詞，而是修飾複數的「學生」。

因此，ты́сяча「千」以上的數詞跟名詞一樣，擁有與自身一致的定語；比「千」小的數詞則跟形容詞一樣，並沒有與自身一致的定語。

1	2	3,4	5,6,...100	千,百萬 ⟶
⟵ 形容詞性質				名詞性質 ⟶

vii） 接的名詞一定是屬格

〔名詞＋屬格名詞〕的屬格名詞不受名詞的格影響，一律使用屬格。這個現象跟 ii）所提的「形容詞跟所修飾名詞的格一致」剛好相反：

〔大學生的腳踏車〕
велосипе́д студе́нта（主格）
велосипе́да студе́нта（屬格）
велосипе́ду студе́нта（與格）
велосипе́д студе́нта（賓格）
велосипе́дом студе́нта（工具格）
велосипе́де студе́нта（前置格）

вилосипéд 有變格，但 студéнт「學生」全都是屬格，與 вилосипéд 的變格不一致。

數字在百萬以上的大數詞跟名詞一樣，不受數詞與數詞詞組整體格形影響，後面接的名詞必須是屬格。在以下的例子中，миллиóн 變成不同的格，但後面接著的 рублéй 則一律是屬格：

〔一百萬盧布〕

миллион рублей（主格）

миллиона рублей（屬格）

миллиону рублей（與格）

миллион рублей（賓格）

миллионом рублей（工具格）

миллионе рублей（前置格）

如 ii）所述，оди́н「1」跟形容詞一樣，要與後面名詞的格一致。два「2」至 сто「100」的數詞與整個數詞詞組是主格與賓格時，後接的名詞使用屬格，其餘則是數詞與名詞的格一致。部分數詞是形容詞類型，部分是名詞類型。

此外，ты́сяча「千」則有兩種情形。一是通常後接的名詞使用屬格（即與 миллиóн「百萬」一樣，屬於名詞類型）。另一種情況則是，當大數詞是主格與賓格時，後面名詞要用屬格，而在其他格時，數詞與名詞的格則一致。總之，這兩種情況都有可能：

100萬盧布		
	①	②
主格	ты́сяча рублéй	ты́сяча рублéй
屬格	ты́сячи рублéй	ты́сячи рублéй
與格	ты́сяче рублéй	ты́сяче рубля́м
賓格	ты́сячу рублéй	ты́сячу рублéй

工具格	ты́сячей рубле́й ты́сячью рубле́й	ты́сячью рубля́ми
前置格	ты́сяче рубле́й	ты́сяче рубля́х

＊ты́сяча 的工具格有 ты́сячью 與 ты́сячей 兩種形式。不過，ты́сячей 後面的名詞只會用屬格，不會用工具格（p.348-349）。

總而言之，「百萬」以上的數詞跟名詞一樣，都是接屬格名詞。「百萬」以下的數詞，不會「總是」接屬格。介於「100」和「百萬」之間的「千」，兩種類型都有（數詞詞組變格p.345-350）。

1	2	3,4	5,6,... 100	千	百萬 ⟶
⟵ 形容詞性質					名詞性質 ⟶

這段話與 ii）對照看的話，

①оди́н「1」通常是數詞與名詞同格形

②два「2」～сто「100」的數詞是主格與賓格時，名詞一定用屬格；其他格時，數詞與名詞格形一致。

③ты́сяча「千」的話，可能是混合型，或是名詞用屬格。

④миллио́н「百萬」以上的大數詞，名詞要使用屬格。

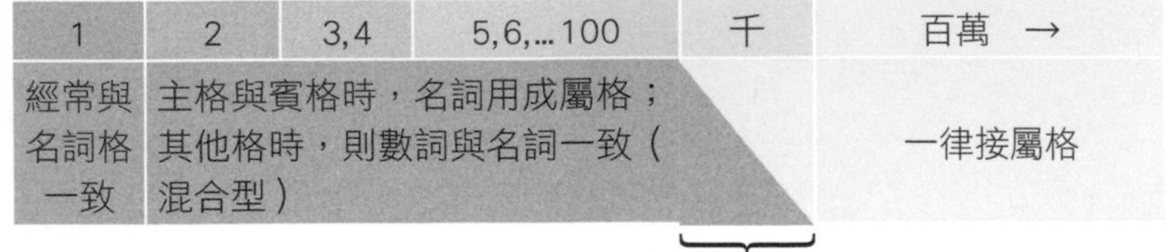

1
2
3,4
5,6,... 100
千
百萬 →
經常與名詞格一致
主格與賓格時，名詞用成屬格；其他格時，則數詞與名詞一致（混合型）
一律接屬格
混合型與一律接屬格的類型並存

總整理

將 i）～vii）七個項目整理成一個圖表。

		形容詞性質←					→ 名詞性質
	1	2	3,4	5	100	千	百萬
i）數的一致	形	名					
ii）所有的格一致	形	名					
iii）性的一致	形	名					
iv）動物性名詞、非動物性名詞的一致	形			名			
v）名詞本身的複數	形					名	
vi）與數詞一致的定語	形					名	
vii）後接名詞一定是屬格	形						名

上表的「形」是指與形容詞相同變化，「名」是指與名詞相同變化。оди́н「1」是最具形容詞特性的數詞，接下來隨著數字的增大，性質愈偏向名詞。為了學習更有效率，不需要針對每定量數詞個別記住，但要記得哪個範圍是形容詞特質，哪個範圍是名詞特質。

（2）集合數詞

集合數詞的用法與定量數詞略有不同，常用的有以下九個。數字愈小，使用頻率愈高：

集合數詞			
1		6	ше́стеро
2	двóе	7	се́меро
3	трóе	8	вóсьмеро
4	че́тверо	9	де́вятеро
5	пя́теро	10	де́сятеро

a）集合數詞的變格

集合數詞的變格有兩種類型。跟「2」～「100」的定量數詞一樣，沒有複數，但必須區別動物性名詞與非動物性名詞：

		-ое 類型	-еро 類型
		2	4
主格		двóе	чéтверо
屬格		двои́х	четверы́х
與格		двои́м	четверы́м
賓格	動物性名詞	двои́х	четверы́х
	非動物性名詞	двóе	чéтверо
工具格		двои́ми	четверы́ми
前置格		двои́х	четверы́х

b）集合數詞的用法

①集合數詞與名詞連用時，名詞要用複數屬格。跟定量數詞不同的地方是，名詞在「2」～「4」後面也用複數屬格（定量數詞是用單數屬格）。

②用於計數只有複數形的名詞，經常使用「2」～「4」的形式（請另外參考 p.342）：

двóе сýток 兩晝夜　　**трóе** часóв 三個時鐘

чéтверо сáней 四架雪橇

③計算只有複數形的名詞時，有的合成數詞最後會使用集合數詞，不過這在俄語中不是正式用法，多會使用 штýка「個」或其他名詞當作量詞：

двáдцать **двóе** нóжниц = двáдцать две **штýки** нóжниц

二十二支剪刀

три́дцать **трóе** сýток = три́дцать три дня（сýтки 在此詞組多不用主格，或在主格時以 день 代替） 三十三晝夜

④常與表示人類的陽性名詞一起出現：

пя́теро друзéй 五位朋友

чéтверо инженéров 四名工程師

⑤通常與代詞連用的語序不會是 двóе нас，而會把代詞移至句首（也參考「～有幾個」的單元☞ p.350-352）：

Нас **двóе**. 我們有兩位。

（3）不定量數詞與其他表示量的詞

除了定量數詞與集合數詞，還有不定量數詞等各種表示量的單字。在此與定量數詞的性質進行比較，並予以整理。

a）與「5」以上的數詞性質相似的數詞

мнóго 多	мáло 少
немáло 不少、相當多	немнóго 少許、不多
нéсколько 幾個、一些	
стóлько 那麼多、這麼多	
скóлько 幾、多少	

- 以上例子與可數名詞連用時，跟「5」以上的定量數詞一樣，名詞用複數屬格：

У нас **мнóго** студéнтов.
我們有許多學生。

Мóжно задáть вам **нéсколько** вопрóсов?
可以問您幾個問題嗎？

У него было **немного** студентов.
他有過少許幾位學生（他教過的學生不多）。

У него было **мало** студентов.
他只有過少少幾位學生（他教過的學生很少）。

- стóлько單獨使用時，表示「這／那麼多的」，同時可與скóлько 搭配，表示「只有～，剛好（數量）」：

Вокрýг тебя́ **стóлько** дóбрых людéй.
在你身邊有那麼多好人。

У вас **сто́лько** де́нег, **ско́лько** вам нужно.
您有的錢剛好是您所需要的（數目）。

- ско́лько 是疑問詞：

Ско́лько челове́к у вас в семье́?
您有幾位家人？

- 跟「5」以上的定量數詞不同的是，這些數詞也可以修飾不可數名詞，但因為不可數名詞沒有複數，與這些數詞連用時，要用單數屬格：

мно́го влия́ния 很多影響
не́сколько вре́мени 一些時間
У нас **ма́ло** вре́мени. 我們時間很少。
У нас **немно́го** вре́мени. 我們的時間不多。

- 以мно́го為例，不定量數詞變格如下，但ма́ло 沒有這些變格：

мно́го 多		
主格		мно́го
屬格		мно́гих
與格		мно́гим
賓格	動物性名詞	мно́гих
	非動物性名詞	мно́го
工具格		мно́гими
前置格		мно́гих

- мно́го, немно́го, не́сколько, сто́лько, ско́лько 接動物性名詞時，賓格同屬格；接非動物性名詞時，賓格同主格。這點與「2」～「4」的定量數詞相同。不過近年來，卻漸漸與「5」以上的定量數詞用法相同，動物性名詞賓格也變成

與主格同形，尤其是 мнóго, немнóго, скóлько, стóлько，與主格同形的趨勢愈來愈明顯：

Он пригласи́л **мнóгих** / **мнóго** гостéй.
他招待了許多客人。

b）與形容詞性質相似的數詞

i） нéкоторый「某些的」/ мнóгий「多的」

基本上，нéкоторый, мнóгий 這類表示量的數詞變格時，跟長尾形容詞的變格形式（☞ p.144-148）一樣（нéкоторый 是硬變化 ☞ p.144、мнóгий 是混合變化 ☞ p.146）。前一個單元提到的 мнóго 除了主格（以及同形的賓格）以外，其他格與 мнóгий 的變格形式相同。

нéсколько, мнóго 常被當成副詞使用。另一方面，複數形 нéкоторые, мнóгие 作為名詞，有「某些人、許多人」的意思。至於中性形 мнóгое 則有「許多物品、許多事」的意思：

Он **нéсколько** измени́л своё мнéние.
他稍微改變了自己的意見。（副詞）

Онá всегдá **мнóго** рабóтает.
她總是工作繁忙。（副詞）

Нéкоторые считáют, что он не виновáт.
某些人認為他無罪。（名詞）

Мнóгое зави́сит от тебя́.
許多事情都取決於你。（名詞）

ii） весь「全部的、所有～」

就詞類而言，весь 和 сам（☞ p.115）一樣，通常被視為限定代詞。嚴格說起來，其變格和形容詞並不一樣。但因為必須配合所修飾名詞的性、數、格，所以性質上與形容詞相似：

<table>
<tr><th colspan="6">весь「全部的、所有～」</th></tr>
<tr><th colspan="2"></th><th>陽性</th><th>中性</th><th>陰性</th><th>複數</th></tr>
<tr><td colspan="2">主格</td><td>весь</td><td>всё</td><td>вся</td><td>все</td></tr>
<tr><td colspan="2">屬格</td><td colspan="2">всего́</td><td>всей</td><td>всех</td></tr>
<tr><td colspan="2">與格</td><td colspan="2">всему́</td><td>всей</td><td>всем</td></tr>
<tr><td rowspan="2">賓格</td><td>動物性名詞</td><td colspan="2">всего́</td><td rowspan="2">всю</td><td>всех</td></tr>
<tr><td>非動物性名詞</td><td colspan="2">весь</td><td>все</td></tr>
<tr><td colspan="2">工具格</td><td colspan="2">всем</td><td>всей
（-е́ю）</td><td>все́ми</td></tr>
<tr><td colspan="2">前置格</td><td colspan="2">всём</td><td>всей</td><td>всех</td></tr>
</table>

＊括號內的陰性工具格 -е́ю 現代已不使用，只會存在文獻或文學作品中。

все студе́нты 所有的大學生
весь мир 全世界
вся жизнь 一生

此外，複數形 все 有「所有的人、每個人」的意思，而中性形 всё 則有「所有東西、全部的事」的意思：

Все об э́том зна́ют. 大家都知道這件事。
Он **всё** зна́ет. 他知道所有事情（他什麼都知道）。

c）о́ба「兩個（都）」

從字義和文法來考量，о́ба「兩個都」與定量數詞 два「2」極為相似。（p.342）。

- 在主格（及同形的賓格）中，о́ба 所接的名詞要用單數屬格。要特別注意，當後接的名詞為陽性及中性時，使用 о́ба；當後接名詞為陰性時，則使用 о́бе：

óба ма́льчика 兩個小男孩（陽性名詞）
óба письма́ 兩封信（中性名詞）
óбе де́вочки 兩個少女（陰性名詞）

- 在後接的名詞前加上形容詞等定語，陽性和中性名詞的定語要使用複數屬格，而陰性名詞的定語則使用複數主格：

óба **япóнских** ма́льчика 兩個日本小男孩
óбе **технологи́ческие** платфóрмы 兩個技術平台
óбе **япóнские** компа́нии 兩個日本企業

- 只有在整體詞組的格（＝óба 的格）是主格（或同形的賓格）時，名詞才會使用單數屬格。其他格時，名詞一律使用複數（而且必須與整體詞組同格）：

〔兩個有才華的演員〕
óба тала́нтливых **актёра**（主格）
обóих тала́нтливых **актёров**（屬格）
обóим тала́нтливым **актёрам**（與格）

- 後接的名詞是動物性名詞時，óба 的賓格同屬格；是非動物性名詞時，則同主格：

пригласи́ть **обóих мужчи́н** 招待兩位男性（動物性名詞）
чита́ть **óба журна́ла** 閱讀兩本雜誌（非動物性名詞）

- óба 跟 два 不同的是，所有格形皆會因陽性、中性與陰性而有所差異。變格如下表所示：

óба 兩個（都）			
		陽性、中性	陰性
主格		óба	óбе
屬格		обóих	обéих
與格		обóим	обéим
賓格	動物性名詞	обóих	обéих
	非動物性名詞	óба	óбе
工具格		обóими	обéими
前置格		обóих	обéих

不過，口語上，除了主格（及同形賓格）以外，可能會看到以陽性、中性的óба修飾陰性名詞的例子，但這不是正確用法。

d）數量名詞

большинствó「大多數」、меньшинствó「少數」、часть「部分」、ряд「一連串、許多」這類名詞後面接上屬格名詞可用來表示量，稱為數量名詞：

большинствó студéнтов 多數大學生
меньшинствó населéния 少數居民
большáя **часть** пассажи́ров 大部分乘客

一般而言，以單數名詞為主語時，就算實際帶有複數的意思，謂語仍應使用單數：

Грýппа студéнтов посети́ла э́ту вы́ставку.
一群學生參觀了那場展覽。
Моя́ **семья́** состои́т из четырёх человéк.
我的家庭由四人組成。
Комитéт поддержáл егó предложéние.
委員會支持他的提案。

可是，以〔數量名詞＋屬格名詞〕為主語時，則和前面介紹的規則不同，謂語可用單數或複數，端看是否強調群體中的「每一個個體都」做了動作：

Большинство́ студе́нтов живу́т в общежи́тиях.
多數學生住在宿舍。

Меньшинство́ люде́й подде́рживают э́ти зако́ны.
少數人支持這些法律。

Ряд учёных вы́сказали мне́ние.
許多學者表達了意見。

Больша́я **часть** чле́нов па́ртии прие́дут в Москву́.
大部分黨員會來莫斯科。

當後面所接的屬格名詞是不可數名詞（只有單數）時，就算意思上是複數，動詞還是使用單數（非過去時用第三人稱單數，過去時與數量名詞的性一致，下面例句中是中性）。

Подавля́ющее **большинство́ наро́д**а голосова́ло за президе́нта.　絕大多數的人民投票贊成（支持）總統。

e）表示數字的名詞

有些名詞可以表示數字本身或與數字相關的名詞：

表示數字的名詞			
1	едини́ца	7	семёрка
2	дво́йка	8	восьмёрка
3	тро́йка	9	девя́тка
4	четвёрка	10	деся́тка (деся́ток)
5	пятёрка	100	со́тня
6	шестёрка		

＊若是和數字「10」有關，就用 деся́тка；若是和單位「10 個」有關，就用 деся́ток。

這些名詞的用法如下：

i）表示數字本身

набра́ть но́мер че́рез **девя́тку**
先按 9，再撥（電話）號碼
три **семёрки** 三個 7（777）

定量數詞 нуль / ноль「0」也可以這樣使用。нуль 為陽性名詞：

че́рез **нуль**（打電話）先按 0
три **нуля́** 三個 0（000）

ii）與數字相關的名詞

тро́йка 三人組
Больша́я **восьмёрка** G8（八大工業國組織）
деся́тка пик 黑桃 10

iii）視為單位的「10」、「100」

定量數詞 де́сять 與 сто 不像 ты́сяча「千」或 миллио́н「百萬」有複數形。因此，為了表示「數十」、「數百」，必須使用 деся́ток「十（個）」、со́тня「百（個）」的複數：

деся́тки ты́сяч 數萬　　не́сколько **со́тен** лет 數百年

（4）順序數詞

a）何謂順序數詞

順序數詞與之前介紹的數詞不同，並不是用來表示數量，而是用來表示順序或在序列中的定位，例如「第一的」：

順序數詞			
0	нулево́й / нолево́й	30	тридца́тый
1	пе́рвый	40	сороково́й
2	второ́й	50	пятидеся́тый
3	тре́тий	60	шестидеся́тый
4	четвёртый	70	семидеся́тый
5	пя́тый	80	восьмидеся́тый
6	шесто́й	90	девяно́стый
7	седьмо́й	100	со́тый
8	восьмо́й	200	двухсо́тый
9	девя́тый	300	трёхсо́тый
10	деся́тый	400	четырёхсо́тый
11	оди́ннадцатый	500	пятисо́тый
12	двена́дцатый	600	шестисо́тый
13	трина́дцатый	700	семисо́тый
14	четы́рнадцатый	800	восьмисо́тый
15	пятна́дцатый	900	девятисо́тый
16	шестна́дцатый	1,000	ты́сячный
17	семна́дцатый	100萬	миллио́ный
18	восемна́дцатый	10億	миллиа́рдный
19	девятна́дцатый	1兆	триллио́нный
20	двадца́тый	1,000兆	квадриллио́нный

第五十的～第八十的、第兩百的至第九百的，每個都是「定量數詞的屬格＋-десятый / -сотый）」。第一千的或第一百萬的等大數詞的順序數詞也是一樣。此外，因為次重音（☞ p.11）落在前半部的定量數詞屬格，所以 трёхсо́тый 或 четырёхсо́тый 的 ё 不會變成 е：

двухты́сячный 第兩千的
трёхмиллио́нный 第三百萬的
девятимиллио́нный 第九百萬的

即使位數增加，結構也相同：

десятиты́сячный 第一萬的
пятнадцатиты́сячный 第一萬五千的
шестидесятиты́сячный 第六萬的

合成數詞變成順序數詞時，只有最後一個字需要改變：

два́дцать оди́н 21 ➡ два́дцать **пе́рвый**
сто оди́ннадцать 111 ➡ сто **оди́ннадцатый**

b）順序數詞的變格

基本上，順序數詞的意思是「第～的」，用來修飾名詞，所以可視為一種形容詞。它的變格幾乎與形容詞相同，都屬於硬變化 I（重音在詞幹）與硬變化 II（重音在詞尾）（☞ p.144-145）。需要注意的是，тре́тий「第三的」雖乍看像軟變化，但變格卻與物主形容詞（☞ p.164-166）相同：

тре́тий 第三的				
陽性	單數			複數
	中性	陰性		
主格	тре́тий	тре́тье	тре́тья	тре́тьи
屬格	тре́тьего		тре́тьей	тре́тьих
與格	тре́тьему		тре́тьей	тре́тьим
賓格 動物性名詞	тре́тьего	тре́тье	тре́тью	тре́тьих
賓格 非動物性名詞	тре́тий			тре́тьи
工具格	тре́тьим		тре́тьей	тре́тьими
前置格	тре́тьем		тре́тьей	тре́тьих

2. 概數

所謂概數不是表示準確的數字，而是以「大約～」、「～以上」來表示某一個範圍。在此介紹各種概數的用法。

（1）表示「大約、大概」的倒裝

將〔數詞＋名詞〕的語序倒裝成〔名詞＋數詞〕，就可以表示「大約、左右」：

лет двáдцать 二十年左右
человéк двéсти 大約兩百人

有前置詞的話，要放在名詞與數詞之間：

часá **в** два 兩點左右
дней **за** пять 大約五天內
минýт **чéрез** трúдцать 大概三十分鐘後

可是，偶爾也會看到 **чéрез** минýт трúдцать 的語序。像原始前置詞這種原本就存在的「典型」前置詞（☞ p.297）通常應該放在名詞與數詞之間；由其他詞類衍生的派生前置詞（☞ p.298）這類「非典型」前置詞，才會比較常使用〔前置詞＋名詞＋數詞〕的語序。

（2）表示「大約、大概」的副詞

примéрно, приблизúтельно 作副詞修飾數詞時，有「大約、大概」的意思：

Он получúл **примéрно** / **приблизúтельно** дéсять ты́сяч дóлларов.　他收到了大約一萬美金。

也可以加上前置詞：

приме́рно че́рез два часа́ 大約兩個小時後
приблизи́тельно в два ра́за бо́льше 大約多兩倍

（3）各種表示概數的前置詞

以下的前置詞都可用來表示「約～」、「～以上」。嚴格來說，這些字很難論定就是前置詞，不過用法與前置詞相似，倒是無庸置疑。

◆о́коло＋屬格「大約～」
Там рабо́тают **о́коло** ста челове́к.
那裡大約有一百人在工作。

◆под＋賓格「將近～」
На пло́щади бы́ло **под** сто челове́к.
廣場上有將近一百人。

◆бо́лее＋屬格「～以上」
Хочу́ отдыха́ть **бо́лее** го́да.
我想休息一年以上。

◆бо́льше＋屬格「比～多」
Арестова́ли **бо́льше** трёх ты́сяч челове́к.
超過三千人被逮捕。

◆ме́нее＋屬格「比～少、不足～」
Ему́ **ме́нее** десяти́ лет. 他不滿十歲。

但是，表示「～以上、至少～」的詞組 не ме́нее 比較常見：

Да́йте **не ме́нее** пяти́ отве́тов. 請至少給出五個以上的答案。

◆до＋屬格「未滿～、多達～」

Гости́ница мо́жет приня́ть **до** двухсо́т тури́стов.

飯店能容納多達兩百名觀光客。

де́ти **до** десяти́ лет

未滿十歲的孩子

◆ме́ньше＋屬格「比～少」

До экза́мена оста́лось **ме́ньше** двух неде́ль.

距離考試剩下不到兩星期。

◆свы́ше＋屬格「超過～」

Свы́ше десяти́ проце́нтов населе́ния составля́ют иностра́нцы.

超過 10% 的居民是外國人。

以上這些〔前置詞＋數詞＋名詞〕詞組的例子，在句子中的格必須是主格或賓格。通常前置詞詞組不能用作主語或補語，但這些表示概數的詞組則可以這樣使用，只是不能用除了主格和賓格以外的格（譬如，занима́ться 的補語是工具格，就不是主格和賓格），而且詞組中已經有前置詞，所以不可以在詞組前再加上前置詞。

雖然和概數沒有關係，但前置詞 по 加上數詞詞組這裡用來表示「每一個～」的詞組，可以做為主格主語或賓格補語（詳細情形參考第 13 章前置詞☞ p.301-303）。

3. 分數、小數

（1）分數與小數

$\frac{n}{m}$「m分之n」會以〔定量數詞＋順序數詞（陰性）〕的方式表示。換言之，分子用定量數詞，分母用順序數詞的陰性形，表示「n 個 m 分之一」：

$\frac{1}{2}$ однá вторáя　$\frac{1}{3}$ однá трéтья　$\frac{2}{3}$ две трéтьих

$\frac{3}{4}$ три четвёртых　$\frac{3}{5}$ три пя́тых　$\frac{5}{8}$ пять восьмы́х

$\frac{7}{15}$ семь пятнáдцатых

分母的順序數詞之所以使用陰性，是因為後面省略了陰性名詞 часть 或 дóля（兩者皆是「部分」的意思）。若分子是 2 以上的數字，分母的順序數詞就要使用複數屬格形（數詞「2」～「4」後面接的若是名詞化的形容詞，其變格形式與數詞「2」～「4」後面接的定語 ☞ p.347 相同）。帶分數的整數部分會以 цéлая「整體的」表示。這裡之所以使用陰性，是因為後面省略了陰性名詞 часть 或 дóля。

此外，在讀法上，分數與小數也一模一樣。小數也可以當成分數來讀。換言之，0.5 可念成 $\frac{5}{10}$「10 分之 5」，而 0.23 等於 $\frac{23}{100}$，所以念成「100 分之 23」。

0,2（$=\frac{2}{10}$）　нуль цéлых и две деся́тых

1,5（$=1+\frac{5}{10}$）　однá цéлая и пять деся́тых

25,47（$=25+\frac{47}{100}$）　двáдцать пять цéлых и сóрок семь сóтых

78,543（$=78+\frac{543}{1000}$）
сéмьдесят вóсемь цéлых и пятьсóт сóрок три ты́сячных

- 俄語的小數點是以逗號（запятáя）「,」表示，千分位符號則是以句號（тóчка）「.」表示，跟中文正好相反。本書基本上採用的是台灣一般的標記方式，只有本單元配合俄語而稍做調整。

15 數詞

● 經常省略 це́лая / це́лых：
44,6＝со́рок четы́ре и шесть деся́тых

● 可省略 нуль / ноль：
0,2＝две деся́тых

● 小數點以下的位數變多時，念起來非常拗口，所以口語上可以使用以下說法：
57,368：пятьдеся́т семь **три́ста шестьдеся́т во́семь**

● 位數一旦變多，也會變難念，最好適度區隔。
89,031723：во́семьдесят де́вять **ноль три́дцать оди́н семьсо́т два́дцать три**

(2) 其他表示分數、小數的方法

a) полови́на, треть, че́тверть

另外也有 $\frac{1}{2}$ полови́на、$\frac{1}{3}$ треть、$\frac{1}{4}$ че́тверть 這樣的單字，皆是陰性名詞。如果用這些單字來表示 0,5 和 0,25，就是以下這樣：

7,5 семь с **полови́ной**　　12,25 двена́дцать с **че́твертью**

b) 分數或小數加上名詞

搭配名詞，表示單一事物的部分時，名詞要用單數屬格：

полови́на то́рта 半個蛋糕

單位也必須變成單數屬格：

два́дцать семь и пять деся́тых проце́нта 27.5％

表示整體的部分時，名詞要用複數屬格：

три пя́тых ученико́в 五分之三的學生

以 с полови́ной「0,5」、с че́твертью「0,25」等〔с＋工具格〕表示小數時，名詞應配合整數部分的數詞變格：

пятна́дцать с полови́ной дней 15,5 日
два с полови́ной го́да 2,5 年

整數部分末尾的「1」或「2」如果是修飾陰性名詞，請使用陰性的 одна́, две。被修飾的名詞則如上所述，使用屬格形：

два́дцать **одна́** и четы́ре деся́тых то́нны 21,4 噸
три́дцать **две** с полови́ной то́нны 32,5 噸

c）пол-「一半～」

пол- 可與名詞的單數屬格結合，變成合成詞，表示「一半～、～的一半」：

полчаса́ 半個小時、三十分
полмину́ты 半分鐘、三十秒
полго́да 半年、六個月

名詞部分以母音、子音 л- 開頭，或是專有名詞時，пол- 與名詞之間要插入連字符號：

пол-ли́тра 半公升
пол-апельси́на 半顆橘子
пол-Москвы́ 半個莫斯科

這些合成詞的單數主格與單數賓格，不需要變格，依然維持 полчасá, поминýты。若是其他格，пол- 要變成 полу-，後半部的名詞如 час, минýта 則依照一般規則變格：

полчасá 半個小時、30 分		
	單數	複數
主格	полчасá	получáсы
屬格	получáса	получáсов
與格	получáсу	получáсам
賓格	полчасá	получáсы
工具格	получáсом	получáсами
前置格	получáсе	получáсах

полминýты 半分鐘、30 秒		
	單數	複數
主格	полминýты	полуминýты
屬格	полуминýты	полуминýт
與格	полуминýте	полуминýтам
賓格	полминýты	полуминýты
工具格	полуминýтой	полуминýтами
前置格	полуминýте	полуминýтах

d）полторá「1,5」

полторá 是表示「1,5」的數量詞之一。只有主格、賓格有陽性、中性與陰性之分，其他格都是 полýтора：

полторá 1.5		
	陽性、中性	陰性
主格	полторá	полторы́
屬格	полýтора	
與格	полýтора	

賓格	полторá	полторы́
工具格	полу́тора	
前置格	полу́тора	

只有主格和賓格的陰性形式不同這一點，полторá 跟數詞 два「2」一樣（☞ p.342）。此外，數詞詞組是主格和賓格時，後面接的名詞要用單數屬格；否則，名詞變格則跟整體的格一致，並使用複數。這一點也跟數詞 два「2」一樣（☞ p.347）：

полторá гóда 一年半

гóда 是陽性名詞，所以用 полторá

полторы́ мину́ты 一分半

мину́ты 是陰性名詞，所以用 полторы́

в течéние **полу́тора** часóв 一個半小時的時間內

〔в течéние＋屬格〕的詞組。請留意，часóв 是複數屬格

第16章 句子種類及結構

句子是用來溝通的基本單位，例如：「我在做～」、「這是～」的這些句型。本章節將介紹句子種類與結構。

1. 各種句型

本單元介紹俄語的句子基本結構及類型。

（1）句子成分

句子是由各種成分所組成，每個在句子裡分別扮演不同的角色和功能。以下分類可以讓大家知道俄語的句子裡有哪些成分，還有這些成分是由哪些單字所組成。

a）主要成分

句子的主要成分是**主語**與**謂語**。主語基本上是主格的名詞、代詞，謂語一般為動詞，須與主語的性、數一致。像這樣擁有主格主語與謂語的句子，稱為**人稱句**：

Ма́ша **чита́ет**. 瑪莎正在看書。
Он **спал**. 他睡了。

主語也可以是主格名詞加上修飾語（如形容詞或代詞）所組成的名詞詞組，不過有時候使用帶前置詞的詞組表示行為主體時，詞組也可作為主語（這類型的前置詞請參考 p.301-303、p.375-376）：

В ка́ждую ко́мнату вошли́ **по пять студе́нтов**.
每個房間各進去了五名學生。

謂語是表示主語所做的動作或行為，或提供和主語有關的訊息（狀態、特徵、性質等），基本上是動詞，不過形容詞、副詞等也能作謂語。動詞 быть 後面的名詞或形容詞等詞類多半為補語。（быть 的現在時 есть 通常會省略）：

Она́ **бу́дет писа́тельницей**.
她將是作家。
Ра́ньше он **был толст**.
以前他很胖。

關於謂語請另外參考第 2 章（☞ p.33-35）。

b）次要成分

除了主語與謂語，也可以加入補語、定語、狀語等次要成分，來補充或說明主要成分，形成更複雜的句子。

i） 補語

補語在英語文法中被稱為受詞。補語用來表示動作或行為的作用對象，或是在謂語後面作補充和說明。補語主要是跟動詞搭配，形成以下例句的〔動詞詞組〕。正因為在這種情況下，如果沒有補語，句子會不完整，所以才把這個成分稱為補語。補語最常見的格形為賓格，另外也有屬格、與格、工具格：

Ма́ша [чита́ет **кни́гу**]. 瑪莎在看書。（賓格）
Я [бою́сь **соба́к**]. 我怕狗。（屬格）
Она́ [помога́ет **ма́ме**]. 她幫忙我。（與格）
Он [руково́дит **клу́бом**]. 他指導社團。（工具格）

補語也可以是〔前置詞＋名詞〕，也就是前置詞詞組：

Oна́ [смо́трит **на меня́**].
她看著我。

Мы [уча́ствуем **в соревнова́ниях**].
我們參加比賽。

ii) 定語

定語是用來修飾句子中的名詞，主要分為**一致性定語**和**不一致性定語**。

一致性定語必須配合所修飾的名詞變格（＝性、數、格一致），原則上擺在名詞前面：

[**Моя́** дочь] помога́ет ба́бушке.
我女兒幫忙老奶奶。

дочь 是陰性名詞主格，所以一致性定語 **моя́** 也用陰性主格。

Дочь помога́ет [**свое́й** ба́бушке].
女兒幫忙自己的奶奶。

ба́бушке 是陰性名詞與格，所以一致性定語的 свое́й 也用陰性與格。

除了以上的物主代詞可以作一致性定語，形容詞、指示代詞也可以：

[**интере́сная** кни́га] 有趣的書

[**япо́нский** язы́к] 日文

[**э́ти** кни́ги] 這些書

不一致性定語則不須配合名詞的性、數、格，原則上擺在修飾的名詞後面：

[Дочь **Ива́на**] смо́трит телеви́зор.

伊凡的女兒在看電視。

[Сын **Ива́на**] смо́трит телеви́зор.

伊凡的兒子在看電視。

兩個例句，Ива́на 都是從後面修飾 дочь, сын。дочь「女兒」是陰性名詞，сын「兒子」是陽性名詞，可是 Ивана 完全不受影響。

不一致性定語中，除了上述的屬格名詞之外，還有其他格的名詞、前置詞詞組、單一比較級（☞ p.156-159）等，而且都不用像一致性定語那樣需要變格：

[па́мятник **Пу́шкину**] 普希金的紀念碑（與格）

[владе́ние **иностра́нными языка́ми**] 外語能力（工具格）

[кни́га **по исто́рии**] 歷史方面的書（по＋與格）

[пода́рок **для тебя́**] 送你的禮物（для＋屬格）

[мужчи́на **ста́рше** меня́] 比我年長的男性（單一比較級）

iii) 狀語

狀語可以表示狀態、時間、地點、程度和方法，主要用來修飾謂語。狀語不同於補語，即使句子沒有狀語，也能成立。狀語大多是副詞或前置詞詞組（☞ p.268）：

Он **хорошо́** рабо́тает.

他勤奮工作。

Мы отдыха́ем **на мо́ре**.

我們在海邊休息。

Пото́м он ушёл.

然後他就離開了。

Она́ чита́ет **о́чень** интере́сную кни́гу.

她正在閱讀一本很有趣的書。

（2）主要成分不齊的句子

有的句子並不會同時具備主語及謂語。這和以下例子中省略字詞的情形不一樣：

－Вы рабóтаете и́ли у́читесь?
「您在上班嗎？還是還在念書？」
－Рабóтаю.
「我在上班了。」

上面的回答句雖然沒有主語，但這是因為被省略了。句子即使沒有主語也說得通，因為主語明顯就是 я「我」。

下面的句型與剛剛的對話不同，完全看不出主語是誰——因為原本就不存在。

a）不定人稱句

第一種是**不定人稱句**。這類句子沒有明確的主語，也就是說，雖然有行為主體，但不明說或沒有表示出來是誰，因此可以看作是省略主語 они 的句子。這種不指明主語的句子，多半用動詞作謂語。若動詞是非過去時（☞ p.168），用第三人稱複數；若是過去時，則用複數。

即便主語是真實存在的人或物，可是當說話或寫作時，若不曉得主語確切是哪個，或是對主語不關心、不想提，就可以使用這個表示方法。這個句型常會翻譯成「別人～、人家～、別人告訴我～、據說～」，也與與被動態（☞ p.242-246）很相似：

Там **стрóят** нóвые домá.
那裡在蓋新房子。
Говоря́т, что он роди́лся за грани́цей.
據說，他在國外出生。

這種句型主要強調動作或事實，而不在乎行為主體是誰或有多少個行為主體，所以動詞一律用複數形式：

Мне **подари́ли** кни́гу. 人家送了本書給我。

Сего́дня мне **звони́ли** из ба́нка. 今天有人從銀行打電話給我。

b）無人稱句

無人稱句沒有主格主語，類似英文中使用虛主語 it 的句子，用來表現行為或狀態是不由自主、不可抵抗的，而行為主體多以與格或賓格表示。謂語若是動詞非過去時（☞ p.168），用第三人稱單數；若是動詞過去時或謂語副詞（☞ p.290），使用中性形。無人稱句有下面這幾種類型：

i）謂語副詞組成的句子（謂語副詞請參考☞ p.290-294）

若是過去時，要加上 бы́ло；未來時則加上 бу́дет。行為主體或「對～而言」的對象，都要以與格表示：

В Са́ппоро бы́ло **хо́лодно**. 札幌很冷。

Мне **ве́село** бу́дет с тобо́й. 跟你一起我就會很開心。

На́до мно́го чита́ть. 應該要看很多書。

Тебе́ **нельзя́** кури́ть. 你不可以抽菸。

ii）無人稱動詞組成的句子

也有專門作無人稱句謂語使用的動詞。這些動詞有好幾個種類，而行為主體會搭配不同的格。這類句子也可換成有實際主語的人稱句：

◆助動詞形式的無人稱動詞

多當助動詞使用，後面接動詞不定式。行為主體以與格表示：

хоте́ться 想～　　　　сле́довать 應該～

удáться 做到～、成功～ приходи́ться 不得不～
полагáться 理應～、應當～

Мне **хóчется** спать. 我想睡。

Нам **удалóсь** поговори́ть с ним.

我們成功和他談到話了。

Емý **пришлóсь** ходи́ть тудá три рáза.

他不得不去那裡三次。

◆天候或環境

主要成分中沒有主格主語，只有動詞謂語，用來表示天候或環境：

темнéть 變暗 светáть 變亮、天亮
холодáть 變冷 теплéть 變暖和
смéркнуться 天黑 вечерéть 到了傍晚

Постепéнно **темнéет**. 漸漸變暗。

Зимóй пóздно **светáет**. 冬天時天亮得晚。

Уже давнó **смéрклось**. 已經天黑很久了。

有的動詞可以搭配主格主語使用，如此一來就不只是表示天候或環境狀況，而是具體指出某個東西變暗或變冷，但這樣當然就不能算是無人稱句。

Нéбо темнéет. 天空變暗了。

Вéтер холодáет. 風變冷了。

◆身體狀況

有些動詞可用來表示身體狀況，其主體以賓格表示。因為這種句子表示身體狀況是外力所致，所以通常使用沒有主格主語的無人稱句：

знобить 發冷（畏寒）
тошнить 想吐（感覺噁心）
рвать 嘔吐（吐）
укачать 暈車（感覺昏沉）
лихорадить 發燒（忽冷忽熱）

Меня́ ужа́сно **зноби́т**.
我覺得冷死了。（感到寒意）
Его́ **рва́ло** кро́вью.
他吐血了。（因外力而嘔吐）
Меня́ **укача́ло** в маши́не.
我暈車了。（因外力而暈車）
Вчера́ но́чью ребёнка **лихора́дило**.
孩子昨晚發燒。（因外力而發燒）

◆自然力量

如果強調受到自然力量影響，就不會用主格主語，而是以無人稱句表示。此時，賓格補語表示受影響的對象，而工具格表示造成影響的力量。另外，造成影響的自然力量也可以變成主格主語，以人稱句的方式呈現：

залить 的陽性過去時 залил 的重音可在 а́ 也可在 и́，中性過去時 залило 的重音可在 а́ 也可在 и́，但陰性過去時 залила́ 重音只有一個：

Магази́н **за́ли́ло** водо́й.（＝Вода́ залила́ магази́н.）
商店淹水了。
Его́ **уби́ло** мо́лнией.（＝Мо́лния уби́ла его́.）
他被雷打死了。
Ребёнка **унесло́** реко́й.（＝Река́ унесла́ ребёнка.）
孩子被河水沖走了。

◆-ся 動詞

-ся 動詞與意志或企圖無關，有自然而然變成那樣的意思，行為主體以與格表示。一般的 -ся 動詞是由帶有直接補語的及物動詞變成，不過用在無人稱句的 -ся 動詞多半是從不及物動詞衍生而來。（-ся 動詞的變位請參考 ☞ p.186-188，一般用法參考 ☞ p.239-242）：

Мне **пла́чется**. 我哭了。

Мне сего́дня не **рабо́тается**. 我今天不想工作。

Ему́ вчера́ не **спало́сь**. 他昨天睡不著。

◆否定屬格

使用否定屬格表示否定「存在」的句中也沒有主格主語，動詞使用第三人稱單數（非過去時）或中性形（過去時），形式上相當於無人稱句：

У меня́ **не́ было** де́нег.（↔ У меня́ бы́ли де́ньги.）
我沒錢。

За́втра **не бу́дет** газе́т.（↔ За́втра бу́дут газе́ты.）
明天沒有報紙。

不過，如果把上面例句改成肯定句，就要用有主格主語的人稱句，所以這類句子與其他的無人稱句很不一樣。

c）不定式句

不定式句沒有謂語副詞，而是把動詞不定式當謂語使用，可以當作是某種無人稱句。行為主體以與格表示，形式上與句中的動詞謂語不一致。此外，若是過去時，要加上 быть 的中性形 бы́ло；未來時則要加上第三人稱單數的 бу́дет。

◆義務或可能性

不定式句可表示義務、必要、可能性：

Нам **идти́** да́льше. 我們得繼續走。

От судьбы́ мне не **убежа́ть**. 我逃不開命運。

◆搭配疑問詞

以〔疑問詞＋不定式〕組成的疑問句，有「該做～？」的意思：

Как жить? 該如何生活？
Где нам бы́ло **рабо́тать**? 我們該在哪裡工作？
Что де́лать? 該做什麼才好呢（怎麼辦）？

也可以變成間接疑問句：

Я не зна́ю, что **де́лать**. 我不曉得該怎麼辦。

◆強烈命令

不定式句可表示強烈的命令，例如軍隊號令：

Встать! 起立！
Не **кури́ть**! 不准抽菸！
Всем **спать**! 全員就寢！

◆加了 бы 表示願望

〔不定式＋бы〕的句型可表示願望：

Пое́хать бы в Ло́ндон. 如果可以去倫敦就好了。
Отдохну́ть бы. 真想休息。

◆加 е́сли 變成條件子句

е́сли 所引導的條件子句中，使用動詞不定式作謂語：

Е́сли пое́хать в Аме́рику, то в како́й го́род?
如果去美國的話，要去哪個城市？

d）泛指人稱句

泛指人稱句也一樣沒有主格主語，動詞用第二人稱單數（不用過去時），表示普世認同的真理或道裡。諺語尤其常用這種句型（也請參考☞ p.197-199、200-201）：

Ти́ше **е́дешь**, да́льше **бу́дешь**.
安靜前進，走得更遠。（＝欲速則不達）

Ска́жешь - не **воро́тишь**.
說出口的話無法收回。（＝一言既出，駟馬難追）

На войне́ **встреча́ешь** ра́зных людéй.
在戰場上會遇見各式各樣的人。

其他句型也可能會有相同的含意，所以從內容來看，這些句子也可以算是泛指人稱句：

Цыпля́т по о́сени **счита́ют**.
小雞要到秋天才能算有多少。
（事成之前，不要高興得太早）。

Что **имéем** - не **храни́м**, потеря́вши - **пла́чем**.
擁有的不珍惜，失去了才哭泣。

Кто не **рабо́тает**, тот не **ест**.
沒工作的人沒得吃。（不勞動者不得食）

＊這個句型還可以用 тот, кто「～的人」來代換（詳情參考第 5 章☞ p.129-130）。

e）名詞句型

前面介紹的句型都沒有主語，名詞句剛好跟這些句型相反——沒有謂語，只有主語。不過，從意義來看，主格主語本來就能表示「是～」，所以與其說句中名詞是主語，不如說是謂語更貼切。小說、戲曲或詩詞等描述情景時，常使用這類句型：

Óсень. 秋天。

Тишинá.（一片）寂靜。

Хорóший день. 好天氣。

Двенáдцать часóв нóчи. 午夜 12 點。

Какóй ужáсный день! 真是糟糕的一天！

若要表示過去和未來，必須使用 быть，其變位應與主格名詞一致：

Былá óсень.（那時是）秋天。

因為 óсень 是陰性名詞，所以用陰性形

Бýдет хорóший день. 會有好天氣。

день 是單數，所以用第三人稱單數

2. 關於語序

俄語是語序比較自由的語言，譬如以下例句的語序都有 3 × 2 × 1＝6 種：

兒子尊敬父親。
- Сын уважáет отцá.
- Сын отцá уважáет.
- Уважáет сын отцá.
- Уважáет отцá сын.
- Отцá сын уважáет.
- Отцá уважáет сын.

要使用哪種語序，當然全依個人自由。不過，也不是哪個語序都行得通。以下介紹語序規則與常見趨勢。

（1）為何語序會變？

雖然大家都說俄語的語序「自由度高」，但是若要改變語序，還是要有理由。以下介紹語序原則，這是決定語序最重要的因素：

〔**舊有訊息**〕→〔**新的訊息**〕

換言之，說話者會先說已知的舊有訊息，然後再說想傳達的新資訊，所以重要的部分盡量擺在句子最後。請參考以下的例句：

①－Где Ната́ша?「娜塔莎在哪裡？」

－Ната́ша **до́ма**.「娜塔莎在家裡。」

②－Кто звони́л?「是誰打來的？」

－Звони́л **мой друг**.「是我的朋友打來的。」

③－Как он у́чится?「他書讀得怎樣？」

－Он у́чится **хорошо́**.「他書讀得很好。」

④－Кто написа́л э́тот рома́н?「這本小說是誰寫的？」

－Э́тот рома́н написа́л **Толсто́й**.「這本小說是托爾斯泰寫的。」

在每個回答句中，畫底線的部分是最重要的訊息，沒畫底線的部分則是已經知道的訊息。這時候可以試著在回答時省略沒畫底線的部分，只回答畫底線的字詞：① До́ма. ② Мой друг. ③ Хорошо́. ④ Толсто́й. 這樣也行得通。但如果省略的是畫底線的部分，就完全說不通了。

那麼，為何要特意說出對方已經知道的訊息呢？因為說出來，才知道這個句子的「核心」、「主題」，這是最主要的理由。

不過，未必一定要遵守「從對方已經知道的訊息開始說起」的語序原則。尤其當主要的訊息可用較強的語調或重音來表達時，就可以跳脫這個原則。

—Кто там сиди́т?「坐在那裡的人是誰？」
—**Мой друг** сиди́т.「坐在那裡的是我的朋友。」

這時候為了強調，會將整個句子的重音（邏輯重音）擺在мой друг上，以較強的語調來表示這是最重要的部分。

（2）關於文法的限制

上一個單元雖然提到改變語序的原則，不過並不是遵守原則就可以隨意變動語序。改變語序的必要性（需不需要移）和難易度（好不好移），有時候會因為文法而有不同。

a）前置詞詞組

俄語的前置詞詞組相當穩固，通常不易有所變動。以下的例子中，前置詞詞組 в Москве́「在莫斯科」可以移動到句中各處，但 в 和 Москве́ 不會分開：

В Москве́ Та́ня отдыха́ет. 塔妮亞正在莫斯科度假。

如果是英語，前置詞（介系詞）的受詞是疑問詞時，前置詞與受詞是分開的：

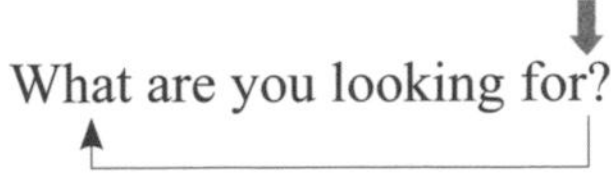

What are you looking for?

可是在俄語中，即使與前置詞連用的是疑問詞，兩者也不能分開：

О чём ты говори́шь?
你在說什麼？

b）名詞與修飾它的定語

原則上，名詞與修飾名詞的定語（p.384-385）的語序排列如下：

〔一致性定語〕→〔名詞〕→〔不一致性定語〕

но́вый год **Росси́и** 俄羅斯新年

чита́льный зал **библиоте́ки** 圖書館的閱覽室

лу́чшие кни́ги **про Пу́шкина** 關於普希金的最佳書籍

這個語序比較嚴格，一般而言，俄語不會脫離這個原則（尤其是不一致性定語的部分），但是在重視音韻的句子中，例如詩句，常會看到不一致性定語被移到名詞前面。另外以下這些情況通常與此規則相左：

◆第三人稱物主代詞

第三人稱的物主代詞不變格（p.108-109），類似不一致性定語，不過使用上跟其他物主代詞一樣，擺在修飾的名詞前面：

его́ оте́ц 他的父親

её мать 她的母親

их роди́тели 他們的雙親

◆疑問詞

一般來說，疑問詞都擺在句首（請參考本單元下一項的p.397），所以 **како́й**「什麼樣的」、**чей**「誰的」等疑問詞，雖然屬於修飾名詞的一致性定語，但通常會跟名詞分開，擺在句首，讓句子比較自然：

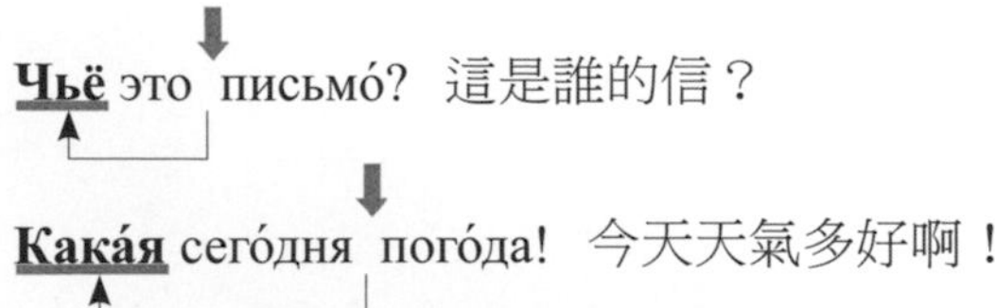

Чьё э́то письмо́? 這是誰的信？
Кака́я сего́дня пого́да! 今天天氣多好啊！

◆屬格名詞詞組

屬格名詞詞組作不一致性定語時，一般會放在修飾的名詞後面，但表示性質的屬格名詞詞組有時候會擺在名詞前面（

詳情參考第2章的屬格用法（☞ p.40）：

кра́сного цве́та руба́шка 紅色襯衫
ма́ленького разме́ра ку́ртка 小尺寸的外套

c）疑問句

◆帶有疑問詞的疑問句

疑問詞一般置於句首：

Что ты чита́ешь? 你在讀什麼？
Почему́ вы так счита́ете? 為什麼您這麼認為？
Где вы живёте? 您住哪裡？

當疑問詞接在前置詞後面時，要記得前置詞與疑問詞不能分開（☞ p.396），兩者必須一起移至句首：

О чём вы говори́те?
您在說什麼？
Для чего́ вы рабо́таете?
您是為了什麼而工作？

可是，在口語上，疑問詞不一定會擺在句首：

Ты **что** чита́ешь?
你在讀什麼？
Вы **о чём** говори́те?
您在說什麼？

◆有 ли 的疑問句

有語氣詞 ли 的疑問句（☞ p.123）一定會把語氣詞 ли 和表達問題重點的詞擺在句首，這點和帶有疑問詞的疑問句不同：

Лю́бит ли он меня́?
他愛我嗎？
Мо́жно ли смотре́ть телеви́зор?
可以看電視嗎？
Обо мне́ ли вы говори́те?
你們在說我嗎？

◆間接疑問句（p.123-124）
有語氣詞 ли 的疑問句一定要擺在從屬子句的句首：

Я не зна́ю, [**что** он ду́мает].
我不知道〔他在想什麼〕。
Она́ спроси́ла его́, [**Ма́шу** ли я жду].
她問他，〔我是在等瑪莎嗎？〕

d）形動詞與副動詞

原則上，形動詞（p.247-261）與副動詞（p.261-267）都是擺在形動詞子句與副動詞子句的句首：

ма́льчик, [**уча́щийся** пла́вать в бассе́йне]
在游泳池學游泳的小男孩
Об э́том вы узна́ете, [**прочита́в** но́вый рома́н Харуки Мураками].
只要看過村上春樹的新小說，你們就會知道這件事了。

如果有副詞，通常會擺在形動詞或副動詞前面，尤其是狀態副詞（p.269-272）：

ребёнок, [пло́хо **уча́щийся** в шко́ле]
〔在學校書念得不好的〕孩子
Она́ отве́тила, [внима́тельно **смотря́** на него́].
她回答道，〔一邊專注地望著他〕。

第17章 一致性的多種可能

在俄語中，謂語要配合主語變化，修飾名詞的形容詞也配合名詞的性、數、格使用不同形式，這種現象稱為「一致性」。但事實上，一致性也有好幾種可能，本章節將一一介紹。

1. 數的一致

可能有單數一致與複數一致兩種情況：

Пришло́ / Пришли́ пять студе́нтов.
來了五個學生。

在這個例句中，動詞「來了」可以用單數中性形пришло́，也可以是複數形 пришли́。

Придёт / Приду́т сто ты́сяч челове́к.
將會來十萬人。

這個例句也一樣，句中的動詞謂語可以是第三人稱單數，也可以是第三人稱複數。以下再分幾項介紹，讓大家認識幾種複數的一致性的幾種可能。

在主語與謂語要一致的形況下，謂語會有單複數之分；而主語部分，可能是同等並列連接詞組（☞ p.315）或數量詞詞組（☞ p.334）。

（1）主語與謂語的一致：同等並列連接詞組

同等並列連接詞組就是以並列連接詞將數個字詞連接成的詞組（詳情參考第 14 章☞ p.315），譬如〔ма́льчик и де́вочка〕「小男孩與小女孩」，就是以連接詞 и 連接的名詞詞組。這樣的詞組作為主語時，謂語可以是單數，也可以是複數。如果將

ма́льчик 和 де́вочка 分開來看，因為都是單數，所以謂語可以用單數，但如果把兩個人合起來當作句子的主語，則謂語當然要用複數。

a）連接詞 и

句子以同等並列連接的詞組〔單數名詞＋и＋單數名詞〕（p.315）作為主語時，謂語可以用單數或複數：

①В класс **вошли́** [ма́льчик и де́вочка].
教室走進了一個小男孩和一個小女孩。

②**Оста́лась** [жена́ и сын].
留下妻子和兒子。

③**Анализи́руется** [соста́в и структу́ра] федера́льного бюдже́та.　分析聯邦預算的組成與結構。

④[Росси́я и Аме́рика] **ста́ли** друзья́ми.
俄羅斯和美國成為朋友。

⑤[Брат и сестра́] **гуля́ют** по па́рку.
兄妹在公園散步。

以動物性名詞作主語，且主語有意進行謂語所表示的行為時，一般會傾向使用複數謂語。（譬如①的「進入」是有意去做的行為，而②的「留下」就不是有意去做的行為）。

比起「謂語—主語」，語序是「主語—謂語」時，更傾向使用複數謂語（譬如③和④的語序是不一樣的，請仔細觀察）。因此，以⑤為例，主語既是動物性名詞，語序又是〔主語—謂語〕，謂語幾乎百分百使用複數。

再看例句②，謂語使用單數的原則是必須「與較接近的主語一致」。②的主語語序若改成 [сын и жена́]，動詞謂語就必須與較近的 сын 一致，變成陽性оста́лся）。

一致性定語（p.384-385）也是一樣，有可能是單數，也有可能是複數。使用單數的原則也必須與較近的主詞一致：

углеки́слый [газ и вода́] 碳酸氣（二氧化碳）與碳酸水（氣泡水）

配合 газ 使用陽性形

у **моего́** [бра́та и сестры́] 在我的哥哥和姊姊那裡；我哥哥和姊姊有

配合 бра́та 使用陽性形

У ка́ждого **своя́** [роль и до́лжность]. 每個人都有自己的角色與職務。

配合 роль 使用陰性形

наре́занные [зе́лень и мя́со] 切碎的辛香料和肉

因為有兩個東西，所以使用複數形

Дороги́е [Ю́ля и Та́ня]! 親愛的尤莉亞與塔妮亞！

因為有兩個人，所以使用複數形

定語是單數時，有時候很難分辨它的修飾範圍。為了避免這種情況發生，使用複數會比較清楚：

постро́ить **деревя́нный** [дом и гара́ж] 建造木頭的房子和車庫。

木造的只有房子？還是車庫也是木造的？

➡ 變成 **деревя́нные**，問題就解決了。

b）名詞＋前置詞 c＋名詞工具格

主語若是由 и 構成的並列連接詞組，也可以替換成〔名詞＋c＋名詞工具格〕的說法。這時候，謂語可以是單數和複數。如果是單數，表示是由主格的人或物在主導某種行為。如果是複數，就表示是由一個以上的人或物一起進行某種行為：

[Ма́ма с ребёнком] **пошла́** в больни́цу.
母親帶孩子去醫院。
[Жена́ с му́жем] **пошли́** в теа́тр.
妻子和丈夫一起去劇院。

跟使用連接詞 и 的情況不同，上面兩個例子的謂語如果是單數，一定要跟主格名詞一致（ма́ма 與 жена́）。此外，主格名詞與〔c＋名詞工具格〕分開時，謂語絕對不能使用複數：

[Жена́] **пошла́** в теа́тр [с му́жем]. 妻子和丈夫去劇院。

（2）主語與謂語的一致：數詞詞組

以數詞（p.334）和名詞組成的數量詞詞組作為主語時，謂語的一致有幾個不同的類型。因為數量詞有很多種，以下將一一舉例：

a）定量數詞

①**Прошло́** [сто лет].
過了一百年。
②**Пришли́** [сто студе́нтов].
來了一百名大學生。
③**Аресто́вано** [де́сять япо́нцев].
十名日本人被逮捕。
④**Пришли́** [два ма́льчика].
來了兩個小男孩。
⑤На по́ле **рабо́тает** [два тра́ктора].
田裡有兩輛拖拉機在作業。
⑥У нас **рабо́тают** [пять мужчи́н].
我們這裡有五名男性在工作。

數量詞詞組中的名詞因為變成屬格，理論上不能作主語，所以謂語沒有可以配合一致的對象。如果謂語是動詞過去時或形容詞，使用中性形；若是動詞非過去時（☞ p.168），使用第三人稱單數的變位形式，這就是第一個類型（①③⑤）。從內容來看，因為主語是複數的人或物，所以謂語要使用複數，這是第二個類型（②④⑥）。數量詞詞組有個特點，當以動物性名詞作為主詞時，謂語傾向使用複數。這跟同等並列連接詞組一樣。

不過，主語是〔數詞 оди́н＋名詞〕時，謂語的性、數、格一定要與主語的名詞一致：

[Оди́н студе́нт] **пришёл**. 一位大學生來了。

[Одна́ студе́нтка] **пришла́**. 一名女大學生來了。

[Одни́ са́ни] **пришли́**. 一架雪橇來了。

＊са́ни是只有複數的名詞。

以「2」為最小的數詞來看，當數字愈小，謂語使用複數可能性愈高；當數字愈大，謂語使用單數的可能性則愈高：

[Два челове́ка] **рабо́тают** на заво́де.

兩個人在工廠工作。

帶有 по「每～」、о́коло「約～」等前置詞的主語（☞ p.301-302、☞ p.374-375），謂語也同樣有兩種類型。

В ко́мнату **вошло́ / вошли́** [по два ма́льчика].

小男孩兩個兩個走進房間裡。

В университе́те **у́чится / у́чатся** [о́коло ста студе́нтов].

約有一百名學生在在大學念書。

不過，如果是 один，謂語就不可能使用複數。如果是過去時，謂語一定使用中性形；若是非過去時（☞ p.168），則一定使用第三人稱單數：

На ка́ждом этаже́ **бы́ло** [по одному́ окну́].
每個樓層各有一扇窗戶。

若是以 тысяча「千」以上的大數詞所組成的數量詞詞組為主語時，因為數詞本身也具備主語功能，一致性的類型最多有三種。譬如，在下面的例子中，數詞 миллио́н「百萬」的謂語動詞，過去時除了使用中性形和複數形外，也有可能使用與 миллио́н 一致的單數陽性形：

[Миллио́н россия́н] **посети́ло / посети́ли / посети́л** Аме́рику.　一百萬名俄羅斯人造訪美國。

b）定量數詞以外的數詞

以 мно́го, не́сколько 等不定量數詞組成的數詞詞組（☞ p.334）作主語時，謂語一樣也有單數與複數兩種類型：

[Мно́го россия́н] **по́льзуются** интерне́том.
許多俄羅斯人使用網路。
На столе́ **лежи́т** [мно́го книг].
桌上有許多書。

不定量數詞與定量數詞不同，可以修飾不可數名詞，但這樣的話，名詞就不能用複數屬格，而要用單數屬格，謂語也必須使用單數：

Там **бы́ло** [мно́го наро́да]. 那裡有好多人。
[Мно́го воды́] **утекло́**. 許多的水流掉了。

c）數量名詞

另外還有與屬格名詞連用，表示數量的數量名詞，例如：большинство́「大多數」、ряд「一連串、許多」、часть「部分」、мно́жество「多數、大量」、ма́сса「大多數、大量」等（p.369-370）。數量名詞常被視為集合名詞，但也可以歸類為數詞（參考第 15 章p.369-370）。如果以這些數量名詞作為主語，謂語會有兩種類型，一是使用複數，一是與數量名詞一致：

Приéхала [мáсса турúстов]. 大量觀光客抵達。

與陰性名詞 **мáсса** 一致，所以用陰性

[Большинствó студéнтов] хорошó **сдáли** экзáмены.
大多數大學生考試考得很好。

從內容考量，主語是複數學生，所以用複數。

跟前面的 мнóго, мáло 或 нéсколько 等不定量數詞一樣，若所接的名詞是單數屬格時，謂語也使用單數：

[Большинствó грýппы] не **соглáсно**.
組裡的多數人反對。

只有以數量名詞及屬格名詞構成詞組時，謂語才會因為屬格名詞是複數而有使用複數形的可能，否則單純表示「人的團體」的名詞因為被視為單數，所以謂語也只能使用單數：

Междунарóдный Олимпúйский **Комитéт** **прúнял** решéние.
國際奧運委員會做了決定。
Нáша **семья́** всегдá **былá** дрýжной.
我們家總是感情很好。
Грýппа детéй **собралáсь** в кружóк.
一群孩子圍成一圈。
Молодёжь **лю́бит** слýшать мýзыку.
年輕人喜歡聽音樂。

2. 性的一致

俄語名詞在文法上有性的分別，共有陽性、陰性、中性三類。然而，實際使用時，並不是這麼簡單，尤其是表示人的名詞，自然性別對文法的影響非常大，導致它們的文法性別與自然性別，關係相當複雜。

（1）共性名詞

表示人類的名詞中，有一類名詞看起來是以 -а / -я 結尾的第二變格法陰性名詞（☞ p.74），但字典中卻會標註「陽性、陰性」，這類名詞被稱為**共性名詞**（兩性名詞、雙性名詞）。這類名詞會因為實際所指人物的性別不同，而有不同的文法性別。譬如со́ня「瞌睡蟲、愛睡覺的人」、пья́ница「喝醉的人、酒鬼」就屬於這類名詞（也請參考第 1 章☞ p.23）：

Он **ужа́сный со́ня**. 他是個愛睡到不行的人。

因為指的是男性，所以當成陽性名詞，ужа́сный 用陽性

Она́ **ужа́сная со́ня**. 她是個愛睡到不行的人。

因為指的是女性，所以當成陰性名詞，ужа́сная 用陰性

補充

有時候就算共性名詞指的是男性，其他的句子成分也可能會使用陰性形：

Э́тот по́пик **ужа́сная пья́ница**.
這個神職人員是個誇張的酒鬼。

這樣的句子容易讓人誤以為共性名詞是 -а / -я 結尾的陰性名詞，在現代俄語中，應該避免這樣使用。

（2）表示職業的子音詞尾陽性名詞用於女性時

以子音結尾的第一變格法（☞ p.73）陽性名詞中，表示職業的單字，也常用在女性身上，像врач「醫師」、дире́ктор「校長、院長、部門首長」、инжене́р「工程師」等：

Она́ хоро́ший **врач**.
她是一位優秀的醫生。
Татья́на — **дире́ктор** заво́да.
塔琪亞娜是廠長。

以上例子中，因為主語是表示女性的人稱代詞 она́ 和女性名字 Татья́на，所以可以知道陽性名詞 врач 與 дире́ктор 實際上指的是女人。

當這些名詞指的是男性時，無庸置疑就是陽性名詞。可是，當指的是女性時，定語或謂語則必須使用陰性形：

На́ша врач — Мари́на Ива́новна.
我們的醫生是瑪莉娜・伊娃諾芙娜。
Дире́ктор пришла́.
經理來了。

這些表示職業的陽性名詞可以指稱女性，而且定語或謂語都必須使用陰性形以達成一致，乍看之下會讓人以為是共性名詞。可是，基於以下的特徵，這些表示職業的名詞還是不能歸為共性名詞，請多加留意：

- 這類陽性名詞雖然可以指稱女性，但定語及謂語未必會與指稱對象的自然性別一致，也就是說未必會使用陰性形。反而常常會和下面的例句一樣，配合文法性別使用陽性形。和謂語相比，一致性定語尤其會避免陰性形，使用陽性形，最好不要隨意使用：

Изве́стный **инжене́р** пришёл.
有名的工程師來了。

- 就算指的是女性，定語和謂語也不一定都使用陰性形，也可能會出現以下例句的情況——定語是陽性形，謂語則是陰性形：

Изве́стный **инжене́р** **пришла**.
有名的工程師來了。

不過，不會有定語用陰性形，謂語卻用陽性形的情況發生：

×**Изве́стная** **инжене́р** **пришёл**.

- 共性名詞同時有陽性和陰性的變格，其他句子成分需要配合一致時，也有選擇的空間，但這類表示職業的陽性名詞指稱女性時，除了主格以外，其他的變格、需要一致的定語都只能使用陽性形。換言之，只有主格才能把這些表示職業的名詞視為陰性：

с **на́шим** **врачо́м** 和我們的醫生

即使是女性，也不行寫成 **с на́шей врачо́м**

к **на́шему** **врачу́** 去找我們的醫生

即使是女性，也不行寫成 **к на́шей врачу́**

- 像 зубно́й врач「牙科醫生」這種慣用語，不能寫成 зубна́я врач，也就是說，就算指的是女牙醫，形容詞也不能用陰性形。不過，詞組前面的定語是可以使用陰性形的：

молода́я **зубно́й** **врач** 年輕的（女）牙醫

- 即使是 писа́тель / писа́тельница「作家」或 преподава́тель / преподава́тельница「教授」等有陰性形的職業名稱，也能以陽性的 писа́тель 或 преподава́тель 來表示女人。在這種情況下，可用陰性形的定語和謂語來達成一致：

В э́том до́ме **жила́ писа́тель** А́нна Ива́новна.
作家安娜・伊凡諾芙娜曾住在這個房子裡。

（3）-а / -я 詞尾的陽性名詞

在俄語中，-а / -я 結尾的第二變格法名詞（☞ p.74）基本上是陰性名詞，但也有陽性名詞，例如：**па́па**「爸爸」、**мужчи́на**「男人」、**дя́дя**「叔叔、舅舅、伯伯」、**Ва́ня**「凡尼亞（男性名）」等。這些單字實際所指的是「男性」，所以視為陽性名詞。

可是，也有像 **судья́**「法官」、**ста́роста**「班長、組長、領班」等，在現實中未必只指稱男性的陽性名詞。當這類名詞指的是女性法官或女班長時，句子成分應選用陰性形以達成一致。這種情況跟前一個單元介紹的子音結尾的陽性名詞（☞ p.407-408）不同，這類名詞的所有變格，以及連用的一致性定語，都要使用陰性形：

Э́ту ва́жную информа́цию **на́ша ста́роста сообщи́ла** накану́не экза́мена.　在考試前一天，我們的班長宣佈這個重要訊息。

Услы́шал но́вость об **э́той судье́**.
聽說過關於這位法官的消息。

索引

中文索引

ㄔ

ㄕ

ㄖ

ㄗ

ㄘ

一

俄語索引

А

Б

В

參考文獻

АН СССР (1960) Грамматика русского языка, в 2 тт., М.: Издательство Академии наук СССР.

АН СССР (1970) Грамматика современного русского литературного языка, М.: Наука.

АН СССР (1980) Русская грамматика, в 2 тт., М.: Наука.

Бельчиков, Ю.А. (2008) Практическая стилистика современного русского языка, М.: АСТ-ПРЕСС.

Виноградов, В.В. (1972) Русский язык (грамматическое учение о слове), издание второе, М.: Высшая школа.

Граудина, Л.К., В.А. Ицкович, Л.П. Катлинская (1976) Грамматическая правильность русской речи: опыт частотно-стилистического словаря вариантов, М.: Наука.

Зализняк, А.А. (1964) “К вопросу о грамматических категориях рода и одушевленности в современном русском языке”, Вопросы языкознания, No. 4, 25-40.

Зализняк, А.А. (1977) Грамматический словарь русского языка, М.: Русский язык.

Исачанко, А.В. (1960) Грамматический строй русского языка в сопоставлении с словацким, в 2 тт., Братислава: Издательство Словацкой академии наук.

Крылова, О.А., С.А. Хавронина (1984) Порядок слов в русском языке, Издание 2-е, исправленное и дополненное, М.: Русский язык.

Муравьева, Л.С. (2000) Глаголы движения в русском языке (для говорящих на английском языке), 7-е изд., исправл., М.: Русский язык.

Пехливанова, К.И., М.Н. Лебедева (1990) Грамматика русского языка в иллюстрациях, Издание 5-е, исправленное и дополненное, М.: Русский язык.

Пешковский, А.М. (1956) Русский синтаксис в научном освещении, Издание седьмое, М.: Государственное учебно-педагогическое издательство Министерства просвещения РСФСР.

Розенталь, Д.Э. ред. (1984) Современный русский язык, издание четвертое, исправленное, и дополненное, М.: Высшая школа.

Розенталь, Д.Э. (1984) Популярная стилистика русского языка, М.: Русский язык.

Розенталь, Д.Э, (1997) Справочник: управление в русском языке, М.: АСТ.

Розенталь, Д.Э. (1998) Практическая стилистика русского языка, М.: АСТ-ЛТД.

Розенталь, Д.Э., И.Б. Голуб, Н.Н., Кохтев (1995) Русский язык для школьников 5-9 классов: Путешествие в страну слов, М.: ДРОФА.

Розенталь, Д.Э., Е.В. Джанджакова, Н.П. Кабанова (1998) Справочник по правописанию, произношению, литетурному редактированию, М.: ЧеРо.

Babby, L.H. (1985) “Noun Phrase Internal Case Agreement in Russian”, Russian Linguistics, 9, 1-15.

Babby, L.H. (1987) “Case, Prequantifiers, and Discontinuous Agreement in

Russian", Natural Language and Linguistic Theory, 5, 91-138.

Barnetová, B., H. Běličová-Křižková, O. Leška, Z. Skoumalová, V. Straková (1979) Русская грамматика, в 2 тт., Academia.

Corbett, G.G. (1978a) "Numerous Squishes and Squisy Numerals in Slavonic", in B. Comrie (ed.) Classification of Grammatical Categories, Edmonton: Linguistic Research, 43-73.

Corbett, G.G. (1978b) "Universals in the Syntax of Cardinal Numerals", Lingua, 46, 61-74.

Corbett, G.G. (1979) Predicate Agreement in Russian, Birmingham Slavonic Monographs No.7, Birmingham: The Department of Russian Language and Literature, University of Birmingham.

Corbett, G.G. (1983) Hierarchies, Tagrets and Controllers: Agreement Patterns in Slavic, University Park: The Pennsylvania State University Press.

Forsyth, J. (1970) A Grammar of Aspect: Usage and Meaning in the Russian Verb, Cambridge, New York: Cambridge University Press.

Gerhart, G. (2001) The Russian's World: Life and Language, 3rd, correced edition, Bloomington: Slavica.

Pulkina, I.M. (1987) A Short Russian Reference Grammar (with a Chapter on Pronounciation), Eighth edition, Moscow: Russky Yazyk Publishers.

Rappaport, G.C. (1986) "On the Grammar of Simile: Case and Configuration", in R.D. Brecht and J.S. Levine (eds.) Case in Slavic, Columbus: Slavica Publishers.

Wade, T. (2011) A Comprehensive Russian Grammar, Third Edition, (revised and updated by D. Gillespie), Wiley-Blackwell.

秋山真一（2007）「關於主要子句中有數詞詞組的謂語補語形態之文句分析——概數的情況——」、《俄語研究 俄語研究會「木二會」年報》、No.20、31-55。

阿出川修嘉（2009）「可能性名詞與語句結合的不定詞類型考察」、富盛伸夫、峰岸真琴、川口裕司（編）、《字彙庫的語言研究之可能性》、以字彙庫為依據的語言教育研究報告1、東京外國語大學研究所區域文化研究系、全球CEO課程「以字彙庫為依據的語言學教育研究根據」、1-24。

阿出川修嘉（2014）「關於動詞辭彙時態的定義功能之考察－前綴no－」、《斯拉夫文化研究》、Vol.12、17-33。

井上幸義（2001）「關於俄語數詞與名詞所結合語句的相似性之呈現」、《外國語大學紀要》、第36號、上智大學85-117。

井上幸義（2003）「關於俄語的數詞子句」、《外國語學部紀要》、第38號、上智大學107-129。

宇多文雄（2009）《俄語文法便覽》、東京・東洋書店。

小川曉道（2004）「與俄語pora同時出現的動詞不定形之時態——使用字彙庫進行的數量考察」、敦賀陽一郎、黑澤直俊、浦田和幸（編）《字彙語言學的句子結構分析》、語言情報學研究3、東京外國語大學（TUFS）研究所區域文化研究科21世紀CEO課程「以語言應用為基礎的語言情報學根據」

神山孝夫（2012）《俄語音聲概說》、東京：研究社。《現代俄語》編輯部編輯（1974）《俄語便覽》、東京：現代俄語社。

後藤雄介（2014）「關於（）的賓格使用方法」、《斯拉夫文化研究》、vol.12、154-176。

坂田禮（2015）「關於俄語中弱勢化的賓格之考察」、《俄語研究　俄語研究會「木二會」年報》、No.25、1-25。

佐山豪太（2015）「高學習價值的前綴與其字義的選定——以 Janda et al.（2013所提出的前綴字義分類為參考依據——）」、《俄語研究　俄語研究會「木二會」年報》、No.25、147-170。

城田俊（2010）《現代俄語文法》，改訂新版、東京：東洋書店。

城田俊、八島雅彥（2014）《現代俄語文法：中高級篇》，改訂新版、東京：東洋書店。

菅井健太（2013）「關於俄語的『代詞重複』」、《俄語研究 俄語研究會「木二會」年報》、No.23、43-63。

菅井健太（2014）「關於俄語的『性質結構句』的代詞重複之考察——從文法化觀點來考察——」、堤正典編輯《俄語學與語言教育IV》、橫濱；神奈川大學歐亞大陸研究中心、109-124。

菅井健太（2015）「關於重視代詞的俄語句子結構」、《俄語研究　俄語研究會「木二會」年報》，No.25、27-42。

中澤英彥（2008）「『пора＋不定形』的構句中，關於動詞時態與語義的問題」、《語學研究所論集》、第13號、23-42。

中澤英彥（2010）「俄語的時態」、《語學研究所論集》、第15號、249-262。

船木裕（2010）《俄語諺語60選》、東京：東洋書店。

光井明日香（2014）「關於俄語的中性名詞」、《斯拉夫文化研究》、vol.12、118-153。

光井明日香（2015）「關於俄語名詞的性別分類」、《俄語研究　俄語研究會「木二會」年報》，No.25、83-117。

宮內拓也（2015）「俄語中有分配意涵的по的句子結構之種種問題」、《俄語研究　俄語研究會「木二會」年報》，No.25、119-146。

村越律子（1998）「俄語被動詞的格形表示」、Lingua、9、147-158。

雷修卡·奧德李奇、維斯利·約瑟合著，千野榮一、金指久美子編譯（1993）《必備俄語變化總整理》、東京：白水社。

和久利誓一（1961）《餐桌式俄語便覽》、京：評論社。

國際學村 外語文法大全系列

從好到專精，全面剖析各種語言，一次把以前不懂的都學會！

精準掌握德語的文法，才算是真正搞懂德語！

適合初級、中級、高級所有程度，表格式解說清楚易懂，搭配任何教材皆適用！專為華人設計，一次釐清德語文法構成的要素，真正搞懂德語構造的解剖書，聽說讀寫從此不出錯！

作者/鷲巢 由美子　定價 / 420元

釐清法語文法的構成要素，成為法語的支配者！

本書從基本句法開始，把法語字詞出乎意料的陰陽性別、複雜的動詞時態和各種變化，以豐富的表格整理、清楚的句型拆解，分門別類詳盡說明，法語文法輕鬆上手！

台灣廣廈 國際出版集團
Taiwan Mansion International Group

國家圖書館出版品預行編目（CIP）資料

俄語文法大全 / 匹田 剛著.
-- 初版. -- 新北市：台灣廣廈, 2018.08
面；　公分
ISBN 978-986-454-079-2(平裝)
1. 俄語 2. 語法

806.16　　107007853

國際學村

俄語文法大全

專為華人設計，真正搞懂俄語文法構造的解剖書

作　　者／匹田 剛
翻　　譯／黃瓊仙
審　　校／鄢定嘉、陳志豪
編輯中心／第七編輯室
編 輯 長／伍峻宏・**編輯**／鄭琦諭
封面設計／林嘉瑜・**內頁排版**／菩薩蠻數位文化有限公司
製版・印刷・裝訂／東豪・紘億・明和

發 行 人／江媛珍
法律顧問／第一國際法律事務所 余淑杏律師・北辰著作權事務所 蕭雄淋律師
出　　版／台灣廣廈有聲圖書有限公司
地址：新北市235中和區中山路二段359巷7號2樓
電話：（886）2-2225-5777・傳真：（886）2-2225-8052

行企研發中心總監／陳冠蒨
整合行銷組／陳宜鈴
媒體公關組／徐毓庭
綜合業務組／何欣穎
地址：新北市234永和區中和路345號18樓之2
電話：（886）2-2922-8181・傳真：（886）2-2929-5132

代理印務・全球總經銷／知遠文化事業有限公司
地址：新北市222深坑區北深路三段155巷25號5樓
電話：（886）2-2664-8800・傳真：（886）2-2664-8801
郵政劃撥／劃撥帳號：18836722
劃撥戶名：知遠文化事業有限公司（※單次購書金額未達1000元，請另付70元郵資。）

■出版日期：2022年3月3刷
ISBN：978-986-454-079-2　